Stuart David

Ich bin einfach zu genial

Stuart David

Ich bin einfach zu genial

Aus dem Englischen von
Friedrich Pflüger

cbj

Penguin Random House Verlagsgruppe
FSC® N001967

5. Auflage 2020
© Stuart David 2015
Die Originalausgabe erschien 2015
unter dem Titel »Jackdaw and The Randoms« bei
Hot Key Books, London.
© 2017 für die deutschsprachige Ausgabe
cbt Kinder- und Jugendbuchverlag
in der Penguin Random House Verlagsgruppe GmbH,
Neumarkter Straße 28, 81673 München
Alle deutschsprachigen Rechte vorbehalten
Übersetzung: Friedrich Pflüger
Umschlaggestaltung: © init | Kommunikationsdesign,
Bad Oeynhausen
Umschlagillustration: © Dominik Rupp
jb · Herstellung: RN
Satz: GGP Media GmbH, Pößneck
Druck: CPI books GmbH, Leck
ISBN 978-3-570-16431-0
Printed in Germany

www.cbj-verlag.de
Dieses Buch ist auch als E-Book erhältlich

1

Da sitze ich also in Glatzkopf-Baines Naturkunde-unterricht und sehe zu, wie draußen vor dem Fenster eine totale Loser-Taube über einen nicht mehr ganz taufrischen Hotdog herfällt, als ohne jede Vorwarnung die Glatze des Grauens in die Luft geht.

»Du da!«, bellt er. Ich drehe mich nach vorn, um zu sehen, wen er diesmal aufs Korn nimmt. Mich, dummerweise. »Hier spielt die Musik!«, sagt er. »Wie sollte ich – deiner geschätzten Meinung nach – in diesem besonderen Fall vorgehen?«

Ich widme mich der Angelegenheit mit voller Aufmerksamkeit.

»Sie könnten Ihren Bart in den Bunsenbrenner halten«, rutscht mir beinahe heraus, aber ich besinne mich gerade noch rechtzeitig. Dies ist bedauerlicherweise schon das dritte Mal, dass er mich in dieser Stunde aufruft und ich nicht die geringste Ahnung habe, worum es gerade geht. Ich werfe einen Blick in die Runde, aber niemand hilft mir mit einem versteckten Hinweis. Alle atmen erleichtert auf, weil ich in die Schusslinie geraten bin und nicht sie. Baine starrt mich mit lodernden Augen an, und mir fällt nichts anderes ein als:

»Bitte, wie war noch mal die Frage?«

Damit scheint für diesen Morgen die Schmerzgrenze erreicht.

»Raus!«, brüllt er. »Auf den Flur, bis zum Ende der Stunde. Und falls dich der Rektor bis dahin nicht in die Mangel genommen hat, dann werde ich das tun.«

Krass.

Die Taube, der ich einen letzten Blick zuwerfe, liegt immer noch im Clinch mit dem Gammelfleischwürstchen. Ich schleiche zur Tür. Aufgeflogen. Manche feixen ein bisschen und kichern. Baine geht sofort wieder durch die Decke, aber da bin ich schon draußen auf dem Korridor, und das Ganze geht mich nichts mehr an.

Und in diesem Moment nimmt mein Leben eine Wendung.

Wie ich so an der Wand lehne und über den Gang auf ein Poster gegen ungewollte Schwangerschaft oder so was starre, schlägt es bei mir plötzlich ein: das ganz große Ding. Der Geistesblitz, auf den ich immer gewartet habe. Die Idee für eine App, die so genial ist, dass sie mich zum Millionär machen *muss* – nein, zum Milliardär.

Ich reiße das Handy aus der Tasche und checke online, ob eine solche App tatsächlich noch nicht existiert. Während ich noch herumscrolle, gehen mir schon mögliche Namen dafür durch den Kopf – Minder, iKnow, Class Monitor? Meine Maschine läuft auf Hochtouren, und alles andere ist mit einem Mal egal: dass ich peinlicherweise schon wieder aus dem Unterricht geflogen bin; dass in wenigen Monaten die Abschlussprüfungen drohen; ja sogar, dass ich im ganzen Schuljahr noch kein einziges Nanobyte an Information gespeichert habe – in keinem Fach. Das alles kratzt mich jetzt nicht im Geringsten. Mit dieser Idee habe ich auf Jahre ausgesorgt. Jahrzehnte. Jahrhunderte.

Es ist einfach fantastisch.

Und als ich mich gerade mit den Einzelheiten befassen will, wie ich das Projekt zum Laufen bringe, werden meine wertvollen Gedankengänge aufs Gröbste vom Schrillen der Pausenglocke unterbrochen ...

Die Normalos strömen neben mir aus der Tür, fast jeder mit einem wahnsinnig geistreichen Spruch wie »Du da!« oder »Hier spielt die Musik!«. Zum Kreischen. Ich starre einfach auf das Schwangerschafts-Plakat und warte stoisch, bis es vorbei ist. Was wird Baine diesmal wohl mit mir anstellen? Mit Glatzkopf ist es nämlich so: Er ist schon eine Art Genie, wenn es um chemische Reaktionen und solches Zeug geht, aber damit hat sich's dann auch schon. Sein Kopf ist so mit Wissen vollgestopft, dass kaum Platz ist für ganz alltägliche Dinge – dass man sich die Essensreste aus dem Bart klaubt zum Beispiel oder dass man irgendwas mit dem Jungen anstellen muss, den man aus dem Unterricht geworfen hat, weil er eine Taube angestarrt hat, also kurz gesagt: Er vergisst mich einfach. Ich warte, bis die Normalos verschwunden sind, und dann noch mal ein paar Minuten, bis mein bester Kumpel Sandy Hammil aus dem Klassenzimmer schwebt und Entwarnung signalisiert.

»Vergessen?«, frage ich. Er nickt.

»Ich habe ihn noch eine Weile über Protonen schwafeln lassen«, sagt er, »und irgendwann ist er einfach ins Nebenzimmer abgezogen.«

Ich drücke mich von der Wand ab und folge Sandy die Treppe hinunter. Ich bin ziemlich erleichtert.

»Was hast du dir vorhin eigentlich dabei gedacht?«, fragt er. »So langsam solltest du dich wirklich mal zusammenreißen. Nur noch zwei Monate. Mehr Zeit bleibt uns nicht.«

»Ich weiß«, antworte ich, »aber das ist jetzt egal. Ich hab's, Sandy. Ein ganz großes Ding.«

Er starrt mich verständnislos an. »Was für ein großes Ding?«

»Das *ganz* große. Das mein Leben verändern wird. Die Idee, auf die ich immer gewartet habe. Eben ist sie mir gekommen, auf dem Flur vor der Klasse. Baine hat mich zum Millionär gemacht.«

»Nicht schon wieder«, stöhnt Sandy. »Von dir lasse ich mich nicht noch einmal in so eine hirnverbrannte Geschichte hineinziehen.«

Ich schüttele den Kopf. »Diesmal ist es wirklich so«, beteuere ich. »Es kann einfach nicht schiefgehen.«

»So wie das mit den Fahrrädern, das nicht schiefgehen konnte? Oder das Fiasko mit den Mensatabletts, das ich mit ausbaden durfte? Und das auch so eine todsichere Sache war?«

»Ganz ruhig«, sage ich ihm. »Das hier ist völlig anders. Außerdem brauche ich dich auch gar nicht dazu. Ich lasse dich in Frieden. Es geht um eine App. Ich muss nur noch jemanden finden, der mir das programmiert, ohne was dafür zu verlangen.«

Er schaut mich zweifelnd an. »Wenn du im Informatikkurs besser aufgepasst hättest, dann könntest du es ja selbst programmieren.«

»Schon möglich«, gebe ich zu. »Aber wenn ich immer im Unterricht aufgepasst hätte, wäre ich im Leben nicht auf diese Idee gekommen. Genau darum geht's in meiner App. Dass man nicht in Schwierigkeiten kommt, wenn man sich mal ein bisschen ausgeklinkt hat.«

Und dann sagt er etwas, das bei mir fast einen Herzanfall verursacht.

»So was gibt es doch schon.«

Ich kann das nicht glauben. Online habe ich nichts in der Art finden können. Meine Beine werden ganz weich. Ich muss mich am Geländer festhalten und tief durchatmen. Ich frage ihn, wie dieses Ding heißt.

»Aufpassen im Unterricht«, antwortet er lachend, und ich bin erleichtert. Ich knuffe Sandy in die Schulter und zerzause ihm die Haare.

»Das ist es«, sage ich ihm. »Darauf habe ich mein ganzes Leben lang gewartet. Meine ganz große Chance, Sandy.«

Ich bin übrigens Jack. Jack Dawson. Die meisten nennen mich Jackdaw. Und wenn nicht, dann sage ich ihnen, sie sollen mich so nennen. Jackdaw heißt nämlich Dohle, und genau so sehe ich aus: graue Augen und ganz schwarze Haare mit einem kleinen bisschen Weiß, wo die Pigmente abgestorben sind. Wahrscheinlich durch den Schock, als mir klar geworden ist, welches Leben auf mich wartet, jetzt wo es bald mit den ganzen Klausuren losgeht. Jedenfalls sieht mein Haar ziemlich schräg aus, aber mir gefällt es. Und deswegen pflege ich es auch. Ich lasse es ganz fedrig schneiden und streiche es nach einer Seite, hier lang und da kurz. Ist wichtig, dass man gut aussieht. Finde ich wenigstens.

Kein Grund, so herumzulaufen wie eine Loser-Taube, oder?

Fällt mir jedenfalls keiner ein.

»Was hast du als Nächstes?«, fragt Sandy, während wir über den Schulhof gehen, und ich sage ihm, Doppelstunde Geschichte, bei Feldwebel Monahan.

»Du armes Schwein«, seufzt er, und normalerweise

müsste ich ihm recht geben. Monahan ist völlig durchgeknallt. Aber heute ist alles anders, weil ich in Geschichte neben Mark Walker sitze, und Mark Walker ist ein Streber der Extraklasse. Immer wenn ich im Informatikkurs bei irgendwas stecken bleibe, und das passiert mir fast immer, dann frage ich Mark. Und er lässt mich nie hängen.

»Dann bis zur Mittagspause«, sagt Sandy. »Für mich gibt's jetzt erst mal eine lässige Doppelstunde Hauswirtschaft.« Er trollt sich in Richtung Treppe in den Altbau hinauf und ich schwebe selig über den Schulhof davon.

2

Irgendwann, an einem fernen Vor- oder Nachmittag, muss ich mich tatsächlich für das Fach Geschichte entschieden haben. Was habe ich mir bloß dabei gedacht? Ich kann mich beim besten Willen nicht mehr daran erinnern, und wenn ich könnte, würde ich ganz bestimmt etwas anderes wählen. Besonders, wenn ich wüsste, dass ich Monahan kriege. Es heißt, bevor er Lehrer wurde, sei er bei der Armee gewesen. Ich weiß nicht, ob das stimmt. Ich bin mir nicht sicher, ob die Armee ihn überhaupt genommen hätte. Ich glaube, dazu ist er viel zu durchgeknallt. Er hat kurzes, weißes Haar, das wie eine zu lange benutzte Zahnbürste aussieht, und sein großes, rundes Gesicht ist fast immer hellrot angelaufen – meistens aus Wut. Sein Schnauzer erinnert eher an die Schnurrhaare einer Katze als an etwas, das gewöhnliche Menschen im Gesicht tragen. Dazu trägt er meistens eine Fliege, die aussieht, als würde sie ihn erwürgen.

Ich wünschte, sie täte es.

Heute dauert es keine zehn Minuten, da muss Fritten-Mackenzie schon vorne an der Seite stehen und mit ausgestrecktem Arm ein dickes Geschichtsbuch hochhalten. Dabei hatte er beim Bearbeiten einer Aufgabe nur ein bisschen vor sich hin gepfiffen. Ich bin mir ziemlich sicher, dass das Frittes Menschenrechte verletzt, aber wahrscheinlich verletzt das meiste, was Feldwebel Monahan tut, unsere Menschenrechte. Fritte bekommt ganz rote, aufgequollene Augen, während er so dasteht, und wenn er seinen Arm nur einen Millimeter senkt, läuft der Feldwebel sofort hin und hebt ihn wieder haargenau auf 90 Grad an.

»Noch mal von vorn«, sagt Monahan. »Zehn Minuten, ohne dich zu rühren. So machst du es dir nur unnötig schwer.«

Fritte hat ganz zittrige Arme und das Buch wippt die ganze Zeit rauf und runter. Kaum jemand schafft volle zehn Minuten, und das heißt, dass man fast die ganze Stunde vorn stehen muss.

»Ich muss mit dir reden«, raune ich Mark Walker bei der ersten Gelegenheit zu. Monahan kehrt uns den Rücken zu und notiert auf seinem Block etwas für eine andere Schulstunde. Trotzdem schaut Mark nicht zu mir her. Er schüttelt nur steif den Kopf und starrt weiter nach vorn.

»Dann stehen wir auch gleich vorn«, wispert er mit bebender Stimme.

»Du brauchst bloß zu flüstern«, antworte ich, aber

er zuckt nur noch einmal mit dem Kopf und bleibt stumm.

Ich sehe ihn an, seufze, reiße ein Blatt aus meinem Heft und schreibe: »Du musst für mich was programmieren. In Objective-C.« Ich schiebe ihm den Zettel zu. Er dreht den Kopf und sieht mich an, als würde er mich für einen totalen Nullchecker halten, was er wahrscheinlich auch tut. Er dreht das Papier um, schreibt auf die Rückseite und schiebt es zurück.

»Weißt du überhaupt, was Objective-C ist?«, lese ich. Ich starre eine Weile darauf. Dann reiße ich noch ein Blatt heraus.

»Ich weiß, dass das die Programmiersprache für Apps ist«, schreibe ich. »Und außerdem weiß ich, dass ich dazu deine Hilfe brauche.«

»Aber ich kann kein Objective-C«, antwortet er.

»Wie das?«, schreibe ich. »Du bist doch in meinem Informatikkurs.«

Ich lege ihm das Blatt hin und er sieht mich wieder wie einen Volltrottel an. Dann zuckt er mit den Achseln, als wollte er sagen: »Na und?«

»Aber wir machen dort doch Objective-C«, flüstere ich. Er runzelt die Stirn und dreht das Blatt um.

»Tun wir nicht, du Blödmann«, schreibt er, und in diesem Moment dreht sich der Feldwebel herum.

»Ruhe!«, brüllt er mit feuerrotem Kopf. »Wer redet da? Wer wagt es, meinen Unterricht zu stören?«

Alles Blut weicht aus Marks Gesicht. Er ist weiß wie ein Gespenst, und ich starre auf den Tisch herunter und bin mir sicher, dass er uns mit seiner Angst verraten wird. Dann fällt mir ein, ich könnte ja jemand anderen anstarren. Wenn Mark mitmacht, dann wird der durchgeknallte Monahan den anderen vielleicht für den Schuldigen halten. Ich konzentriere meine Bemühungen auf Amanda Gray, aber dann fällt mir auf, dass fast die ganze Klasse kreidebleich geworden ist und kein besonderer Verdacht mehr auf Mark fällt. Wütend mustert der Feldwebel ein Gesicht nach dem anderen, aber dann bemerkt er, dass Fritte das Buch schon wieder sinken lässt. Er geht hin und nimmt es ihm aus der Hand.

»Setzen«, sagt er und stellt das Buch wieder ins Regal. »Es steht jetzt wieder zur Verfügung, falls jemand nach vorn kommen möchte«, sagt er und starrt noch einmal in die Zombie-Gesichter. »Niemand? Also schön. Belassen wir's dabei. Macht euch wieder an eure Aufgaben.« Er blättert seinen großen Block um und kritzelt weiter.

Mark linst mit zusammengekniffenen Augen zu mir herüber und ich verfasse schnell die nächste Nachricht für ihn.

»Ich bin mir sicher, dass Bronson über Objective-C geredet hat«, steht da, aber ich kann Mark nicht dazu bringen, den Zettel auch nur anzusehen. Ich muss ihm androhen, ihn zu kitzeln. Dann muss er lachen und todsicher vorn das Buch übernehmen, bevor er noch etwas antworten kann.

Er presst die Lippen zusammen. »Klar redet er darüber«, schreibt Mark, »aber deswegen bringt er es uns noch lange nicht bei. Wo bist du denn das ganze Schuljahr gewesen?«

Er lässt den Zettel vor sich liegen, schiebt ihn nicht einmal zu mir herüber, und ich muss mich zum Lesen hinüberlehnen. Es überrascht mich doch einigermaßen, was ich da entziffere. Bronson reitet doch dauernd darauf herum, dass Apps in Objective-C geschrieben werden. Ich war mir völlig sicher, dass er uns das auch beizubringen versucht, aber offensichtlich passe ich dort noch weniger auf, als ich dachte. Ich weiß schon, dass ich ab und zu ein bisschen abschalte, aber das ist schon der Hammer. So muss das wohl sein, wenn man eine Ideenmaschine ist – da kann man nicht ständig auf einen Lehrer hören, der einem etwas über die Ideen andere Leute erzählen will.

Besser, man hält seine eigenen Gehirnströme in Fluss.

Die Doppelstunde Geschichte dauert schier endlos. Ein paar Normalos schrammen noch haarscharf an einer Begegnung mit dem dicken Wälzer vorbei, aber er bleibt dann doch im Regal stehen. Emma Wilkinson schafft es allerdings beinahe, weil ihr versehentlich der Bleistift aus der Hand rutscht und quer durchs ganze Klassenzimmer rollt. Sie steht auf und will ihn holen, ohne den Feldwebel um Erlaubnis zu fragen, worauf er komplett durchdreht. Bedauerlicherweise fängt Emma sofort an, sich furchtbar zu entschuldigen, droht schließlich sogar, in Tränen auszubrechen, sodass der Feldwebel sie mit einer Ermahnung davonkommen lässt und wieder Ruhe einkehrt. Als es läutet und der Tortur ein Ende bereitet wird, greife ich mir Mark, packe mein Zeug zusammen, und wir gehen zusammen den Schulflur entlang.

»Und was ist mit den anderen Nerds, mit denen du rumhängst«, frag ich ihn. »Einer von denen muss doch Objective-C draufhaben.«

Er schüttelt den Kopf, als wäre ich gerade in seinen Schachklub marschiert und hätte ein Damespiel aufgestellt. Das ist schon ein starkes Stück, aber ich lasse mich nicht aus dem Takt bringen. Ich muss jetzt alles erfahren, was er weiß.

»An der ganzen Schule gibt's eigentlich nur eine Person, die Objective-C kann«, sagt er. »Vielleicht noch ein paar Lehrer, aber von den Schülern nur einer.«

»Einer genügt mir«, antworte ich ihm. »Mehr brauche ich gar nicht.«

»In diesem Fall schon«, sagt er. »Du solltest dir das lieber aus dem Kopf schlagen.«

»Wer ist es denn?«, frage ich ihn.

Er schüttelt den Kopf. »Denk dir lieber was anderes aus«, meint er. »Das willst du gar nicht wissen.«

Ich bleibe stehen und packe ihn am Ellenbogen. Sofort hat er wieder diesen Gespensterblick drauf, wenn auch nicht so krass wie eben in der Geschichtsstunde. »Jetzt sag schon«, sage ich, »und dann lass mich entscheiden, ob ich es wissen will oder nicht.«

Er windet sich aus meinem Griff und wischt sich trotzig den Jackenärmel ab. Ich stehe immer noch und warte, bis er schließlich ein einziges Wort sagt – den Namen, den ich von ihm wissen will.

»Greensleeves.«

Ich nicke bedeutungsvoll und lasse ihn gehen. Greensleeves. Elsie Green. So eine verdammte Scheiße.

3

Weil die Schulmensa drüben im Neubau liegt, hat Sandy Mittagessen-mäßig einen Vorsprung. Bis ich die furchterregende Bratwurst mit Zwiebeln zu ihm an den Tisch geschleppt habe, hat er das Martyrium schon zur Hälfte hinter sich gebracht.

»Alles klar?«, fragt er. Ich nicke, ziehe mir einen Stuhl heraus und setze mich hin. Während seine mahlenden Kiefer einen aussichtslosen Kampf gegen einen Mund-voll trockener Wurst führen, zeigt er mit der Gabel auf das jämmerliche Stückchen Biskuitkuchen auf meinem Tablett. Als seine Zunge endlich ein bisschen Platz ge-schaffen hat, verkündet er, den Kuchen könnte ich heute getrost liegen lassen.

»Warum?«, frage ich, und er macht eine Plastikdose auf, die auf dem Tisch steht.

»Muffins aus Hauswirtschaft.«

Sie sehen lecker aus. So lecker, dass ich überlege, die

Bratwurst Bratwurst sein zu lassen und das Mittagessen einzig mit den Muffins zu bestreiten. Die ganze schwere Gedankenarbeit am Morgen hat aber so an meinen Kräften gezehrt, dass ich die Nase zukneife und mich doch erst einmal dem Hauptgericht widme.

»Wie war's bei Monahan?«, fragt Sandy. »Wer hat das Buch gekriegt?«

»Fritten-Mackenzie«, antworte ich, »und Emma Wilkinson beinahe auch, aber als sie geweint hat, ist Monahan weich geworden.«

»Wenn ich im Kurs von diesem Typen wäre«, meint Sandy, »dann würde ich ans Europaparlament schreiben. Dem müssen sie unbedingt mal das Handwerk legen.«

»Eigentlich schon«, pflichte ich bei, »aber je mehr Zeit er mit diesem Irrsinn zubringt, desto weniger bleibt für Geschichte übrig. Und das ist gar nicht so schlecht.«

Sandy schaufelt noch einen letzten Löffel Haferbrei in den Mund. Dann angelt er sich die Dose mit den Muffins. Er klappt den Deckel auf, schnuppert genüsslich daran und nimmt sich das erste vor.

»Und du? Was ist los mit dir?«, fragt er. »Was ist passiert?«

»Mit mir?«, antworte ich verwirrt. »Was meinst du?«

»Deine Idee«, erklärt er. »Ich weiß doch, wie du sonst bist, wenn du eine Idee hast. Da lässt du mich kaum zu Wort kommen, aber jetzt hast du sie nicht einmal erwähnt. Also, was ist los?«

»Ah.« Darauf will er hinaus. »Da gibt's ein Problem. Ich weiß nicht, ob die Sache klappt.«

Er scheint nicht besonders beeindruckt.

»War ohnehin ziemlich albern«, meint er. »Reine Hirngespinste.«

»Na hör mal!«, sage ich. »So dumm ist die Idee auch wieder nicht. Sie ist Gold wert.«

Er schüttelt den Kopf.

»Das ist doch Schwachsinn«, sagt er. »Außerdem funktioniert das doch gar nicht. Wie soll eine App verhindern, dass du Schwierigkeiten kriegst, wenn du nicht aufpasst?«

Ich überlege, ob ich ihm alles verraten soll, von der genialen Kombination aus Umwandlung von Sprache zu Text und der Vorschlagsuche. Aber von solchen Sachen hat er sowieso keinen Schimmer, und deshalb sage ich ihm, dass das im Augenblick alles noch vertraulich ist.

»Das Patent ist schon angemeldet«, erwidere ich. »Die Idee ist wirklich erste Sahne, sage ich dir. Das einzige Problem ist das mit dem Programmieren. Offenbar gibt's an der ganzen Schule nur eine Person, die so was kann.«

»Und warum leistest du dir dann nicht einfach einen richtigen Programmierer?«, fragt er mich, und ich muss lachen.

»Meinst du das ernst? Hast du eine Ahnung, was das kostet? Da müsste ich erst eine Bank ausrauben.«

Ich überlege, ob ich ihm auch noch das Urheberrecht

erklären soll, aber das wäre reine Zeitverschwendung. Er schwebt im Augenblick im siebten Muffin-Himmel, hebt sein Werk ans Licht, betrachtet ihn von allen Seiten und beißt ab und zu ein Stück ab. Langsam werde ich neidisch. Die Bratwurst ist zäh wie Leder und wird und wird nicht weniger. Als ich leise aufstöhne, findet Sandy zurück in die Realität und fragt mich, warum mir der eine Programmierer an der Schule nicht genügt.

»Wie viele brauchst du denn?«

»Zwei«, antworte ich.

»Wozu?«, fragt er. »Wieso genügt nicht einer?«

»Weil der eine ist, wer er ist«, erkläre ich. »Ich brauche zwei, damit ich dem Spinner den Laufpass geben und mit dem Normalen arbeiten kann.«

Er hört auf, seinen Muffin zu malträtieren, und schaut eine Minute lang ziemlich beschränkt aus der Wäsche. Es dauert eine Weile, bis er die von mir gelieferten Daten entzippt hat, aber schließlich begreift er.

»Wer ist der Spinner?«, fragt er. Ich spähe im Speisesaal über seine Schulter hinüber zum Strebertisch, wo sie gerade über ein Kartenspiel diskutieren, das einer auslegt, dann zum Tisch mit den hübschen Mädchen, die mit Lippenstiften hantieren und mit winzigen Spiegeln ihr Haar bewundern. Dann drehe ich mich auf meinem Platz um und werfe einen Blick auf eine Gruppe Lehrer, die trübsinnig auf ihre Teller starren und nicht miteinander reden. Nicht zu übersehen ist auch ein großer Haufen Fünftklässler, die wild kreischen, sich mit Essen bewerfen und sich auch sonst wie Grundschul-Kleingemüse benehmen. Dann sehe ich sie. Sie sitzt allein an einem Tisch und sieht mit einem Blick in die Ferne, den sie selbst todsicher für »inständig poetisch« hält.

Elsie Green.

Ich drehe mich wieder Sandy zu und deute mit dem Daumen über meine Schulter.

»Sie.«

Er schaut in die grobe Richtung, und ich kann beobachten, wie sein Blick hin und her eiert, bis er schließlich das Ziel erfasst. Seine Augenbrauen schießen in die Höhe.

»Greensleeves?«

»Greensleeves«, antworte ich.

Er stößt einen leisen Pfiff aus. »Game over«, sagt er.

»Gut möglich«, sage ich. Urplötzlich sehe ich mich der Bratwurst mit Zwiebeln nicht mehr gewachsen, schiebe sie weg und greife mir einen Muffin. Er schmeckt gut. Verdammt gut.

Ich hätte Hauswirtschaft nehmen sollen und nicht Geschichte.

4 ~~

An diesem Abend bricht bei uns zu Hause mal wieder der ganz normale Wahnsinn aus. War zwar mal wieder an der Zeit, aber ich bin trotzdem überrascht. Wie gewöhnlich fängt alles ganz ruhig an: Ich sitze mit meinen Erzeugern (also Mum und Dad, um die üblichen Begriffe zu verwenden) am Tisch, und wir essen schweigend zu Abend. Dad hat sich's im Unterhemd bequem gemacht und wickelt eine Prise Tabak nach der anderen in kleine Papierblättchen. Eine Pyramide von frischen Zigaretten hat er schon fertig. Sein Vorrat für später. Mum trägt immer noch ihr Kostüm vom Büro und erzählt etwas über jemanden, der auch dort arbeitet, glaube ich. Ganz sicher bin ich mir nicht. Immer wieder schnappe ich kleine Schnipsel auf. Es scheint um eine Frau zu gehen, die der Firma einen Haufen Geld verloren hat, weil sie am Computer den falschen Knopf gedrückt hat. So was in der Art. So in etwa spielt sich das ab. Alles schön friedlich. Und dann, aus dem Nichts, macht Mum mir die Hölle heiß und stellt die 100 000-Dollar-Frage:

»Wie war's denn heute in der Schule, Jack?«

Ich sehe gar nicht auf und nicke nur. »Prima.«

»Und?«, fragt sie. »Was war denn so los?

»Na ja ...«, sage ich ihr, in Gedanken. »Ich hatte einen galaktischen Geistesblitz – einen einzigen Gedanken, der mich weltberühmt und steinreich macht und mir damit für alle, Zeit erspart, jemals wieder Fragen wie diese hier beantworten zu müssen. Aber dann hat sich herausgestellt, dass die einzige Person, die mir dabei helfen kann, zu gefährlich ist, um sich auch nur in ihre Nähe zu begeben. Jedenfalls hasst sie mich. Deshalb hat sich die Sache in Luft aufgelöst und deshalb sitze ich jetzt hier und beantworte für den Rest meines Lebens solche Fragen.«

Aber aus meinem Mund kommt nur: »Nichts Besonderes. Nur das Übliche.« Aber das ist Mum natürlich alles andere als genug.

»Welche Fächer hattest du denn heute?«, fragt sie. An die meisten kann ich mich in diesem Augenblick überhaupt nicht erinnern.

»Am Schluss hatte ich Mathe«, antworte ich, und mir ist sofort klar, das hätte ich mir ein bisschen besser überlegen sollen. Wenn ich einfach Englisch oder Geschichte gesagt hätte, dann wäre Mum damit wahrscheinlich zufrieden gewesen. Hätte nur genickt und gesagt, das sei schön. Bei Mathe ist das anders. Sie hält sich da für eine Expertin, obwohl wir heute ganz andere Sachen machen als sie zu ihrer Schulzeit.

»Und was behandelt ihr gerade?«, fragt sie. »Was war heute Nachmittag dran?«

Ich denke nach. Mein Gedächtnis ist wie leer gefegt. Ich kann mich kaum erinnern, überhaupt dort gewesen zu sein. Die meiste Zeit habe ich überlegt, ob ich mir Objective-C selbst beibringen soll, aber dann war ich mir wieder sicher, dass es außer Greensleeves doch noch jemanden an der Schule geben muss, der sich damit auskennt. Aber es haut mich total um, dass ich in Mathe kein einziges Bit an Information heruntergeladen habe.

»Ich ...«, sage ich, »na ja, mir ist heute ziemlich viel durch den Kopf gegangen.«

Ab da läuft alles wieder ziemlich glatt. Mum legt Messer und Gabel auf dem Teller zusammen, streicht ihren Rock glatt und reckt sich auf dem Stuhl gerade.

»Ach, Jack«, sagt sie und scheint dann tatsächlich um Worte zu ringen. »Wie lange ist es noch bis zu den Prüfungen?«

»Zwei Monate«, murmele ich.

»Was kann einem da durch den Kopf gehen«, fragt sie, »außer den Prüfungen, meine ich?«

»Ich weiß nicht«, antworte ich. »Ich bin einfach ziemlich gestresst.«

»Weswegen?«

»Wegen der Prüfungen.«

»Jack«, sagt sie. »Jack. Wenn du besser aufpassen

würdest, dann wären die Prüfungen gar kein Problem. Und du wärst nicht gestresst. Siehst du denn nicht ein, wie verrückt das ist?«

Ich nicke und dann mischt Dad sich ein.

»Er wird das schon hinkriegen«, sagt er. »Schau mich an – keine einzige Prüfung habe ich in der Schule gemacht, und es hat mir nicht geschadet. Er kann doch bei uns arbeiten. Gleich morgen früh werde ich mal Frank Carberry fragen. Lass dir da mal keine grauen Haare wachsen, Jack.«

»Red keinen Unsinn«, sagt Mum. »Dort wird er auf keinen Fall arbeiten. Er ist zu etwas Besserem bestimmt.«

»Und was meinst du da genau?«, fragt Dad und reißt die Augen dabei vielleicht ein bisschen zu weit auf.

»Ich meine, dass das nicht gut genug für ihn ist«, antwortet Mum, und obwohl das alles nicht besonders angenehm ist, bin ich froh, dass ich aus dem Schneider bin – mit ein bisschen Glück für den Rest des Abends. Normalerweise würde ich mich in diesem Augenblick dünne machen und die beiden das alleine ausdiskutieren lassen. Weil ich aber mittags in der Schulmensa schon nach der halben Bratwurst mit Zwiebeln schlappgemacht habe, bin ich völlig ausgehungert. Also esse ich zu Ende, und während sie weiterquasseln, verabschiede ich mich schließlich – was keiner zu bemerken scheint – und gehe in mein Zimmer. Dort lege ich mich aufs Bett und höre mir von oben noch ungefähr anderthalb Stunden lang den ganz normalen Wahnsinn an.

Einmal war ich in der Fabrik, wo Dad arbeitet. Er hatte vergessen, sein Mittagessen mitzunehmen, und Mum konnte es vor der Arbeit auch nicht bei ihm vorbeibringen. Deshalb hatte sie mich gebeten, es auf dem Weg zur Schule bei ihm abzugeben. Es war im Frühsommer, ziemlich warm draußen, aber als ich in die Fabrik kam, war es dort so heiß, dass ich kaum zu atmen wagte. Ich hatte Angst, mir die Lunge zu verbrennen. Ein paar Minuten lang hielt ich einfach die Luft an, und der Lärm war so gewaltig, dass ich glaubte, mir würde das Trommelfell platzen. Es hörte sich an, als würde ein ganzer Haufen Düsenflugzeuge gleichzeitig starten, direkt über meinem Kopf.

Die Frau am Empfang hatte mich gefragt, was ich wollte, und mich dann über lange Gänge geführt, zwischen lauter zischenden Maschinen. Von innen kam mir das Ganze groß wie eine Stadt vor. Es ist eine Abfüllanlage: Hier werden Whisky und Wodka in Flaschen gefüllt und dann Etiketten draufgeklebt. Mein Dad spielt beim Aufkleben der Etiketten eine wichtige Rolle, ich weiß nur nicht, welche. Als wir bei ihm ankamen, stand er vor einem riesig langen Fließband-Dings und klopfte mit einem Schraubenziehergriff immer wieder auf ein Plastikteil über der Anlage. Die Frau tippte ihm auf die Schulter und er drehte sich um. Es war zu laut, um irgendetwas zu verstehen, und außerdem hielt ich immer noch die Luft an. Deshalb hielt ich ihm einfach das Essenspaket hin und er reckte den Daumen nach oben. Dann versuchte ich, wieder hinauszufinden, aber ich verirrte mich, weil die Frau schon wieder weg war. Sie hatte mich einfach stehen lassen.

Es war, als ob ich in einem Albtraum gefangen wäre. Immer wieder liefen mir Leute über den Weg, die offenbar die Aufgabe hatten, den Whisky zu probieren – jedenfalls nach der Art zu urteilen, wie sie herumwankten und vor sich hin sangen. In einer Abteilung saß eine Handvoll trübsinniger Leute und klebte von Hand Etiketten auf seltsam geformte Flaschen, eine nach der andern, immer wieder. Jemand kehrte die Scherben einer zerbrochenen Flasche zusammen, wischte den Whisky auf und kippte alles in eine Metalltonne, und dann kam ein anderer vorbei, tauchte ein Marmeladenglas in die Tonne und trank die Whiskybrühe, mitsamt dem ganzen Dreck.

Irgendwie muss man an einem solchen Ort den Tag wohl rumkriegen. Ich war bloß froh, lebend wieder herauszukommen. Die Schule kam mir an diesem Tag jedenfalls längst nicht so schlimm vor wie sonst.

Aber ein Erlebnis war es schon gewesen.

»Für den Lebensunterhalt ist das doch prima«, höre ich Dad poltern, denn der Wahnsinn treibt unten weiter seine Blüten. »Er könnte es deutlich schlechter treffen.«

»Nein, das könnte er nicht«, keift Mum zurück. »Vielleicht ist es ein Lebensunterhalt, aber ein Leben ganz bestimmt nicht.«

»Was willst du damit sagen?«, fragt Dad.

»Was glaubst du denn, dass ich damit sagen will?«, antwortet sie.

»Willst du etwa, dass er sein ganzes Leben am Schreibtisch verbringt?«, meint Dad. »Zusammengekrümmt vor sich hin vegetiert?«

»Ich möchte, dass er einen nützlichen Beitrag zur Gesellschaft leistet«, erwidert Mum, »und zwar jenseits von Leberzirrhose.«

Und. So. Weiter.

Ich bin allerdings auch dort gewesen, wo Mum arbeitet. Schon öfter hat sie mich mit hineingeschmuggelt, jedes Mal unter einem anderen Vorwand, und ich bin mir ziemlich sicher, sie tut das in der Hoffnung, dass ich anbeiße, dass ich dem Reiz dieses Ortes erliege und mir später eine ähnliche Arbeit suche. Offen gestanden: Bis jetzt hat das nicht geklappt. Das Ganze lässt sich am ehesten als eine Art Schule für Erwachsene beschreiben. Eine Schule ohne die guten Sachen. Genau genommen ist mir dort überhaupt erst aufgegangen, dass die Schule auch gute Seiten hat. Aber jetzt ist mir das klar. Mal ein bisschen lachen, wenn der Lehrer einem den Rücken zudreht, oder den Tauben auf dem Schulhof dabei zusehen, wie sie über vergammelte Hotdogs herfallen, oder einfach ein bisschen tagträumen und verrückte Ideen weiterspinnen. So was scheint es bei Mums Arbeitsstelle nicht zu geben. Es ist eher dieses typische Am-Schreibtisch-Sitzen-und-seine-Aufgabe-Erledigen, bei dem man vor Langeweile langsam den Verstand verliert. Nicht einmal normal anziehen kann man sich dort. Kein Wunder, dass mir Pigmente in den Haaren abgestorben sind, als ich begriffen habe, dass ich bei Dad in der Fabrik enden werde, wenn ich die Prüfung verhaue, oder in einem Büro wie Mum, falls ich sie auf wundersame Weise doch irgendwie bestehen sollte.

Schon erstaunlich, dass ich über Nacht nicht komplett grauhaarig geworden bin.

»Die Leute werden immer Whisky trinken«, ruft Dad in der Küche.

»Ja, solange sie mit Leuten wie dir zusammenleben«, erwidert Mum.

Ich überlege, ob ich runtergehen und sie bitten soll, mit dem Streiten darüber aufzuhören, welche Welt für mich die richtige ist. Ich könnte ihnen ja sagen, dass sie alle beide eine Inspiration für mich sind. Das Problem ist nur, dass sie mich dann bestimmt fragen, was ich damit meine, und dann müsste ich erklären, dass mich beide Aussichten gleichermaßen erschrecken und aus mir deshalb fast zwangsläufig nur ein Mann der spektakulären Ideen werden kann. Also bleibe ich liegen und höre weiter zu, und irgendwann reift in mir ein ziemlich radikaler Entschluss: Ich werde in den sauren Apfel beißen und versuchen, mit Elsie Green Kontakt aufzunehmen. Ihr Wahnsinn darf mich nicht davon abhalten, aus dem Wahnsinn hier zu Hause auszubrechen. Also blende ich den ganz normalen Wahnsinn aus, so gut es eben geht, und setze meine Ideenmaschine in Gang. Ich brauche einen Plan, um Elsie irgendwie davon zu überzeugen, alles zu vergessen, was in der Vergangenheit zwischen uns vorgefallen ist, und mir bei meiner genialen Idee mit dem Programmieren zu helfen.

5

Geschafft!

Manchmal bin ich selbst über mich erstaunt.

Eines Tages, wenn meine unglaublichen Ideen mich berühmt gemacht haben, dann werden sie im Fernsehen oder so wissen wollen, wie ich auf all diese Geistesblitze gekommen bin. Das weiß ich nicht, werde ich ihnen sagen müssen.

»Benutzen Sie eine spezielle Technik?«, werden sie fragen. »Was ist die Methode, mit der Sie Ihre Ideen erzeugen? Haben Sie irgendein System?«

»Eigentlich versuche ich nur, das vordere Ende meines Gehirns immer gut beschäftigt zu halten«, werde ich antworten. »So kann der Rest in Ruhe vor sich hin brüten. Und wenn er damit fertig ist, schickt er einen Stromstoß nach vorne.«

Vielleicht werden sie mich sogar bitten, gleich dort im Studio vorzuführen, wie ich eine Idee habe, aber das werde ich wahrscheinlich ablehnen. Nicht, weil ich es nicht könnte, sondern um das Mysterium aufrechtzuerhalten.

Bedeutet es, dass man den Verstand verliert, wenn man sich solche Dinge vorstellt?

Schon möglich, aber genau so, wie ich es in meiner Vorstellung im Fernsehen schildere, funktioniert es bei mir tatsächlich, und so ist es mir auch gegangen, als ich auf dem Bett lag und auf den Download gewartet habe, wie ich mit Elsie Green Frieden schließen kann.

Oben an der Decke, genau über meinem Kopf, hing eine Spinne, und ich beobachtete, wie sie Schwierigkeiten hatte, mit zwei Beinen am Anstrich Halt zu finden. Bei den sechs anderen Beinen klappte es bestens, nur diese zwei kriegten es nicht hin. Immer wieder schob sich die Spinne ein kleines Stückchen vor und presste die beiden gestörten Beine an einer anderen Stelle an die Decke, aber sie rutschten ab und hingen wieder ein bisschen herunter. Ich überlegte mir gerade, womit man diese Beine einstreichen konnte, damit sie haften blieben, als mich wie ein Schlag die Idee traf, was ich Elsie geben könnte, um mich mit ihr wieder gut zu stellen. Es ist genau, wie ich gesagt habe: Wenn man das vordere Ende des Gehirns nur gut beschäftigt, dann spuckt der hintere Teil früher oder später die fetten Bissen aus.

Klappt immer.

Gleich am nächsten Morgen auf dem Schulweg mache ich an der Brücke einen Umweg zur Buchhandlung, um meinen Plan in die Tat umzusetzen.

Der Laden ist geöffnet, seit gerade eben, vermute ich. Ich bin der einzige Kunde. Der Besitzer sitzt hinten, löffelt aus einer Müslischale und wärmt sich die Füße an einem Heizlüfter, der die Reste seiner armseligen Haarmähne gleichmäßig über den Raum verteilt. Wie benommen bleibe ich eine Weile zwischen den Regalen stehen, gebe dann aber die Hoffnung auf, selbst etwas zu finden, und wende mich widerwillig an den Buchhändler.

Er sieht mich an, als wäre ich mitten in sein Wohnzimmer marschiert, und die feinen Haarbüschel an seinen Schläfen wehen dabei auf und ab, als würden sie mir zuwinken.

»Ich suche etwas, das mit dem Mittelalter zu tun hat«, sage ich ihm.

»Ja«, antwortet er. Sonst nichts. Er sagt das nicht einmal wie eine Frage, sondern stößt es nur aus und starrt mich weiter unverwandt an.

Ich weiß nicht recht, was ich nun tun soll, also sage ich einfach das Gleiche.

»Ja.«

Dann sehen wir uns wieder an, eine halbe Ewigkeit lang, bis ich es schließlich nicht mehr aushalte.

»Haben Sie so etwas?«, frage ich ihn. »Das mit dem Mittelalter zu tun hat?«

»Suchst du etwas *aus* dem Mittelalter? Oder etwas *über* das Mittelalter?«

Ich lasse mir das durch den Kopf gehen.

»Ist egal«, antworte ich, und er fängt wieder mit dem

Anstarren an. Ich bin schon nahe daran, das ganze Unternehmen abzublasen, als er abdreht, zu einem altertümlich aussehenden Computer an seinem Schreibtisch geht und zu tippen beginnt. Der Monitor ist riesengroß und gelb, und wie beim Fernseher meines Großvaters ragt hinten ein großes Teil heraus, aber als ich mich vorbeuge, um zu sehen, was er dort tut, sehe ich, dass der Bildschirm winzig klein ist. Der Mann sieht zu mir auf mit einem Blick, als wäre ich plötzlich in seinem Badezimmer aufgetaucht, während er auf der Toilette sitzt. Also lehne ich mich wieder zurück und warte, bis er mir das Ergebnis mitteilt.

»*Lyrik des Mittelalters: Liebeslieder der Minnesänger*«, sagt er, und ich stelle mir vor, wie ich Greensleeves dieses Werk in die Hand drücke. Das würde sie bestimmt missverstehen, denke ich und schiebe die Unterlippe vor.

»Und sonst?«, frage ich ihn. Er sieht mich kritisch an und bearbeitet wieder die gelbe Tastatur. Er stutzt, starrt auf den Bildschirm, murmelt etwas und hackt dann etwa fünfzehnmal auf dieselbe Taste.

»*Die Geschichte der Pest: der Schwarze Tod im mittelalterlichen Europa*«

Das geht vielleicht ein bisschen zu weit in die andere Richtung. Es trifft nicht ganz den versöhnlichen Ton, den ich beabsichtige.

»Und was haben Sie noch?«, frage ich. Er richtet sich auf und drückt sich weg vom Computer.

»Das ist alles«, antwortet er. »Such dir eines aus.«

»Nur zwei Bücher?«, ächze ich, aber er gibt keine Antwort. Er hat schon eine Zeitschrift aufgeschlagen und liest. Ich verziehe das Gesicht und überlege. Mir bleibt keine Wahl.

»Ich nehme das mit der Lyrik«, sage ich, und er nickt.

Es dauert ewig, bis er es gefunden hat. Er geht nach vorn und bleibt vor einem Regal stehen – für etwa zwanzig Minuten. Vielleicht bewegen sich seine Augen, aber das kann ich von dort, wo ich stehe, nicht sehen. Seinen Kopf bewegt er jedenfalls nicht. Ich frage mich schon, ob er vielleicht an der Schlafkrankheit leidet, als er plötzlich laut aufstöhnt und wieder zum Computer stürmt. Wieder tippt er eine Zeit lang wütend in die Tasten, knurrt »Scheißkiste« und stampft zu einer Art Schrank, wo er viele kleine Schubladen herauszieht und lange Reihen winziger Karteikarten durchblättert. Schließlich trägt er ein Kärtchen in eine andere Ecke des Ladens und reckt sich zu einem Regalboden hinauf, den er fast nicht erreichen kann. Er scheint inzwischen kurz davor durchzudrehen.

»Wozu brauchst du das überhaupt?«, will er von mir wissen, und ich sage ihm, es sei für ein Referat. Er brummt irgendetwas über Schule und zerrt dann eine kleine hölzerne Trittleiter heran. Sie schlägt ihm ans Schienbein, glaube ich, denn er keift ziemlich schrill »Arschkeks!«, bevor er hinaufsteigt. Dann hält er endlich das Buch in den Händen, trägt es zurück zum Schreibtisch, schiebt es in eine Papiertüte und knüpft mir sechs Pfund dafür ab. Ich bedanke mich, mache, dass ich hinauskomme, und sehe auf der Armbanduhr nach, wie viel ich zu spät zur Schule komme.

Total durchgeknallt, der Typ!

Der Morgen verstreicht mit etwa zwei Kilobytes pro Sekunde. Megalangsam. Ich habe Französisch und Erdkunde, zwei Fächer, für die ich mich noch weniger interessiere als für die anderen, wenn man sich das überhaupt vorstellen kann. Aber dann gibt es doch wenigstens einen erträglichen Augenblick in Erdkunde, als uns Miss Voss aufträgt, im Buch ein paar Seiten über Schneewolken oder etwas in der Art zu lesen, und ich kann währenddessen meinen Kauf hervorholen und einmal richtig ansehen.

Trotz des beunruhigenden Titels gefällt mir das Buch eigentlich ganz gut. Etwa in der Mitte finde ich ein Bild mit einem mittelalterlichen Normalo, der unter einem Fenster steht und auf einer ziemlich absonderlichen Gitarre spielt. Und das Wichtigste ist, er ist ganz ähnlich angezogen wie Elsie Green, mit Puffärmeln und einer Art Weste, und manches im Buch klingt fast so, wie Greensleeves es auch sagen würde. Ich bin sicher, dass ich einen Volltreffer gelandet habe.

Dann ist endlich Mittagspause. Heute bin ich es, der einen ziemlichen Vorsprung hat, weil Miss Voss im Neubau unterrichtet. Ich habe meine fetttriefende Fleischpastete schon zu drei Vierteln verputzt, als Sandy kommt. Elsie Green sitzt an ihrem gewohnten Platz und starrt ins Leere. Alles sieht bestens aus.

»Murchison begreife ich einfach nicht«, murmelt Sandy und setzt sich. »Der Typ ist mit nichts zufrieden.« Dann erzählt er von irgendeinem Versuch im Chemieunterricht und einem Reagenzglas, das aus dem Ständer gekippt ist, aber er merkt ziemlich schnell, dass ich eigentlich gar nicht zuhöre.

»Und wie sieht's bei dir aus?«, fragt er, und ich tätschle die Papiertüte auf dem Tisch neben meinem Tablett.

»Bin wieder im Geschäft«, sage ich. »Gleich werde ich gegen Elsie Green in die Schlacht ziehen.«

Er dreht sich auf seinem Stuhl um und mustert sie. Immer wieder schiebt und zupft sie den seltsamen Hut zurecht, den sie trägt, und von hier aus könnte man meinen, dass sie Selbstgespräche führt.

»Na dann, viel Glück.« Sandy dreht sich wieder zu mir und geht seiner Fleischpastete an den Kragen. »Warum zieht sie sich nur solches Zeug an? Das ist doch abartig.«

Ich hole das Buch aus der Tüte und suche das Bild, das mir vorher in Erdkunde aufgefallen ist. Dann drehe ich das Buch um und schiebe es ihm hin.

»Nicht möglich!«, sagt er. »Wie die Faust aufs Auge.«

Ich nicke, klappe das Buch zu und packe es wieder in die Tüte. Dann schiebe ich meinen Stuhl zurück. »Wünsch mir viel Glück«, sage ich und stehe auf.

»Das wirst du brauchen«, erwidert er, und ich ziehe ins Gefecht.

6

Mein Großvater meint, haarige Sachen geht man am besten direkt an, ohne zu zögern. Mit einer schnellen Bewegung. Diese Einsicht wendet er besonders auf das Entfernen von Pflastern bei Kindern an, aber er sagt, es spielt keine Rolle, ob man nun ein Pflaster abreißt oder aus einem Flugzeug springt – es ist dasselbe. Eine schnelle Bewegung. Vielleicht hat er recht. So gehe ich bei Elsie Green dann aber doch nicht vor. Ich ziehe mir stattdessen den Stuhl neben ihr heraus, ohne sie in ihrer Verzückung zu stören, setze mich leise hin und räuspere mich kaum hörbar.

»Seht ihn nur an!«, haucht sie, und zuerst denke ich, sie meint mich, so nach dem Motto, wie kannst du es wagen, mir nahezutreten. Aber es geht so abgedreht weiter, dass sich meine Befürchtung sofort verflüchtigt.

»Hat man jemals solch unverfälschte Tugend erlebt?«, fragt sie. »Solche Bescheidenheit? Ihm zuliebe strebe ich nach einem vollkommeneren Leben. Seht nur, wie er errötet. Wie eine Rosenblüte. Ihm zuliebe sehne ich mich danach, etwas Heldenhaftes zu vollbringen.«

Ich verstelle ein wenig meine Stimme in der Hoffnung, dass sie mich nicht gleich erkennt, und frage sie, von wem sie da spricht. Meine Hoffnung ist die: Wenn wir uns schon unterhalten, bevor sie begreift, wer ich bin, dann steht sie vielleicht nicht sofort auf und marschiert davon.

»Drew Thornton«, sagt sie verträumt. »Seht doch, wie ihm das Haar auf die Schultern fällt ... Und dann seine Augen! Oh mein Gott!« Dann nimmt das Ganze allerdings eine ungute Wendung, wenn ihr versteht, was ich meine. Zuerst fragt sie mich, ob ich mir die Ekstase vorstellen kann, derartige Unschuld entkleidet zu gewahren. So in der Art. Also, ob ich ihn mir nackt vorstellen kann.

»Zwanzig Lebensjahre würde ich geben, um davon Kunde abzulegen«, sagt sie. »Du nicht auch?«

»Nun ...«, sage ich. »Wohl eher nicht.« Das Ganze kommt mir inzwischen so seltsam vor, dass ich ganz vergesse, wie jemand anderes zu klingen. Da dreht Elsie plötzlich den Kopf und sieht, mit wem sie es zu tun hat.

»Du!«, bricht es aus ihr heraus.

»Hallo«, sage ich, aber sie antwortet nicht. Sie räumt ihr Besteck und die Reste des Mittagessens auf ihr Tablett und macht Anstalten, aufzustehen. Ich weiß: Um die Sache noch hinzubiegen, bleiben mir nur wenige

Sekunden, und ich verfalle in Panik. Und dann taucht ganz vorne in meinem Gehirn plötzlich dieser Halbsatz auf, der beim Blättern in ihrem Buch irgendwie hängen geblieben ist, und bevor ich noch recht begreife, wie mir geschieht, höre ich ihn auch schon aus meinem Mund kommen.

»Ich bin ausgesandt ...«, sage ich. Es scheint auf sie zu wirken. Sie steht immer noch da, aber ihre Hände liegen jetzt ruhig neben ihrem Tablett, und sie geht nicht fort.

»Ausgesandt von wem?«, fragt sie.

Ich komme ins Schwimmen. Mir kommt noch eine Wendung in den Sinn, aber diesmal weiß ich nicht einmal, ob sie überhaupt aus dem Buch stammt.

»Auf Weisung des Königs ...«, sage ich.

Oh je.

»Was *zum Teufel* redest du da?«, fragt sie. »Bist du komplett übergeschnappt?«

Das muss man sich einmal vorstellen: Elsie Green sagt zu mir, ich wäre übergeschnappt. Sie. Zu mir. Ich darf gar nicht darüber nachdenken. Wäre ich nicht so in Panik gewesen, dann hätte ich vielleicht einfach Drew Thornton gesagt und hätte das vermutlich sinnvoll weiterspinnen können. Ich raffe mich auf zu einem letzten, verzweifelten Versuch. Runter mit dem Pflaster.

»Ich wollte mich nur entschuldigen, Elsie«, sage ich kleinlaut. »Das ist alles. Ich wollte dir damals wirklich nicht dazwischenfunken. Und ich habe dir etwas mitgebracht.«

Ich ziehe das Buch aus der Tüte und lege es neben ihrem Tablett auf den Tisch.

»Sehr schön«, sagt sie völlig desinteressiert. »Was immer du von mir willst, vergiss es.«

»Aber ich will doch gar nichts«, erwidere ich. »Ich will das nur wieder gutmachen.«

Ich nehme das Buch und blättere. Bei der Seite mit dem Bild, das wie sie aussieht, schlage ich es auf und fahre mit der Hand darauf herum, um ihre Aufmerksamkeit zu erregen. Das gelingt zum Teil.

»Was ist das überhaupt?«, fragt sie, setzt sich wieder und greift sich das Buch. Sie blättert vor, dann zurück, schließlich klappt sie es zu und betrachtet den Buchrücken.

»Das ist *wirklich* sehr schön«, sagt sie. »Wem gehört es?«

»Dir. Wenn du möchtest«

Sie beäugt mich argwöhnisch. »Du hast fünf volle Monate meines Lebens ruiniert«, sagt sie. »So etwas vergibt man nicht so leicht.«

Ich nicke.

»Ich weiß«, antworte ich. »Aber das war wirklich ein unglücklicher Zufall. Ich hatte mir da etwas Tolles mit den Mensabrötchen ausgedacht und konnte doch nicht ahnen, dass du auftauchst und Stoogey anlaberst. Das war einfach schlechtes Timing.«

Sie sieht mich entsetzt an. »Ich habe *niemanden* angelabert«, faucht sie. »Und Stephen schon gar nicht. Wie kannst du so etwas auch nur denken?«

Ich entschuldige mich.

»Mein Fehler«, murmele ich. »So haben es jedenfalls alle erzählt. Wie war es denn tatsächlich?«

Sie richtet sich auf und blickt knapp über mich hinweg. »Ich habe versucht, ihn für mich zu gewinnen«, sagt sie. »Schon seit dem Ende der Osterferien hatte ich mich darum bemüht. Aber dann, innerhalb von zehn Minuten ...« Sie stockt und kann offenbar nicht fortfahren. Sie beißt die Zähne zusammen und stößt leise, scharfe Laute aus.

»Ich kann wirklich mitfühlen«, antworte ich ihr, ohne recht zu wissen, was ich da sage. Ich schürfe tief, finde aber nichts. In der Hoffnung, etwas Brauchbares nach vorn zu befördern, kneife ich mich in den Hinterkopf. Es funktioniert.

»Aber wenn das nicht passiert wäre, hättest du vielleicht nie erfahren, was du für Drew empfindest«, sage ich und sehe, dass sich ihr Kiefer ein ganz klein wenig entspannt. Sie schlägt das Buch wieder auf und blättert es noch einmal durch.

»Und das ist wirklich für mich?«, fragt sie.

»Wenn du es möchtest ...«, antworte ich.

»*Wie viele Ozeane?*«, liest sie, blickt auf wie in Trance und nimmt den armen, bedauernswerten Drew ins Visier. »Ich nehme es«, beschließt sie, und ich gebe ihr die Papiertüte, damit sie es wieder einpacken kann.

Am Nachmittag sitze ich wieder in Glatzkopf-Baines Naturkundeunterricht und komme mir ziemlich ausgelaugt vor. Das könnte daran liegen, dass die fettige Pastete meiner Verdauung immer noch zu schaffen macht, aber ich habe das Gefühl, dass es eher mit der Zeit zusammenhängt, die ich mit Greensleeves verbracht habe. Ich frage mich, ob ich bei meinem Vorhaben wirklich mit ihr zusammenarbeiten kann, über Wochen, vielleicht Monate. Gut möglich, dass es mich umbringen wird. Ich bin so geschafft, dass ich mich dabei ertappe, wie ich eine ganze Weile zuhöre, was Baines im Unterricht erzählt. Nicht, dass ich irgendwas davon verstehe, aber seine Stimme hat etwas Beruhigendes. Wie ein Radio, das in der Ecke vor sich hin dudelt. Endlich kehrt in meinem Kopf Ruhe ein, und ich höre auf, nachzudenken. Eine Verschnaufpause für meine Schaltkreise. Vorher hatte ich mir unaufhörlich den Kopf über das zerbrochen, was Greensleeves gesagt hat, bevor wir uns wieder versöhnt haben – über das, was ich von ihr will. Da hat sie den Nagel selbstverständlich auf den Kopf getroffen, und jetzt wird es natürlich besonders haarig, wenn sie dahinterkommt, dass ich tatsächlich etwas von ihr will. Wenn die Glatze des Grauens uns also endlos mit Beschleunigung und solchen Sachen zutextet, dann hilft mir das im Augenblick, mir nicht komplett die Transistoren zu verheizen und auf dem Teppich zu bleiben.

Etwa nach der Hälfte der Stunde merke ich, dass mein System wieder rund läuft, und ich bin nun eigentlich ganz zufrieden, wie es mit Elsie und dem Buch gelaufen ist, und mir geht durch den Kopf: Auftrag ausgeführt. Und dann habe ich einen echten Kracher-Einfall. Irgendwas muss besonders sein hier in Glatzkopf-Baines Klassenzimmer. Vielleicht ist die Luft irgendwie aufgeladen von den ganzen Experimenten, die er hier vorführt oder so. Was auch immer es ist, hier fliegen mir gerade die ganz besonderen Ideen zu. Und diese ist wirklich riesig. Ich höre ihn gerade eine besonders geistreiche Bemerkung über eine Feder machen, die draußen im Weltall herunterfällt, als ich glasklar vor mir sehe, wie ich Elsie dazu bringe, ihre Fähigkeiten in Objective-C in meinen Dienst zu stellen. Danach kann ich auch beim besten Willen nicht mehr so tun, als würde ich Glatzkopf-Baines zuhören. Meine Beine sind ganz unruhig, und ich starre auf die Uhr und hoffe, dass sie die Eigenschaften der Beschleunigung demonstriert, die Baines vorher erwähnt hat. Sie scheint sich aber eher in entgegengesetzter Weise zu verhalten – als bewegungsträge Masse im räumlich-zeitlichen Zusammenspiel mit dem unverdinglichbaren Irgendwas.

Dann schafft es der Zeiger doch irgendwie, und ich bin schon vom Stuhl hochgeschnellt, bevor Baines »Das war's für heute« zu Ende gesprochen hat. Ich flitze hinaus wie Tom Murdoch damals bei unserer allerersten Feuerübung und lasse mich weder von Frauen noch Kindern aufhalten.

Elsie Green ist auf den Schulkorridoren leicht zu finden. Man muss nur der Spur der kichernden Fünftklässlerinnen folgen, die ihr bereits begegnet sind und einen todsicher zur Quelle führen. Je frischer das Gelächter, desto näher das Ziel. Ich pirsche erst durch den Neubau, dann den Altbau, wo ich finde, was ich suche, und folge dem Lachen die Treppe hinauf in den zweiten Stock. Es dauert nicht lange, dann sehe ich sie. Sie geht eben am Sprachlabor vorbei. Ich drehe mich um und renne die Treppe wieder hinunter, sodass ich im mittleren Treppenhaus wieder heraufkommen kann, damit es so aussieht, als würde sie mir zufällig über den Weg laufen. Ich bin dann zwar schon ziemlich außer Atem, aber ich schaffe es, mit ihr zusammenzutreffen, als sie gerade oben an der Treppe ankommt.

»Oh, Elsie«, sage ich ganz überrascht, aber sie sieht mich nur etwas nachdenklich an.

»Was willst du?«, fragt sie nicht besonders freundlich angesichts der Tatsache, dass sie vorher ein Geschenk von mir bekommen hat.

»Na, nur mal Hallo sagen«, antworte ich, und wieder sieht sie mich misstrauisch an.

»Was hast du jetzt?«, frage ich.

»Doppelstunde Latein.«

Inzwischen gehe ich schon neben ihr, obwohl ich nicht so recht weiß, an welchen Fachräumen wir hier eigentlich vorbeikommen, und obwohl ich keine Ahnung habe, was ich antworten soll, wenn sie mich fragt, wohin ich gehe. Aber sie fragt nicht. Es scheint sie nicht zu kümmern, wohin ich gehe.

Ich bemerke, wie jüngere Schüler sie anstarren, was

sie offenbar ebenso wenig wahrnimmt wie das Gelächter, das einsetzt, kaum dass wir an ihnen vorbei sind.

»Ach ...«, sage ich, als wäre es mir eben eingefallen, »... wegen dem, was du beim Mittagessen über Drew Thornton gesagt hast ...«

Mit schmalen Augen wendet sie sich mir zu. Seit ich sie angesprochen habe ist es so ziemlich das erste Mal, dass sie mich ansieht. Ich nehme das als gutes Zeichen.

»Wie kannst du es wagen, auch nur seinen Namen auszusprechen?«, haucht sie. »Es sollte dir die Sprache verschlagen.«

»Ja«, antworte ich ganz im Geist des Spinners aus der Buchhandlung. Das scheint sie aber längst nicht so aus der Fassung zu bringen wie mich am Morgen. Ich bin mir nicht einmal sicher, ob sie überhaupt bemerkt hat, dass ich etwas gesagt habe. »Wie auch immer ...«, fahre ich fort, »was du da gesagt hast, war das ernst gemeint?«

Wieder kneift sie die Augen zusammen. »Alles, was ich sage, meine ich ernst«, entgegnet sie. Stimmt vollkommen. Völlig durchgeknallt. »Und ganz besonders, wenn es Drew betrifft.«

Ich nicke.

»Gut zu wissen«, sage ich. »Dann ist es also wirklich so?«

»Was meinst du? Dass ich ihm zuliebe nach einem vollkommeneren Leben strebe?«

»Nein, nicht das ...«, sage ich. »Dass du alles dafür geben würdest, ihn ... ihn zu sehen ... ich weiß nicht mehr, wie du das genau gesagt hast.«

»Heckst du schon wieder etwas aus?«, fragt sie, und ich schüttele den Kopf. Sie verzieht das Gesicht, als hätte sie gerade an einer Zitrone gelutscht. »Was genau hast du vor?«

Inzwischen sind wir bei ihrem Klassenzimmer angekommen. Vor der offenen Tür bleibt sie stehen und dreht sich zu mir um. Sie sieht ins Klassenzimmer und dann wieder zu mir.

»Ich dachte, ich könnte dir vielleicht helfen«, sage ich, »jetzt, wo wir Freunde sind.«

»Freunde?«

»Na ja, jedenfalls reden wir wieder miteinander.«

»Ich weiß immer noch nicht, was du meinst«, sagt sie. »Wobei willst du mir helfen?«

»Drew zu sehen ...«, antworte ich »... und zwar entkleidet.« Ich merke, jetzt habe ich wirklich ihre volle Aufmerksamkeit. Ihre Ohren färben sich ein bisschen rötlich und in ihrem Augenwinkel fängt ein kleiner Muskel an zu zucken.

»Wirklich?«

»Wenn du möchtest.«

Sie schlägt die Hand vor den Mund. Ein paar Normalos zwängen sich an uns vorbei ins Klassenzimmer, und als sie drin sind, fangen sie an zu lachen.

»Aber was möchtest du von mir dafür haben?«, fragt sie.

»Nichts«, sage ich. »Na ja, nicht viel. Zwanzig Jahre deines Lebens jedenfalls nicht. Vielleicht könntest du, ich weiß nicht ... Vielleicht könntest du für mich ja ein bisschen programmieren oder so. Ein bisschen Objective-C.«

Sie wedelt mit der Hand, als hätte das keinerlei Bedeutung, und wir stehen da und sehen uns an. Und plötzlich fängt mein Puls an zu rasen. Es klappt tatsächlich. Meine Idee wird also tatsächlich abheben. In meinem Delirium fällt mir sogar auf, dass Elsie ziemlich hübsch ist, für sich betrachtet und ohne den ganzen mittelalterlichen Firlefanz.

»Aber keine faulen Tricks«, erklärt sie. »Keine Fotos, Videos, Zeichnungen oder Blicke durchs Fenster. Er muss dort sein, im gleichen Raum wie ich.«

Ich nicke.

»Okay ...«, sage ich, »... und was das Programmieren angeht ...«

»Hinterher«, antwortet Elsie. »Wenn du das hinkriegst und wenn das Ganze nicht bloß Schwindel ist, dann werde ich dir alles programmieren, was du willst.«

»Elsie!«, ruft es aus dem Klassenzimmer. »Würdest du uns auch mit deiner Gegenwart beehren? Komm bitte rein und schließ die Tür.«

Greensleeves verdreht die Augen, und ich verspreche ihr, dass ich es hinkriegen werde. Ohne Frage. Ich sehe mich um, weil eine Gruppe Fünftklässlerinnen kichernd herankommt. Als ich mich wieder umdrehe, ist Elsie fort. Sie ist im Klassenzimmer verschwunden und die Tür ist zu.

»Ist das deine Freundin?«, fragt ein Mädchen mit quiekender Stimme, und ich schüttele den Kopf.

»Sie ist echt seltsam«, meint eine andere.

»Ich glaube, sie ist *wirklich* deine Freundin«, quäkt die erste, und sie schütteln sich alle aus vor Lachen, aber mir ist das ziemlich egal. Ich bin unantastbar. Ich spanne meine Flügel an. Mache mich bereit zum Abheben.

7

Ausnahmsweise droht an diesem Abend zu Hause einmal nicht der ganz normale Wahnsinn. Ich bin dafür gewappnet, als ich hinuntergehe, aber Mum muss offenbar länger arbeiten, und Dad und ich sind beim Abendessen alleine. Dummerweise öffnet das Raum für eine ganz neue Art von Wahnsinn, die ich noch nie erlebt habe, und es geht damit los, was es zu essen gibt.

»Okay für dich?«, fragt Dad, als er mir den Teller hinstellt. Mit kalter Pizza und Erbsen. Macht man das jetzt so? Ich frage mich, ob die Pizza warm war und auf dem Teller wieder kalt geworden ist oder ob er sie nicht lange genug gebacken hat. Die Erbsen sind kochend heiß. Beim ersten Bissen verbrenne ich mir die Zunge. Er hat auch gleich noch einen Haufen Erbsenwasser mit auf den Teller gekippt. Die Pizza ist also nicht nur kalt, sondern auch noch durchgeweicht.

»Pizza und Erbsen«, erklärte er und setzt sich an seinen Platz.

»Macht man das jetzt so?«, frage ich.

»Jetzt schon«, sagt er.

Das Radio ist furchtbar laut. Nur so kann er etwas hören, aber es scheint ihn nicht sonderlich zu interessieren. Offenbar geht es mehr um »Beziehungsarbeit«, jetzt wo wir beide alleine sind.

»Ich werde deinetwegen morgen mal mit Frank Carberry reden«, sagt er, und so wie er die kalte Pizza hinunterschlingt, kann er davon offenbar kaum genug kriegen. »Aber sag das nicht deiner Mum. Irgendwas haben sie in der Fabrik bestimmt für dich. Da bin ich mir sicher. Zerbrich dir wegen der Prüfungen nicht den Kopf.«

»Okay«, sage ich.

»Schlägst du dich immer noch damit herum?«, fragt er.

»Sie haben noch gar nicht angefangen«, erzähle ich. »Aber das wird schon werden ...«

»Nicht, wenn du nach mir kommst«, sagt er. »Wenn's bei dir nur annähernd läuft wie bei mir damals, dann wird das eine Katastrophe. Aber mach dir deswegen keinen Kopf. Wenn du bei uns einsteigst, kann nichts schiefgehen. Es wird dir gefallen.«

»Vielleicht ist es mir dort aber zu heiß«, sage ich.

»Nein«, meint er. »Glaube ich nicht. Man kommt damit klar.«

»Aber im Sommer? Ich glaube nicht, dass ich das aushalten würde. Und der Krach. Wie kannst du diesen Krach nur ertragen?«

»Welcher Krach?«, fragt er. »Da ist überhaupt kein Krach.«

»Von den Maschinen«, wende ich ein, aber er schüttelt den Kopf.

»Das nimmst du gar nicht wahr«, beteuert er. »Schon nach einer Woche bist du taub. Das ist ein weiterer Pluspunkt. Je früher du taub wirst, desto schneller kannst du die Entschädigung dafür einstreichen – da kommt zu deinem Einstiegslohn ein ganz hübsches Sümmchen obendrauf.«

Praktisch wäre es auch bei Unterhaltungen wie dieser, geht mir durch den Kopf. Ich mache einen Versuch mit der Pizza und den Erbsen. Ich komme nicht weit, gelange aber zu der Überzeugung, dass man so was definitiv nicht macht.

»Und? Was meinst du?«, fragt Dad. »Soll ich morgen mit Frank reden?«

»Warte lieber noch ein, zwei Wochen«, sage ich.

»Besser nicht«, meint er. »So was kann dauern. Ich bring das mal lieber in Gang. Viele Optionen hast du ja nicht, oder? Willst ja nicht auf der Straße landen.«

»Also ...«, sage ich. »Ich bin da gerade an etwas dran. An einer Idee ...«

»Eine Idee!«, wiederholt er. Er lacht nicht richtig dabei, aber es hört sich an, als müsste er das eigentlich. Es ist ein bisschen wie das »Ja« beim durchgeknallten Buchhändler. Ziemlich beeindruckend. Ich speichere das ab zur weiteren Verwendung. Solche Sachen sind manchmal ziemlich praktisch. »Ideen sind ja gut und schön«, sagt er mir, »aber am Ende kriegst du davon auch kein Essen auf den Tisch.«

Ich spiele kurz mit dem Gedanken, ihm zu sagen, dass heute Abend auch kein Essen auf dem Tisch war, lasse es aber sein.

Dann erzählt er mir eine Geschichte über einen Schulfreund. Das zieht sich etwas, sodass ich mich mit dem Abendessen ablenke. Andererseits hilft mir sein Gequatsche, mich vom Geschmack des Essens abzulenken. So geht das hin und her, bis ich eine ansehnliche Menge vertilgt habe, die für den größeren Teil der Nacht ausreichen sollte. Als ich Messer und Gabel weglege, redet Dad immer noch.

»Hat ihm beide Hände abgerissen«, sagt er. »Alles voller Blut. So geht das mit Ideen, wenn du mich fragst. Lass lieber die Finger davon.«

Er räumt unsere Teller ab und kratzt die Reste von meinem in den Mülleimer. Sein Teller war tatsächlich leer. Unglaublich. Er stellt die Teller in die Spüle und schaltet endlich das Radio aus.

Halleluja.

»Gar nicht bemerkt, dass es noch an ist«, sagt er. »Hast du was gehört?«

»Ein bisschen«, sage ich. Er setzt sich mit einer Flasche Bier aus dem Kühlschrank wieder hin und rollt sich einen Vorrat an winzigen Zigaretten.

»Und?«, fragt er. »Noch was vor heute Abend?«

Ich schüttele den Kopf. »Ich muss mir überlegen, wie ich's hinkriege, dass sich ein Junge aus der Schule nackt auszieht«, sage ich. Im Traum jedenfalls.

In Wirklichkeit antworte ich nur: »Hausaufgaben.« Und er nickt.

»Aber übertreib's nicht«, sagt er. »Das mit dir haben wir ja geklärt. Aber nicht vergessen: Das bleibt unter uns – deiner Mum erzählst du nichts.«

Ich stehe auf, bedanke mich fürs Essen, und er sagt: »Gern geschehen.« Dann gehe ich hinauf in mein Zimmer und überlege, wie ich's hinbekomme, dass sich ein Junge aus der Schule nackt auszieht.

Das Schlimmste ist: Ich kenne Drew Thornton nicht einmal. Genau genommen wusste ich noch nicht mal, dass er existiert, bis Greensleeves mich auf ihre total bescheuerte Art auf ihn aufmerksam gemacht hat. Ich weiß nicht mal, in welche Klassenstufe er geht. Die Normalos, bei denen er beim Mittagessen saß, waren vielleicht eine Klasse unter mir, aber sicher war ich mir nicht, weil ich keinen von ihnen kannte. Da liege ich also eine ganze Weile auf dem Bett und wundere mich, wie ich mich in so eine idiotische Lage manövrieren konnte, aber dann gehe ich online und sehe nach, ob er vielleicht ein Profil eingestellt hat. Es gibt Hunderte von Drew Thorntons. Ich gebe den Namen unserer Schule ein und komme der Sache etwas näher, aber dann muss ich sie mir doch alle einzeln ansehen. Eigentlich weiß ich schon gar nicht mehr richtig, wie er aussieht. Elsie sagte ja was von Wangen wie Rosenblüten. Fallendes Haar. Was meint sie damit? Ich klicke einen Trottel nach dem andern durch, Schwachmaten mit Bierflaschen und andere, die Berge hinaufsteigen. Bilder von Comicfiguren und Pobacken. Vielleicht hat er auch so einen Avatar?

Dann finde ich ihn, glaube ich. Er steht, spindeldürr, neben irgendeinem Denkmal. Ich klicke ihn an und merke, dass irgendwas bei mir zu vibrieren beginnt, während sich die Seite aufbaut, aber dann ist das Gefühl wieder weg. Er hat seine Seite so eingestellt, dass ich nicht mal seine Freundesliste sehen kann. Rein gar nichts – außer seinem Namen, dem Foto, auf dem er spindeldürr aussieht, und der Nachricht, dass er den Zugang zu manchen Informationen eingeschränkt haben könnte. Kann man wohl sagen. Da sich auch keine gemeinsamen Freunde finden lassen, sieht es ganz so aus, als würde das alles nicht leicht werden – und dabei hatte ich mir ja schon vorher ausgemalt, wie schwierig das Ganze einzufädeln sei. Ich lege mich wieder aufs Bett und suche nach einer Möglichkeit, es ohne eine Freundschaftsanfrage hinzukriegen.

Dann schicke ich ihm eine Freundschaftsanfrage.

Vorher sehe ich mir mein eigenes Profil sehr genau an und werfe alles hinaus, was mich als abgedrehten Stalker erscheinen lassen könnte. Oder so aussieht, als würde ich auf ihn stehen. Ich stelle ein anderes Foto von mir ein, eines aus Sandys Album, das mir besser gefällt. Ich stehe vor cincr Mauer. Sandy hat es auf einem Schulausflug gemacht und mein Haar fällt da ganz passabel. Es war gerade frisch geschnitten, glaube ich. Ich lächle ein wenig, aber nicht zu sehr. Auf dem alten Bild habe ich schon ein bisschen geistesgestört ausgesehen. Auf dem neuen wird er mich bestimmt erkennen, und weil ich Jackdaw darunterschreibe, wird er auch wissen, vom wem es kommt, wenn er von irgendwas einen blassen Schimmer hat. Ich ändere auch meinen Beziehungsstatus. Der lautete »Das ist kompliziert«, aber nur, weil ich »Mit meiner Arbeit verheiratet« schreiben wollte, das Programm mich aber nicht ließ. Ich wechsele zu »In einer Beziehung«, obwohl das nicht stimmt, aber ich will nicht, dass er das Falsche denkt. Bei »Gefällt mir« lasse ich alles, wie es ist: »Ideen haben und umsetzen.« Ebenso bei meinen Interessen: »Geld verdienen, nicht in der Schule sein und tagträumen.« Im Lebenslauf steht: »Ich bin Serienunternehmer, blicke auf eine ganze Serie von Katastrophen zurück und habe eine glänzende Zukunft vor mir. Ich bin dazu bestimmt, ein legendärer Mann der Ideen zu werden. Ich ziehe mich gut an und bin stolz auf mein Haar.« Das mit den Kleidern und Haaren lösche ich und werfe dann die schrägen Partyfotos, die man missverstehen könnte, aus meinem Album. Als das alles in Ordnung gebracht ist, schicke ich die Anfrage los.

Ich bereue es fast im selben Moment.

Die nächste Stunde sitze ich am Schreibtisch und

lese ein Wirtschaftsmagazin, um das Ganze zu vergessen. Das gelingt mir nicht einmal annähernd. Alle drei oder vier Seiten sehe ich auf dem Computer nach, ob das kleine rote Icon schon aufgetaucht ist. Ich rede mir ein, dass heute Abend nicht mehr damit zu rechnen ist, dass es wahrscheinlich Tage dauern wird, aber da liege ich falsch. Schon nach einer halben Stunde leuchtet das rote Zeichen auf, und ich mache mir Gedanken, ob nicht am Ende *er* so ein abgedrehter Stalker ist. Vielleicht hat er noch nie eine Freundschaftsanfrage bekommen und ich bin der Erste. Und jetzt werde ich ihn nie wieder los. Egal, sage ich mir. Immerhin hat's geklappt, mehr wollte ich doch gar nicht. Über den Rest kann ich mir später Sorgen machen. Ich halte die Luft an, klicke auf sein Bild und mache mich auf die Hinweise bereit, die ich für mein Vorhaben gleich bekommen werde.

Das Erste, das mir auffällt, sind 132 Freunde. Ordentlich. Er ist jedenfalls kein Loser, der sich mir wie ein Mühlstein um den Hals hängen wird, aber es sind auch nicht so viele, dass man ihn für einen komplett Verrückten halten müsste. Ich suche sein Profil nach weiteren Hinweisen durch.

Gefällt mir: »Fußball, Lesen, Xbox.« Interessen: »Wissenschaft, Politik, Astronomie.« *Politik?* Als Lebenslauf hat er geschrieben: »Ich bin in der Wissenschafts-AG und im Debattierklub der Schule. Ich wohne zusammen mit Mum und Dad und meinem Hund Alfie, der mich immer zum Lachen bringt.« Dann nennt er ein paar seltsame Bücher und Filme, von denen ich noch nie gehört habe, und in seinen Alben finden sich die üblichen sinnlosen Fotos von Geburtstagspartys und aus dem Sommerurlaub. Irgendwie ist da nichts, das mir weiterhilft.

Seinem Geburtsdatum nach liege ich wohl richtig, dass er eine Klasse unter mir ist, aber dass ich sein Freund werden musste, nur um das herauszufinden, behagt mir irgendwie nicht. Doch es kommt noch schlimmer: Ich sehe, dass er mir eine Nachricht geschickt hat. Soll ich einfach den Computer ausschalten und so tun, als wäre das alles nie geschehen? Dann fällt mir ein, dass ich noch seine Freunde durchgehen muss, verdränge also seine Nachricht, so gut es geht, und klicke mich weiter zu den 132 Beteiligten dieser traurigen Posse. Gleich als Erstes fällt mir auf, dass Elsie Green nicht dabei ist – als Zweites, dass ich mit draufstehe. Ein guter Teil der Normalos auf der Liste heißt mit Nachnamen Thornton. Ich schätze etwa 65 Prozent, darunter ziemlich alte, aber auch sehr junge. Ich überfliege den Rest und stoße zu meiner Erleichterung auf ein paar Gesichter, die ich kenne. Debbie Crawford, Chris Yates und Izzy Goodwin. Sie sind in meinem Profil zwar keine Freunde von mir, aber ich kenne sie alle ein wenig. Sie sind keine Spinner, und ich schöpfe leise Hoffnung, dass dann auch Drew kein Spinner ist. Ich nutze diesen Gemütszustand aus und klicke, bevor mich etwas davon abbringt, auf meinen Posteingang, um seine Nachricht zu lesen.

»Hallo, Jackdaw«, steht da. »Hab dich schon gesehen. Schön, dein Freund zu sein. Was läuft?«

Was *läuft?* Wirklich? Ich verdränge die ganze Sache und entscheide, dass ich nicht gleich antworten muss. Vielleicht brauche ich ja überhaupt nicht zu antworten. Ich wende mich wieder den drei Freunden zu, die ich kenne und unterziehe sie eingehenden Überlegungen.

Debbie Crawford und Izzy Goodwin sind beide in meiner Geschichtsklasse beim Feldwebel. Debbie hat sogar einmal mit dem Buch Bekanntschaft gemacht und Izzy hat so ein neongrünes Fahrrad mit diesem Bändel-Zeugs am Lenker. Sieht nicht so aus, als würde mir das helfen, und mir fällt auch nichts anderes ein, das mich weiterbringen könnte. Aber Chris Yates ... Der hat in der Schule gerade ziemliche Schwierigkeiten, und es sieht aus, als wäre das nur der Anfang.

Ich sehe mal schnell nach seinem Profil. Sperrangelweit offen – genau das Gegenteil von Drews Seite. Ich kann seine Pinnwand und seine Infos sehen und von der Pinnwand aus komme ich sogar zu seinen Alben. Nichts ist gesichert. In seinem Lebenslauf steht: »Ich bin Bohemien und Freidenker. Lebe dein Leben.« Vielleicht hat er ja deshalb nichts auf seiner Seite blockiert.

Ich sehe mir das alles genau an, besonders die Alben. Er hat einen ganzen Haufen davon. Alles Mögliche. Und jedes hat haufenweise Bilder: alte Boote, neue Autos und außerdem viele Städte im Ausland. Sogar die Partyfotos sehen bei ihm interessanter aus als bei anderen. Und dann, etwa im zwanzigsten Album, finde ich fünf Bilder, die alles verändern, denn es scheint sich doch zu lohnen, Drews Freund zu werden. Ich bin für den Augenblick so durch den Wind, dass ich Drew eine Antwort schreibe. »Bin am Chillen«, sage ich. »Bin auch froh, dein Freund zu sein. Was läuft bei dir?«

Ich bereue es sofort.

Ich hätte ihm schreiben sollen, dass meine Anfrage ein Irrtum war. Ich hätte ihm sagen können, mein Cousin hätte von meinem Profil aus Anfragen an alle möglichen Leute geschickt. Jetzt gibt es kein Zurück. Ich fahre den Computer herunter und rate mir, alles zu vergessen. Mich zu konzentrieren. Jetzt muss ich mich um Wichtigeres kümmern.

Ich bleibe ein paar Minuten mit geschlossenen Augen sitzen, um meine Prioritäten neu zu sortieren. Als alles wieder funktioniert, frage ich Sandy per SMS, ob er weiß, wo Chris Yates wohnt. Das tut er. Er schickt mir die Adresse. Ich suche sie auf Google Maps; es ist gar nicht weit entfernt. Und bevor ich's mir anders überlegen kann, rufe ich Dad zu, dass ich noch mal zum Laden muss, und starte in Richtung Yatesy.

8

Ich war dabei, als es mit Yatesys Schwierigkeiten losging – genau wie etwa drei Viertel der Schule. Es gab jede Menge Zeugen. Ich war mit Sandy beim Sportgelände und habe versucht, bei der Idee, die mir vorschwebte, die Gewinnspanne abzuschätzen, als plötzlich alle um uns herum in dieselbe Richtung losliefen, alle gleichzeitig. Das konnte nur eines bedeuten: eine Schlägerei. Wir haben alles stehen und liegen gelassen und sind auch losgestürmt. Auf dem Schulhof vor dem Altbau war schon eine riesige Menge versammelt, ein Kreis mit einem Loch wie bei einem Donut. Dort in der Mitte stand dieser Typ, Cyrus McCormack, aber Rektor Bailey hatte ihn schon am Schlafittchen.

»Zu spät«, sagte Sandy, als wir uns durchs Gedränge nach vorn schoben.

»Wer war der andere?«, fragte ich das Mädchen neben mir.

»Chris Yates«, antwortete sie.

Aber dann sprang rechts von uns, etwa so weit vom Kampfplatz entfernt wie wir, plötzlich Chris Yates in die Höhe. Er benutzte die Schultern des Normalos vor ihm als Stütze, während er, so hoch es ging, sprang und rief: »Wer prügelt sich da? Habe ich was verpasst? Ist es schon vorbei?«

Ich mache mir vor Lachen noch immer fast in die Hose, wenn ich daran denke. Er hatte einen hochroten Kopf und blutete aus der Nase und einer langen Schramme auf der Wange. Das Haar stand an einer Seite hoch, und auf der anderen Seite, wo er es wieder in Ordnung hatte bringen wollen, war es wie angeklatscht. Während er so auf und ab hüpfte, versuchte er, auch die andere Seite zu bändigen, was aber nicht so recht gelang.

»Wer prügelt sich da?«, rief er noch einmal, bis ihn jemand von hinten am Hemd packte und herunterzog.

»Mach keinen Scheiß«, sagten sie zu ihm, drückten ihn herunter und zerrten ihn durch die Menge davon.

Irgendwie hatte Bailey ihn nicht bemerkt. Vielleicht sahen ja vorne im Kreis alle wie Yatesy aus. Vielleicht waren alle zerkratzt und blutig. Jedenfalls musste es ziemlich heftig zugegangen sein.

»Ruhe!«, rief Bailey, und auf wundersame Weise wurde es auf dem Schulhof vergleichsweise still. »Also gut«, sagte er. »Ich will, dass der andere Schüler, der sich hier geprügelt hat, schon vor meinem Büro wartet, wenn ich dort ankomme. Wenn nicht, werden seine Schwierigkeiten zehnmal größer werden. Mindestens.«

Dann zerrte er Cyrus McCormack durch die sich bildende Gasse über den Hof fort zu seinem Büro, und zwar so, dass es wahrscheinlich gegen Cyrus' Menschenrechte verstieß.

Ich brauche nicht zu sagen, dass Yatesy natürlich nicht vor Baileys Büro wartete. Er schrubbte sich in der Toilette das Gesicht und versuchte, seinen wilden Rotschopf wieder in Ordnung zu bringen. (»Kupferfarben« nennt er das in seinem Profil.) Einer von seinen Kumpels kam Cyrus beim Abgang durch die Menge ganz nahe und flüsterte: »Wenn du petzt, bist du tot.«

Cyrus befolgte den Rat. Er sagte, er habe nicht genau gesehen, wer ihn schlug. Bailey wusste natürlich, was Sache war, konnte aber nichts aus ihm herausbringen. Stattdessen stellte er unserem ganzen Jahrgang bei der nächsten Schulversammlung ein Ultimatum.

»Wenn der bei diesem Vorfall beteiligte Schüler sich nicht freiwillig meldet, wird der Schulausflug dieses Jahr ausfallen. Ich gebe dem Schüler drei Tage Zeit, sich zu stellen. Tut er das nicht, dann stelle ich dem Rest der Schule frei, mich über den Schuldigen in Kenntnis zu setzen und so den Ausflug zu retten. In diesem Fall wird der Schuldige sofort der Schule verwiesen.«

Yatesy stellte sich nicht. Er hatte keine Wahl, muss ich zu seiner Verteidigung sagen. Er war schon wegen anderer Vorfälle verwarnt worden, sodass ihm in jedem

Fall der Verweis drohte. Seither halten seine Freunde abwechselnd in der Nähe von Baileys Büro Wache, und es heißt, wenn Bailey herauskriegt, dass Yatesy bei der Schlägerei dabei war, dann bekämen es alle, die in der vorigen Woche beim Direktor waren, mit Yatesys Kumpels zu tun. Bis jetzt scheint das alle mehr zu beeindrucken als der ausgefallene Schulausflug. Aber jeder weiß, je näher der Termin rückt, desto wahrscheinlicher ist es, dass jemand einknickt.

Aber ich weiß jetzt, wie ich Yates helfen kann. Mir ist ein Ablenkungsmanöver eingefallen. Jetzt stehe ich vor seiner Haustür. Während ich warte, bis jemand öffnet, gehe ich noch einmal durch, was ich als Gegenleistung von ihm dafür verlange – und wie ich meine Forderung nach Möglichkeit nicht ganz so geistesgestört erscheinen lassen kann.

Yatesys Zimmer ist ganz anders als meines. Ich habe mir eigentlich nie Gedanken über mein Zimmer gemacht, aber jetzt, wo ich Yatesys gesehen habe, wird mir klar, dass meines immer noch ein Kinderzimmer ist, mit Kinderbett, Kinderregal und einem Kinderschreibtisch. An der Wand hängen ein großes Poster mit einer Dohle, die an einer Kokosnuss pickt, und eine Karte mit den verschiedenen Hirnregionen. Mehr an Verschönerung habe ich nicht unternommen. Mein Computer steht auf dem Kinderschreibtisch und der

Fernseher auf meiner Kinderkommode. Stühle und andere Flächen sind mit Stapeln von frischer Wäsche belegt, die Mum in mein Zimmer bringt, und auf dem Boden liegt lauter Zeug herum. Bei Yatesy dagegen sieht es aus, als würde er mit seinen Eltern zusammen in einer WG leben – nicht einfach *in* ihrem Haus. Sein Bett ist ganz niedrig mit so einer Art Teppich als Decke und es ist riesig breit. An einer Seite steht sein Fernseher auf einem Ständer, davor zwei richtige Sessel und ein niedriger Couchtisch, wie in einem kleinen Wohnzimmer. Sogar Lampen hat er dort, und ein Waschbecken an der Wand. Der Rest ist wie ein Künstleratelier eingerichtet, mit lauter Zeug, das genau aufeinander abgestimmt wirkt. Statt Postern hat er richtige Bilder an den Wänden, in richtigen Rahmen.

»Sieht ein bisschen wie bei mir aus«, sage ich ihm, als er mich in sein Zimmer führt. Er antwortet nicht darauf, und ich überlege, ob ich es noch einmal sagen soll, lasse es dann aber.

Es war gar nicht so leicht, überhaupt hineinzukommen. Als seine Mutter an die Haustür kam, hat sie ausgesehen, als wäre es ihr lieber, wenn ich nicht da wäre. Wie eine Mum hat sie eigentlich auch nicht ausgesehen, eher schon wie Yatesys Kunstlehrerin. Dann hat sie gefragt, was ich wollte, und ich habe gesagt, ich wollte Yatesy treffen.

Sie hat irgendwie geseufzt.

»Und wie heißt du?«, hat sie gefragt.

»Jackdaw.

»Jack wer?«, meinte sie.

»Jack Dawson.«

Sie ist weggegangen, ohne irgendwas zu sagen, aber es war klar, dass ich nicht reinkommen sollte; also bin ich auf dem Fußabstreifer stehen geblieben. Sie war eine ganze Weile weg, und ich habe sie auch nicht reden hören, aber dann war sie wieder da.

»Und worum geht's?«

»Na ja ... er soll doch von der Schule verwiesen werden, weil er diesem Typen den Schädel eingetreten hat, aber ich habe da echt eine dufte Idee, wie er den Hals aus der Schlinge ziehen könnte.« Das habe ich aber nur in Gedanken gesagt, während ich darauf gewartet habe, dass mir die richtige Antwort einfällt.

»Es geht um den Schulausflug«, habe ich ihr gesagt, und sie ist wieder verschwunden. Das hat dann tadellos funktioniert. Diesmal ist Yatesy selbst an die Tür gekommen – nicht dass er gelächelt hätte oder so, aber es war klar, dass er interessiert war.

»Und? Was liegt an?«, hat er mich gefragt. Die Tür war hinter ihm fast geschlossen, und es war immer noch klar, dass ich nicht hineinkommen würde.

»Ich glaube, ich habe dein Problem gelöst«, habe ich gesagt. »Ich glaube, dass ich dir helfen kann.«

Dann hat er mich eine Minute lang schweigend angestarrt. »Und was springt für dich dabei raus?«, hat er gefragt. »Willst du was dafür haben?«

Ich habe genickt.

Er hat noch einmal eine Weile überlegt, ist dann wieder hinter die Tür getreten und hat sie weiter aufgezogen.

»Komm rein«, hat er gesagt. »Aber wehe, du verschwendest meine Zeit, Dawson.«

»Nenn mich Jackdaw«, habe ich gesagt.

»Wie auch immer.«

Dann sind wir nach oben gegangen.

Yatesy hat auch so eine Art Miniküche in seinem Zimmer. Da ist ein Wasserkocher, an der Wand ein winziger Kühlschrank und es liegen ein paar Tassen und Flaschen herum.

»Willst du eine Coke?«, fragt er, und ich nicke. Er macht den Minikühlschrank auf und sagt, ich solle mich setzen. Das ist schon merkwürdig. Bis jetzt hat mich keiner sonst aus der Schule in seinem Zimmer aufgefordert, Platz zu nehmen. Ich sehe mich um und wähle einen Sessel. Yates reicht mir das Glas Cola. Mit Eiswürfeln. Muss ich jetzt irgendwas sagen?

»Prost«, sage ich. Er nickt und lässt sich im anderen Sessel nieder.

Ich schwenke die Eiswürfel im Glas und lausche auf das feine Klingen.

»Kennst du Drew Thornton?«, frage ich ihn.

Wieder starrt er eine Weile vor sich hin.

»Er geht ab und zu mit meiner Schwester aus«, antwortet er.

Ich nehme das als gute Nachricht. Drew wird meine Freundschaftsanfrage jedenfalls nicht missverstehen und glauben, dass ich auf ihn stehe. Vielleicht hilft es sogar bei meinem Plan. Wie genau, weiß ich jetzt auch noch nicht, aber während ich weiterrede, lasse ich mir das durch den Kopf gehen.

»Ist der irgendwie komisch?«, frage ich Yatesy.

»Komisch?«, meint er. »Bist du sechs oder was, Jack?«

Ich überlege, ob ich ihn noch mal bitten soll, mich Jackdaw zu nennen, hebe mir das aber für später auf. Was er da sagt, kommt mir außerdem ebenfalls gelegen. Drew ist jedenfalls nicht komplett plemplem, und ich brauche mir keine allzu großen Sorgen darüber zu machen, dass er mein Freund geworden ist.

Immer noch geht mir im Kopf herum, dass Drew mit Yatesys Schwester ausgeht.

»Also, was soll das alles?«, fragt Yatesy, und ich höre, dass das Wasser kocht. Er steht auf und macht sich eine Tasse Tee. Oder Kaffee. Mich fragt er nicht, ob ich einen möchte. Ich schwenke wieder das Eis in meinem Glas herum.

»Ich glaube, ich könnte jemanden finden, der für dich den Kopf hinhält«, sage ich. »Jemanden, der sagt, er hätte sich mit Cyrus McCormack geprügelt.«

Seine Haltung ändert sich ein bisschen. Er kommt mit seiner Tasse Tee oder Kaffee zum Sessel, und ich merke, dass er mich ein bisschen freundlicher ansieht.

»Meinst du das im Ernst?«, fragt er, was ich ihm bestätige. Kurz habe ich mit dem Gedanken gespielt, ihm mit Elsies Worten zu sagen, ich meine es immer ernst, besonders, wenn es um meine Projekte geht. Aber ich kann schon so fast nicht an mich halten und muss mich mächtig zusammenreißen.

»Wenn ich von der Schule fliege, bin ich erledigt«, sagte er. »Wenn das passiert ...«

Er spricht nicht weiter, und ich sage ihm, dass ich weiß, was er meint.

»Meine Eltern würden mich umbringen, wenn das mir passieren würde«, sage ich.

Er schaut mich an, als wäre ich geistig zurückgeblieben.

»Wen kümmert's, was meine Eltern denken«, meint er. »Die würden vielleicht herzhaft darüber lachen. Es geht um die Kunstakademie. Wenn sie mich aus der Schule werfen, komme ich da nicht rein. Nicht ohne Abschluss.«

Ich sehe zum Arbeitsbereich in seinem Zimmer hinüber. Da ist eine große Staffelei mit einer schwarzen Leinwand; auf einem Tisch daneben liegen Hunderte von Farbtuben und haufenweise Pinsel. Der Boden ist mit Zeichnungen übersät, und an den Wänden lehnen weitere Leinwände, sodass man nur die Rückseiten sieht.

»Ich wünschte, ich könnte besser zeichnen«, sage ich.

»Zeichnen!«, antwortet er genau so, wie mein Vater »Eine Idee!« gesagt hat.

Das muss ich mir unbedingt merken. Es funktioniert bestens.

»Ich hab auf deinem Profil die Bilder gesehen, die du von Drew gemalt hast«, sage ich. »Die waren wirklich gut. Die haben ihm echt ähnlich gesehen.«

Yatesy schnaubt, aber dann fällt ihm offenbar mein Angebot wieder ein. Er fasst sich an die Nase und tut, als hätte es das Geräusch nur zufällig gegeben.

»Es geht bei den Bildern um den *Ausdruck*«, sagt er. »Ob sie jemandem ähnlich sehen, ist mir eigentlich egal.«

Ich nicke.

»Die haben einen prima Ausdruck«, sage ich. Jetzt ist es Zeit, etwas konkreter zu werden. Ich versuche, die Formulierung, die ich im Internet gefunden habe, genau wiederzugeben und dabei so reif wie möglich zu klingen, damit er mich nicht noch einmal fragt, ob ich sechs Jahre alt bin.

»Hast du schon mal nach dem lebenden Modell gearbeitet?«, frage ich und meine damit: »Hast du schon mal jemanden pudelnackt gemalt?«

Er scheint nicht weiter geschockt.

»Natürlich«, sagt er. »Mache ich dauernd. Schau's dir an.« Er steht auf und winkt mir, nachzukommen. Wir gehen an der Staffelei vorbei, er kniet sich hin und stöbert in den angelehnten Bildern. Dann steht er auf und hält eines vor sich hoch. Von da, wo ich stehe, kann ich es nicht sehen, aber als er es herumdreht, wäre es mir lieber, ich könnte es immer noch nicht sehen. Es scheint seine Mutter zu sein. Ich bin mir *ziemlich* sicher, dass es seine Mum ist. Und sie ist total nackt. Bevor ich die Augen abwenden kann, erkenne ich jede Menge Falten und Beulen und Sachen, die herunterhängen. Nach etwa 53 Millisekunden schaffe ich es, auf ihre Füße zu schauen und langsam zu nicken, aber es war schon zu spät. Ein Teil meines Gehirns ist für alle Zeiten verdorben.

»Ist sie nicht schön?«, meint Yatesy, sinkt aber gleich wieder auf den Boden zurück und sucht wieder eifrig die Bilder durch. Diesmal kommt es noch schlimmer. Er bringt ein Bild zum Vorschein, das wahrscheinlich seinen Dad zeigt, und hält es mir vor die Nase. »Schau dir nur diese Linien an«, sagt er und fährt mit dem Zeigefinger die zerklüftete Brust auf und ab. Dann zeigt er zwischen die Beine und fährt mit dem Fingernagel einen Umriss nach. »Ist das nicht ganz außergewöhnlich«, fragt er. »Linien, wie sie die Natur vorgibt, könnte man sich niemals einfallen lassen.«

»Ja«, antworte ich, als ich wieder Luft bekomme. Ich versuche dabei wie der verrückte Buchhändler zu klingen und ziehe mich in die Sicherheit des Sessels zurück. Yatesy dreht das Bild wieder so, dass er es sehen kann, hält es eine Weile mit gestreckten Armen von sich und lächelt zufrieden in sich hinein. Dann lässt er es dankenswerterweise wieder dort verschwinden, wo er es hergeholt hat, und kommt wieder zu seinem Sessel.

»Sag mir, was ich tun soll«, meint er. »Bringen wir's

hinter uns. Ich muss bis morgen noch einen Aufsatz fertig kriegen.«

Ich beuge mich vor und tue alles, um das entsetzliche Bild von Yatesys Dad aus meinen Gedanken zu verbannen. Also jetzt. Das ist mein Augenblick. Ich packe das Pflaster am Rand. Eine schnelle Bewegung.

»Kennst du Elsie Green?«, frage ich ihn.

»Greensleeves?«, sagt er, aber er lacht nicht, und im Gegensatz zu den meisten verzieht er bei ihrer Erwähnung auch nicht das Gesicht.

»Genau die«, antworte ich, und er nickt.

»Sie ist ziemlich exzentrisch«, bemerkt er. »Ziemlich faszinierend.«

Ich warte, bis sich der Staub ein bisschen gesetzt hat – hauptsächlich in meinem Kopf – und erzähle ihm, dass sie für mich etwas programmieren soll. Und dass sie völlig von Drew besessen ist. Ich erkläre ihm, dass mein Projekt mir so viel bedeutet wie ihm die Kunstakademie – und welchen Preis Elsie für ihre Dienste fordert.

»Und du willst, dass ich ein Aktbild von Drew male?«, fragte Yatesy, der offenbar alles ohne Probleme begriffen hat.

»Na ja, fast«, sage ich. »Das reicht ihr nicht. Sie will ihn in natura sehen.«

Yatesy kaut auf der Lippe.

»Und wie kann ich helfen?«

»Ich möchte, dass du ihn nackt malst«, sage ich, »und Elsie ist währenddessen mit dabei, irgendwo versteckt.

Aber so, dass sie einen guten Blick auf das Geschehen hat.«

Ich halte den Atem an. Yatesy nimmt seine Kaffeetasse vom Tisch und starrt hinein. Dann trinkt er lange und sieht mich an, während er schluckt.

»Du bist ein verschlagener Bastard«, sagt er, als er ausgetrunken hat. Er beugt sich vor, stellt die Tasse wieder auf den Tisch und fragt, was passiert, wenn er nicht einwilligt.

»Dann kommst du nicht an die Kunstakademie«, antworte ich und sage das laut und deutlich.

Er seufzt.

»Drew ist ziemlich schüchtern«, sagt er. »Ich bin mir nicht sicher, ob er sich darauf einlässt.«

Ich zucke mit den Achseln, aber in diesem Augenblick schiebt sich das, was ich die ganze Zeit überlegt habe, plötzlich in mein Blickfeld. »Sag ihm, er soll das als Geschenk für deine Schwester machen«, platzt aus mir heraus. »Sag ihm, das würde sie umhauen. So was in der Art.«

Sein Gesicht färbt sich ein bisschen rötlich, und ich frage mich, ob er jetzt sauer ist, aber dann vergeht es wieder, und er schmunzelt. »Dein Hirn ist echt krank«, sagt er. »Es ist eine Kloake. Aber so langsam wirst du mir sympathisch. Du bist kreativ.«

Er bleibt ein paar Minuten sitzen und überlegt, und ich lasse ihm dabei seine Ruhe. Ich trinke den Rest von meiner Cola, obwohl sie vom vielen Eis jetzt ziemlich verwässert ist.

»Sag Drew, dass es sehr geschmackvoll sein wird«, schiebe ich nach. »Sag ihm, du machst es von der Seite oder so.«

Yatesy hebt abwehrend die Hand. »Halte du dich aus dem schöpferischen Prozess heraus«, schnauzt er. »Du überschreitest die Grenze.«

Ich stehe auf. Vielleicht ist es besser, wenn ich jetzt gehe. Ich habe hier alles erreicht, was möglich war.

»Nur ein Vorschlag ...«, wende ich ein. »Überleg's dir. Und lass mich wissen, wie du dich entscheidest.«

Ich stelle mein Glas aufs Waschbecken und gehe zur Tür. Er steht auf und kommt hinterher.

»Und wer hält für mich den Kopf hin?«, fragt er. »Wer stellt sich an meine Stelle? Du?«

Ich schüttele den Kopf. »Ich stehe selbst vor der allerletzten Verwarnung«, sage ich. »Wenn ich von der Schule fliege, muss ich für den Rest meines Lebens Etiketten auf Whiskyflaschen kleben.«

»Brutal«, meint er.

»Ich habe da ein paar Leute im Kopf«, sage ich ihm. »Keine Sorge. Nur Drew darfst du auf keinen Fall sagen, was läuft – den Rest überlässt du einfach mir. Dann wird das alles klappen.«

Wenn das stimmt, sagt er, dann hätte ich ihn vor einer Handvoll Schlaftabletten gerettet. Und dann fragt er mich noch einmal, wie ich mich nenne.

»Jackdaw«, sage ich.

»Also gut«, meint er. »Dann also Jackdaw!«

Er streckt mir die Hand hin; ich klatsche ihn kurz ab

und mache, dass ich wegkomme, bevor er mir noch mehr traumatisierende Bilder zeigt, von seinem Opa oder so.

⁓

Zu Hause hat sich Mum gerade zum Abendessen an den Tisch gesetzt. Von der Küchentür aus kann ich sehen, dass ihres sehr viel leckerer aussieht als das, was ich bekommen hatte. Ich gehe hinein und versuche, ihr ein paar Pommes vom Teller zu stibitzen, aber sie hebt die Hand und verteidigt ihr Essen mit großer Entschlossenheit.

»Wo bist du gewesen?«, fragt sie. »Dad hat gesagt, du wolltest nur kurz zum Laden.«

»Das habe ich gesagt«, antworte ich, »aber eigentlich war ich bei Chris Yates zu Hause, damit er mir beim Lernen hilft.«

»Wirklich?«

Sie ist so beeindruckt, dass sie in der Abwehr nachlässt und ich mir ein paar Pommes nehmen kann.

»Ausgezeichnet«, sagt sie. »Ich bin froh, dass du den Ernst der Lage erkannt hast. Allzu viel Zeit bleibt jetzt nicht mehr.«

»Ja«, antworte ich. Genau wie der Spinner. Und diesmal kriege ich es auch richtig hin. Ihr fällt nichts ein, was sie noch sagen könnte.

Ich schnappe mir noch eine Pommes, bis sie sagt, dass es jetzt reicht.

»Ich dachte, Dad hat dir schon was zu essen gemacht?«, meint sie.

»Schon«, sage ich, »aber das war nicht besonders gut.«

»Was hat es denn gegeben?«

»Kalte Pizza und kochend heiße Erbsen. Ich habe mir die Zunge daran verbrannt.«

In diesem Augenblick kommt Dad in die Küche und scheint sehr mit sich zufrieden zu sein.

»Ich dachte, du kochst Jack was Anständiges zum Abendessen«, sagt Mum.

»Habe ich doch!«, entgegnet Dad.

»Was hast du ihm gemacht?«

»Pizza und Erbsen.«

»Aber das ist doch nichts Anständiges«, sagt Mum.

»Jetzt schon«, kichert er, geht an den Kühlschrank und holt sich noch ein Bier.

»Jetzt mal im Ernst«, sagt Mum. »Du kannst ihm nicht einfach irgendeinen Mist machen, Andy. Er wächst doch gerade. Wenn ich dir sage, du sollst ihm was Anständiges zu essen kochen, dann meine ich auch was Anständiges.«

»Jetzt geht das schon wieder los«, sagt Dad. Ich schlüpfe aus der Küche und gehe hinauf in mein Kinderzimmer, während der ganz normale Wahnsinn wieder seinen Lauf nimmt.

Ich liege eine Weile auf dem Bett, höre zu und genieße die Normalität. Mir ist es so jedenfalls lieber als bei Leuten, wo es nicht ungewöhnlich wäre, wenn ich sie beide nackt male. Ich höre zu, bis sie wieder bei meinen Berufsaussichten angelangt sind, blende dann aus und befasse mich wieder mit der Operation Sündenbock für Yatesy.

Ich habe Yatesy belogen, als ich sagte, ich hätte mir schon ein paar mögliche Kandidaten überlegt, die für ihn den Kopf hinhalten könnten. Ich wollte nicht, dass er glaubt, mir fiele das leicht. Er soll denken, es ist ein fairer Handel, weil auch ich alles geben muss. Vielleicht lasse ich mir die nächsten Tage sogar noch ein paar Geschichten einfallen nach dem Motto, alles viel schwieriger, als ich dachte. In Wirklichkeit weiß ich genau, wen ich fragen werde. Alles unter Kontrolle.

9

All die Zeit, die ich am frühen Abend mit Drews und Yatesys Profilen zugebracht hatte, zahlte sich später aus, als der ganz normale Wahnsinn schon wieder angelaufen war und ich dabei war, mich in Winterschlaf-Modus zu versetzen, und zwar in Form einer Mini-Idee. Ich könnte doch, dachte ich, den Umgang mit Elsie Green und besonders bei der Arbeit mit Objective C online erledigen. So würde ich ihr in der realen Welt ganz aus dem Weg gehen und der Einweisung in die Irrenanstalt vielleicht knapp entgehen. Also bin ich noch mal aufgestanden, habe nach ihrem völlig abgedrehten Profil gesucht und eine Freundschaftsanfrage abgefeuert. Bei Elsie läuft das aber ganz anders als bei Drew. Ich habe vor dem Einschlafen noch ein paarmal nach dem roten Icon geschaut, morgens vor der Schule noch ein-, zweimal, und zwischen den Stunden sogar übers Handy – aber es kam keine Antwort.

In der Schule habe ich sie auch nirgends gesehen, und je länger das so ging, desto mehr fing ich an, durchzudrehen. Ich stellte mir vor, sie hätte herausgefunden, dass Drew mit Yatesys Schwester geht, und etwas Unüberlegtes getan. Vielleicht so einen giftigen Liebestrank getrunken, von denen in Englisch dauernd zu hören ist. Typisch, dass so etwas gerade dann passieren muss, wenn ich alles perfekt eingefädelt habe. Spektakulärer konnte sich meine großartige Idee gar nicht in Rauch auflösen.

Je länger ich dann aber darüber nachdachte, desto mehr wurde mir klar, dass ich mich nur selbst verrückt machte. Wahrscheinlich war sie nur erkältet.

Aber ratet, wen ich stattdessen gesehen habe! Oder genau genommen, wer mich gesehen hat. Ich war auf dem Weg von Erdkunde zu Englisch und wollte gerade eine SMS an meinen potenziellen Yatesy-Sündenbock abschicken, als mich jemand auf die Schulter tippte und mir fast das Handy aus der Hand flog. Völlig unvorbereitet drehte ich mich um und vor mir stand Drew Thornton.

»Hallo Jackdaw«, sagte er und lächelte übers ganze Gesicht.

»Oh«, antwortete ich. »Hallo Drew.«

»Danke für die Freundschaftsanfrage«, sagte er. »Ich dachte, ich komme mal vorbei und sage Hallo. Was läuft?«

Schon wieder.

»Nicht viel«, erwiderte ich. Und dann hatte ich eine

Idee. »Ich war gestern Abend noch kurz bei Chris Yates«, sagte ich ihm. »Er hat mir ein paar Bilder gezeigt, die er von dir gemalt hat. Echt gut.«

Drew nickte. »Chris ist ein Genie«, meinte er.

»Jedenfalls ...«, fuhr ich fort. »Chris hat mir gesagt, du wärst ein cooler Typ, und da habe ich die Anfrage losgeschickt. Einfach kurz entschlossen. Du kannst mich ruhig löschen, wenn du willst.«

Drew schüttelte den Kopf. »Kein Problem«, sagte er. »Ein Freund von mir hat mich allerdings gewarnt, du hättest bestimmt irgendeinen Schwindel mit mir vor.«

»Vielleicht hat er ja recht.« Ich schmunzelte ihn an. »Irgendwas habe ich eigentlich immer vor. Es ist auf jeden Fall sicherer, wenn du mich wieder aus der Liste löschst.«

Er lachte. »Das ist lustig«, sagte er. »Was hast du jetzt, Jackdaw?«

»Englisch«, antwortete ich. »Bei Anderson.«

»Ich habe Mathe bei Nelson«, sagte Drew. »Ich muss dann auch los.«

Dann rauschte er davon, in einem etwas ulkigen, hüpfenden Trab. Eigentlich ist er ziemlich klein, wenn man neben ihm steht. Und seltsam und langweilig. Es ergibt eigentlich keinen Sinn, dass ein so kleiner, unscheinbarer Kerl Greensleeves so in mittelalterliche Wallungen versetzt, dass sie möglicherweise sogar eine tödliche Dosis giftigen Schierlings hinunterkippt, weil er mit einer anderen kleinen Siebtklässlerin geht. Ich schüttelte den Kopf und sah auf dem Handy nach der

Uhrzeit. Für Englisch war es schon ziemlich knapp und bei Anderson will man auf keinen Fall zu spät kommen. Ich habe also das Handy in die Tasche gesteckt, die SMS auf später verschoben und bin losgesprintet.

Der Sündenbock, der mir zur Rettung von Yatesy vorschwebt, ist mein Cousin Harry. Ich glaube tatsächlich, dass er das übernehmen wird. Dummerweise spricht er seit etwa einer Woche nicht mehr mit mir, weil er sauer auf mich ist. Den ganzen Tag habe ich ihm eine SMS nach der anderen geschickt, aber er antwortet nicht. Während der Pausen und zwischen den Unterrichtsstunden habe ich die Gänge und den Schulhof nach ihm abgesucht, aber ich konnte ihn nicht finden. Ich bin mir aber sicher, dass ich ihn rumkriegen werde, wenn ich ihn nur erst gefunden habe. Die Sache mit ihm ist ohnehin nichts weiter als ein Missverständnis, und wenn ich es erst persönlich mit ihm bespreche, dann kann ich ihn für mein Vorhaben bestimmt an Bord nehmen. Aber er ist ein paar Jahre älter als ich und ich kenne seine Gewohnheiten nicht. Um die letzte Schulstunde des Tages (Französisch) habe ich wegen Elsies Reaktion auf meine Freundschaftsanfrage und Harrys Antwort praktisch permanent mein Handy gecheckt.

Schließlich hat mich Mrs Peterson dabei erwischt

und das Telefon bis zum Ende der Stunde eingezogen und dann war ich natürlich erst recht nervös. Als sie es mir endlich wieder gab, hatte ich massives Herzklopfen. Ich schaltete es ein und checkte alles, so schnell es ging. Immer noch nichts. Von beiden. Deshalb schaute ich nach der Schule, anstatt heimzugehen, direkt bei Harry vorbei, um alles zu regeln.

Er wohnt im Neubaugebiet, über die Brücke und dann am Kreisverkehr vorbei. Ich habe immer das Gefühl, ich komme in eine Spielzeugstadt, wenn ich dort unterwegs bin. Die Häuser wirken irgendwie nicht echt. Ist wirklich komisch.

Und außerdem weiß ich nie, welches Haus es genau ist. Sie sehen nämlich alle genau gleich aus. Schließlich finde ich es doch. Ich klingle und wer kommt an die Tür? Natürlich der Verrückte – mein Onkel Ray.

»Jackdaw!«, brüllt er, kaum dass er mich sieht. »Komm rein, komm rein. Ich lasse in der Küche gerade meinen Toast anbrennen.«

Er sieht ein bisschen wie ein Stier aus, mein Onkel Ray. Ein Stier mit einem buschigen Schnurrbart. Wahrscheinlich gibt's das überhaupt nicht, Stiere mit Schnurrbart, aber egal. Sieht auf jeden Fall nicht so doll aus. Außerdem sind da zwei Veränderungen zu bemerken, seit ich ihn das letzte Mal gesehen habe: ein riesiges, dick geschwollenes blaues Auge und eine ansehnliche Platzwunde am Kinn. Er schiebt mich hastig in die Küche, wo tatsächlich gerade Toast anbrennt. Es riecht, als würde etwas in Flammen stehen, und aus dem Toaster, in dem zwei kohlrabenschwarze Toast-scheiben schwelen, quillt schwarzer Rauch. Onkel Ray packt sie und wirft sie in den Abfallkübel. Dann kramt er im Küchenschrank nach Gläsern.

»Setz dich«, sagt er zu mir. »Trinkst du schon? Willst du ein Bier?«

»Nein danke«, antworte ich.

»Du trinkst immer noch nicht? Was soll das, Jack? Wie alt bist du jetzt? Fünfzehn?«

Ich nicke.

»Ich werd's deinem Dad nicht erzählen«, meint er. »Pfadfinderehrenwort. Eine halbe Flasche?«

Ich schüttele den Kopf. »Ich mag Bier nicht«, sage ich ihm. »Es verpfuscht mir die Gedanken. Ich muss einen klaren Kopf behalten, falls mir eine neue Idee kommt.«

Er nickt verständnisvoll. »Verstehe. Vergiss, dass ich gefragt habe. Und, was ist der aktuelle Plan? Du hast doch bestimmt was am Laufen?«

»Ja, ein bisschen was ist am Köcheln«, antworte ich.

Er setzt sich an den Tisch und schenkt sich das Bier ein. »Dann gib mal eine kleine Vorschau«, sagt er. »Lass mal ein paar Insiderinformationen raus.«

Insiderinformationen?

»Ist ziemlich kompliziert«, sage ich ihm. »Ich bin da an einer Online-Sache dran, aber ich muss ziemlich tricksen, damit mir die richtigen Leute dabei helfen.«

»Du ziehst dein Ding durch«, sagt er mir. »Da bist du genau wie ich – hast den nötigen Mumm. Hast du übrigens mein Auge schon bemerkt?«

Ich tue, als hätte ich das nicht.

»Ziemlicher Knaller, stimmt's?«, meint er. »Schmerzt wie Sau.« Er fasst mit dem Finger drauf und krümmt sich sofort zusammen. »Wie findest du das Kinn?«, fragt er und reckt es vor, als könnte ich es nur so sehen.

»Was ist passiert?«, frage ich ihn.

»Unzufriedener Kunde«, antwortete er. »Der Idiot wollte, dass ich mit dem Singen aufhöre, während ich ihn fahre. Ich! ›Aber bei mir ist das so!‹, habe ich ihm gesagt. ›In mein Taxi steigt nur, wer das zu schätzen weiß. Alle wissen das.‹ Bloß dieser Typ nicht. Hat mir gesagt, dass er Kopfschmerzen davon bekommt. Kopfschmerzen! Ich solle damit aufhören, sonst würde er dafür sorgen. Hab das Taxi natürlich sofort angehalten und ihm gesagt, er soll aussteigen. Er hat gesagt, er steigt aus, wenn ich auch aussteige und wir beide das auf der Straße klären. Also bin ich ausgestiegen.« Er fasst sich aufs Auge und zuckt wieder zusammen. »Aber«, sagt er, »du solltest den andern mal sehen.«

»Schlimm?«

»Na ja ...«, sagt er, »hauptsächlich psychologischer Schaden, denke ich. Tiefgreifende emotionale Vernarbungen.« Er lacht. »Aber dann ... Ende gut, alles gut. Wir sind danach beide wieder eingestiegen und am Ziel hat er mir sogar ein hübsches Trinkgeld gegeben. Hat zwischendurch sogar ein bisschen mitgesungen. Und gemeint, so schlecht wär's gar nicht. Räudiger Bastard. Gar nicht so schlecht! Ich hätte der nächste Pavarotti sein können!«

Das sagt er immer. Ich weiß nicht, ob es stimmt. Eigentlich weiß ich gar nicht, wer Pavarotti ist. Schon möglich, dass er recht hat – wenn dieser Pavarotti einer ist, der nicht singen kann.

»Aber was hat dich nun in diese Ecke des Paradieses verschlagen?«, fragt er. »Bist du wegen deinem Cousin gekommen?«

Ich nicke. »Habe ihn in der Schule nicht finden können«, sage ich.

Onkel Ray kippt unter lautem Schlürfen und Rülpsen sein Bier hinunter. Dann wischt er sich den Schnurrbart ab. »Er sollte eigentlich bald da sein«, sagt er. »Aber weiß der Himmel, wo er sich rumtreibt. Bei uns ist gerade Funkstille. Ich hab die Nase voll von ihm, um ehrlich zu sein. Ich sollte mal mit deinem Dad reden, vielleicht können wir tauschen. Wieso habe ich bloß den Idioten abgekriegt? Du solltest herkommen und hier wohnen, Jack. Wir beide hätten immer was zu lachen.«

Er lehnt sich über den Tisch, strubbelt mir durch die Haare und ruiniert mir den perfekten Schwung, den sie hatten. Irgendwie ist es peinlich und erschreckend gleichzeitig, mit meinem Onkel Ray.

»Ich und Jackdaw!«, sagt er. »Was für ein Team!«

Ein paar Minuten später geht die Haustür auf und Onkel Ray legt den Finger auf die Lippen. Ich höre, wie Harry durch den Gang poltert und seine Tasche vor der Treppe fallen lässt. Er zieht die Jacke aus, und ich höre, wie er sie aufhängt und weiter in die Küche geht. Es ist klar, dass er dort niemanden erwartet. Deshalb fährt er ziemlich zusammen, als er uns bemerkt. Er sieht verdutzt drein, aber als er mich erkennt, macht er kehrt und geht wieder hinaus. Wir hören, wie er die Treppe hinaufstampft und in seinem Zimmer verschwindet.

»So eine launische Diva«, sagt Onkel Ray. »*Dein* Anblick hat ihn aber auch nicht allzu sehr erfreut ...«

»Wir haben uns vor ein paar Wochen verkracht«, erzähle ich. »Ist aber bloß ein Missverständnis. Ich bin hier, um das wieder einzurenken.«

»Na dann, viel Glück«, sagt Onkel Ray, trägt sein Glas zur Spüle und wäscht es aus. Dann steckt er die nächsten beiden Brotscheiben in den Toaster, der immer noch qualmt. Ich stehe auf und schiebe meinen Stuhl an den Tisch.

»Bis später, Onkel Ray«, sage ich, gehe hinauf zu Harrys Zimmer und klopfe leise.

10

Mein Cousin Harry hat ein Zimmer genau wie meines – ein Kinderzimmer. Bei ihm hängt immer noch ein Poster mit einem Drachen über dem Bett und an der Wand gegenüber hat er eine Tabelle für ein Computerspiel. Er hat sogar noch alte Spielsachen herumliegen, weil er zu faul ist, sie wegzuwerfen. Echt traurig. Bei seinem Zimmer bekomme ich große Lust, mein eigenes aufzupeppen.

Ich sehe mir von der Tür aus den ganzen Krempel an. Harry sitzt an seinem Schreibtisch und sieht mich böse an. Er hat nicht auf mein Klopfen geantwortet, und ich bin einfach hereingekommen, was ihn nicht sonderlich erfreut.

»Hau ab!«, schnauzt er. »Ich habe dir nichts zu sagen.«

»Aber vielleicht habe ich dir ja etwas zu sagen«, antworte ich. »Vielleicht bin ich gekommen, um mich zu entschuldigen.«

»Hast du mein iPad dabei?«, fragt er, und ich schüttele den Kopf.

»Dann zieh Leine. Ich bin nicht interessiert.«

Ich schließe die Tür und gehe ein Stück weit ins Zimmer. Harry dreht sich weg, beugt sich über die Bücher, die aufgeschlagen auf dem Schreibtisch liegen, und tut so, als würde er arbeiten. Ich setze mich auf sein Kinderbett.

»Ich habe etwas mitgebracht ... als Entschädigung für das iPad«, sage ich. »Ich versuche immer noch, es zurückzubekommen, aber fürs Erste habe ich schon mal etwas Besseres für dich dabei.«

Jetzt ist er doch interessiert. Er wendet sich von den Büchern ab, kreiselt auf dem Drehstuhl herum und sieht mich an.

»Lass sehen«, sagt er und rollt ein Stück in meine Richtung.

Ich stehe vom Bett auf. »Es ist nichts, das man sehen kann«, sage ich, kehre ihm den Rücken zu und betrachte das bedrückende Sammelsurium auf seinen Regalen. »Es ist eine Gelegenheit.«

Ich höre, wie der Bürostuhl wieder zum Schreibtisch rollt. »Vergiss es«, blafft er. »Deine Tricksereien interessieren mich nicht, Dawson.«

»Nenn mich Jackdaw«, sage ich.

»Jackdoof passt aber viel besser!«

»Also schön«, erwidere ich. »Dawson ist auch okay.«

»Soll ich dir ein Taxi rufen?«, fährt Harry fort. »Ich will, dass du von hier verschwindest. Du hast dreißig

Sekunden, dann rufe ich den verrückten Ray, er soll dich nach Hause bringen. Opernarien inklusive.«

»Hat ja ein ziemlich eindrucksvolles blaues Auge«, sage ich, aber Harry gibt keine Antwort. Also sage ich ihm, dass mir das mit dem iPad leidtut. Ungefähr zum fünfhundertsten Mal. »Das war nur ein Missverständnis«, sage ich ihm. »Nichts weiter.«

Er dreht sich wieder um. Sein Gesicht ist rot angelaufen. »Ich habe dir mein iPad geliehen und du hast es verkauft. Was kann man daran missverstehen?«

»Ich habe es nicht verkauft«, sage ich. »Wie oft soll ich das noch sagen – ich habe es bei einer Wette verloren. Und das Missverständnis war, dass ich dachte, ich hätte es behalten dürfen.«

»Das stimmt doch gar nicht!«, brüllt Harry. »Du hast mich gefragt, ob du es ausleihen dürftest, und ich habe gesagt, du sollst es nicht kaputt machen. Wie willst du daraus ableiten, du hättest es behalten dürfen?«

»Aber so war es doch gar nicht«, widerspreche ich. »Und das weißt du auch.«

Er seufzt sehr laut und schiebt seine Bücher auf dem Schreibtisch hin und her, als würde er sich jetzt wirklich an die Arbeit machen. Ich gehe zur Tür und ziehe sie einen Spalt weit auf.

»Man sieht sich«, sage ich. »Ich hatte den perfekten Plan, mit dem du es doch noch an die Uni schaffst, aber wenn dir das iPad wichtiger ist, kann man eben nichts machen.«

Ich öffne die Tür etwas weiter, höre ihn aber schon

hinter mir zappeln. Quietschend dreht sich der Stuhl, obwohl Harry sich bemüht, keine Geräusche zu machen. Ich ziehe die Tür weiter auf und mache einen Schritt hinaus auf den Gang. Dann ziehe ich langsam die Tür hinter mir zu.

»Warte ...«, sagt Harry leise. »Komm noch mal kurz zurück. Vielleicht bin ich ja doch interessiert.«

»Das musst du selbst entscheiden«, antworte ich.

»Dann schieß los«, meint er. »Ich höre. Das mit dem iPad kann warten. Komm rein, und sag mir, was dein Plan ist.«

Ich bleibe noch eine Weile mit dem Türgriff in der Hand stehen, um ihn auf die Folter zu spannen. Ich schnaufe hörbar durch zum Zeichen, wie sehr mich das Theater nervt, und gehe schließlich zurück ins Zimmer.

Harry weiß nichts von den Schwierigkeiten, in denen Yatesy steckt. An die Prügelei kann er sich erinnern, besonders daran, wie Yatesy auf und ab gehüpft ist und gefragt hat, was los ist, aber er hat keine Ahnung von Baileys Ultimatum und dass der Schulausflug in Gefahr ist. Sein Jahrgang ist ja nicht betroffen. Außerdem kriegt Harry ohnehin meistens nicht viel mit. Also bringe ich ihn auf den aktuellen Stand.

»Und was hat das alles mit mir zu tun?«, fragt er ziemlich bald. »Mir kommt das Ganze vor wie ein Trick, damit ich das mit dem iPad vergesse.«

»Entspann dich«, sage ich. »Ich mache dir ein Geschenk. Ich dachte, das einzig Wichtige ist, dass du an die Uni darfst, oder?«

Er schüttelt den Kopf. »Das ist gestorben«, antwortet er. »Ray meint, das kann ich vergessen. Er sagt, mit mir wär's schon jetzt peinlich genug, da wird er mich nicht auch noch Gastronomie studieren lassen. Er sagt, er will erst mal bewiesen haben, dass ich ein Mann bin. Ihm wäre am liebsten, ich würde die Schule gleich hinschmeißen und als Taxifahrer anfangen.«

»Und genau deshalb ist mein Plan genau das Richtige für dich«, sage ich. »Er ist genau, was du brauchst. Yatesy droht, von der Schule verwiesen zu werden. Wenn er sich nicht selbst stellt und zugibt, dass er bei der Schlägerei dabei war, dann wird ihn jemand anderes verpfeifen, damit der Ausflug nicht ausfällt. Es gibt nur eine Möglichkeit, wie beide Seiten glücklich werden: Wir brauchen einen Freiwilligen. Wenn du dich zur Verfügung stellen würdest ...«

»Dann fliege ich von der Schule.«

Ich schüttele den Kopf. »Yatesy hat schon die letzte Verwarnung bekommen«, entgegne ich. »Nur deswegen würde er von der Schule fliegen. Wie viele Verwarnungen hast du schon bekommen – abgesehen von der, dass dir noch der Kopf platzt, wenn du weiter so viel lernst? Für dich setzt es höchstens einen zeitweiligen Schulausschluss, mehr nicht.«

Er antwortet nicht gleich. Dann steht er auf und geht im Zimmer auf und ab.

»Überleg mal. Wie stolz dein Vater sein würde!«, sage ich. »Du hättest nicht nur zum ersten Mal in deinem Leben eine echte Prügelei gehabt, sondern wärst dafür auch noch suspendiert worden. Da hat dein Dad seinen Taxi-Kumpels endlich mal was zu erzählen! Und auch in seiner Bowling-Runde könnte er damit auftrumpfen. Du wärst plötzlich zum Mann geworden. Er würde sich gar nicht mehr einkriegen. Und dann überredest du ihn dazu, dass er dich an der Uni studieren lässt, was du willst.«

Harry tigert immer weiter hin und her.

»Außerdem ...«, will ich den Faden wieder aufnehmen, aber er schneidet mir das Wort ab.

»Lass mich mal nachdenken«, sagt er. »Sei mal still.« Also bin ich still und lasse ihn nachdenken. Ich greife mir ein Dinosaurier-Dings von seiner Kommode und spiele ein bisschen damit.

»Ich hasse deine Tricksereien«, platzt er unvermittelt heraus. »Die sind einfach schwachsinnig. Mir wird regelrecht schlecht davon ... Aber dieser Plan ...«

Ich spiele weiter mit dem Dinosaurier und überhöre die Beleidigung. Etwas wird geschehen, das weiß ich.

»Aber wenn jemand kommt und Bailey sagt, dass ich bei der Prügelei gar nicht dabei war? Was dann?«

»Wer sollte so etwas tun?«, frage ich. »Wer würde riskieren, dass man ihm eine reinhaut, wenn der Schulausflug schon gerettet ist? Das ergibt überhaupt keinen Sinn.«

Ich stelle den Dinosaurier wieder weg, drehe mich um und sehe Harry an. Seine Mundwinkel biegen sich zu einem Schmunzeln nach oben.

»Okay«, sagt er. »Ich werde es tun.«

»Tatsächlich?«

Er nickt. »Tatsächlich. Aber unter einer Bedingung.«

Ich bin etwas verblüfft.

»Ich werde es tun, sobald du mir mein iPad zurückgibst«, sagt er. »Wenn ich es wieder in den Händen halte, gehe ich noch in derselben Minute in Baileys Büro und sage ihm, dass ich mich mit Cyrus McCormack geschlagen habe.«

»Nein«, sage ich. »Nein. So geht das nicht, Harry. Ich mache dir dieses Angebot, um dich für das iPad zu entschädigen. Du bist es schließlich, der den Nutzen davon hat.«

»Sagst du!«

»Was zum Teufel meinst du damit?«

»Ich durchschaue dich«, sagt er. »Ich weiß, dass für dich auch was dabei herausspringt. Ich spüre das. Ich bin dein Cousin und weiß, wie dein Verstand funktioniert.«

»Was?«, sage ich. » Seit wann weiß *ein* Cousin, wie beim *anderen* der Verstand funktioniert?«

»Seit jetzt«, antwortet er. »Schon immer. Ich weiß, wie dein Hirn tickt, und nur das zählt. Ich weiß einfach, dass für dich auch was dabei rausspringt. Was geht dich Yatesy überhaupt an? Und auf Schulausflüge bist du doch auch noch nie mitgegangen. Ich bin sicher, du hast es so eingefädelt, dass Yatesy dir auch einen Gefallen tun muss, wenn du einen Sündenbock für ihn findest.«

»Habe ich nicht.«

»Also schön«, sagt Harry. »Schon gut. Wahrscheinlich werde ich es nicht tun. Es klappt wahrscheinlich sowieso nicht. Ray wird mich trotzdem nicht studieren lassen und außerdem könnte ich von der Schule fliegen.«

»Wirst du nicht«, sage ich. »Das verspreche ich. Du musst es nur versuchen, Harry.«

Er grinst mich an. Kein schöner Anblick. »Was schert's dich überhaupt«, fragt er, »ob ich mal Chefkoch bin oder Taxifahrer? Mach mir doch nichts vor.«

Jetzt hat er mich am Haken. Ich krame hinten in meinem Hirn herum, aber da ist rein gar nichts, was mir weiterhelfen könnte. Ich klopfe ein bisschen dort hinten drauf, um eine Idee nach vorn zu schubsen, aber es passiert nichts.

»Also, was kriegst du von ihm?«, fragt Harry.

Ich seufze. »Er sorgt dafür, dass mir jemand beim Programmieren hilft, für eine neue Idee von mir.«

»Bingo!«, ruft Harry. »Wusste ich's doch. War doch klar, dass du das nicht einfach nur tust, um mir zu helfen.«

»Ich habe dich aber als Ersten gefragt«, sage ich. »Da gibt's haufenweise Normalos, zu denen ich hätte gehen können, aber ich biete es dir an, um dir aus der Klemme zu helfen.«

»Das weiß ich zu schätzen«, antwortet Harry. »Und ich werde es auch tun. Vielleicht klappt es ja tatsächlich. Aber nur, wenn du meine Bedingung erfüllst. Du hast die Wahl.«

Ich weiß, dass ich keine Wahl habe, aber ich versuche es trotzdem noch mal. »Die Zeit spielt bei der Sache aber eine entscheidende Rolle«, wende ich ein. »Es könnte jederzeit jemand auftauchen und Bailey verraten, dass sich Yatesy geprügelt hat. Dann schauen wir beide dumm aus der Wäsche. Du bist mit deinem Dad genauso weit wie zuvor, und ich habe niemanden, der mir bei meiner Idee hilft.«

»Ganz genau«, sagt Harry. »Du solltest also schnell in die Gänge kommen.«

»Aber sicherer wäre es doch, wenn du gleich zu Bailey gehst und ich dir das iPad dann so schnell wie möglich zurückgebe, oder?«

Harry schüttelt den Kopf. »Heute ist Freitag«, sagt er. »Übers Wochenende wird bestimmt keiner zu Bailey gehen. Also hast du zwei Tage, um mir mein iPad wiederzubeschaffen, und dann kann ich gleich Montagmorgen bei Bailey vorbeischauen.«

»Und wenn dir jemand zuvorkommt?«

»Ich werde da sein, bevor die Schule öffnet. Ich werde direkt vor Baileys Büro warten. Du hast die Wahl, Jack.«

Ich halte seinem Blick stand. Ich überlege, was das bedeutet. Wenn ich ihm sein iPad wiederbeschaffe, hält er für Yatesy den Kopf hin. Wenn Yatesy aus dem Schneider ist, wird er für mich Drew Thornton im Adamskostüm malen. Wenn Elsie Green Drew nackt gesehen hat, wird sie für mich programmieren, und wenn sie das programmiert hat, dann werde ich ein Millionär sein. Oder Milliardär. Der Preis kommt mir nicht übertrieben vor, also willige ich in seine Bedingung ein.

»Es muss aber *mein* iPad sein«, sagt er. »Da ist Zeug drauf, das ich noch brauche. Bilde dir bloß nicht ein, du könntest einfach eines stehlen oder kaufen.«

»In Ordnung«, sage ich. »Abgemacht. Ich bringe es Sonntagabend vorbei. Spätestens.« Er sieht mich an, als würde er mir glauben, und es fällt mir zunehmend schwer, ihm in die Augen zu sehen. Offen gestanden bin ich mir selbst nicht sicher, ob ich mir glaube.

Onkel Ray bietet mir an, mich nach Hause zu bringen, aber ich sage, ich müsste nur ein paar Häuser weiter zu einem anderen Freund. Den Gesang könnte ich nach der zermürbenden Hirngymnastik mit Harry jetzt unmöglich ertragen. Ich brauche jetzt etwas Zeit für mich alleine, um den Kopf wieder freizubekommen, damit sich die Ideen bilden können, die ich brauche, um das iPad zurückzubekommen.

»Sag deinem Dad einen Gruß«, meint Onkel Ray und boxt mich dabei ziemlich schmerzhaft auf den Arm. »Sag ihm, was er für ein verdammter Glückspilz ist, dass er einen Jungen wie dich hat.«

»Mach ich«, antworte ich und mache mich auf den Weg. Auf dem Handy sehe ich nach, ob Elsie Green inzwischen meine Freundschaftsanfrage beantwortet hat, aber von einem roten Kringel ist nichts zu sehen.

11

Da liege ich also auf dem Sofa, mein Gehirn hat alle Tätigkeiten eingestellt, als Dad wie ein Trapper in mein Zimmer geschlichen kommt und mir auf die Schulter tippt. Es ist Sonntagnachmittag, und ich habe das ganze Wochenende nach einem Ausweg aus dem iPad-Fiasko gesucht, bis jetzt aber mit null Erfolg. Alle meine bewährten Methoden habe ich ausprobiert, um das vordere Ende meines Gehirns in Schwung zu bringen – Gedankendiagramme, Brainstorming, Umstellen der Möbel in meinem Zimmer. Ich habe sogar versucht einzuschlafen in der Hoffnung, dass ich mit einer Lösung wieder aufwache. Nichts.

»Wo ist deine Mum?«, flüstert Dad. Ich starre zu ihm hinauf.

»Einkaufen«, antworte ich.

»Gut«, flüstert er und winkt mir mit dem Zeigefinger, ihm zu folgen, als wären wir um Mitternacht im

Dschungel und würden uns mit Nachtsichtgeräten an ein Tigerrudel anpirschen.

»Was ist denn?«, frage ich.

Er macht das mit dem Zeigefinger noch mal und geht zum Esstisch ganz am Ende des Zimmers, den wir nur benutzen, wenn Opa zu Besuch ist.

Ich setze mich mühsam auf, warte, bis sich der Nebel in meinem Gehirn verzieht, und folge ihm dann. Als ich mich hinsetze, hat er schon eine seltsame mechanische Apparatur hervorgeholt, legt ein Zigarettenblättchen ein und packt ein bisschen Tabak obendrauf. Er zieht an einem Hebel und das Papier schießt völlig zerknüllt heraus. Über den ganzen Tisch verteilen sich Tabakkrümel.

»Mist«, sagt er ganz leise und greift nach dem nächsten Zigarettenpapier.

»Warum flüsterst du?«, frage ich ihn, während er die nächste Prise Tabak aus seiner Dose zupft.

»Flüstere ich?«, fragt er.

Ich nicke.

»Entschuldige«, sagt er, flüstert aber immer noch. »Ich will bloß nicht, dass deine Mum das hört.«

»Sie ist beim Einkaufen«, sage ich. »Wie soll sie dich von dort aus hören können?«

»Ich lasse es lieber nicht darauf ankommen«, antwortet er und bewegt wieder den kleinen Hebel nach unten. Diesmal rollt eine Zigarette auf den Tisch. Sie kommt mir ziemlich dick vor und ist nur teilweise mit Tabak gefüllt, aber man kann sie als Zigarette erkennen.

»Ta-taa!«, flüstert Dad. »Na, wie findest du das?«

Er steckt sie in den Mund, zündet sie an und sofort schießt ihm eine Stichflamme hinauf bis an die Augenbrauen.

»Herr im Himmel!«, ruft er so laut, dass Mum es bestimmt hören kann, ganz egal wo sie gerade ist. Er spuckt die Zigarette auf den Tisch, klatscht sich hektisch mit der Hand an die Stirn, nimmt dann die Tabakdose und klopft mit ihr auf die rauchende Zigarette. Schließlich ist die Zigarette aus und sein Haar hört auf zu glimmen. Er nimmt die Dose und versucht, sein Spiegelbild darin zu sehen. Dann bläst er die Backen auf, rollte sich wie gewohnt eine kleine, feste Zigarette mit der Hand und zündet sie an. Es stinkt ziemlich nach verbrannten Haaren.

»Und *das* wolltest du mir zeigen?«, frage ich ihn, als wieder Ruhe eingekehrt ist.

Er lässt den Apparat wieder in der Tasche verschwinden und schüttelt den Kopf. »Ich bin noch am Rumprobieren«, sagt er. Jetzt flüstert er wieder. »Dauert ein bisschen, bis man den Dreh raushat.«

Er schnippte die Asche von seiner Handgerollten, hebt sie in die Höhe und betrachtet sie zufrieden.

»Also«, sagt er. »Nun. Wieder zur Sache. Ach, kein Wort zu Mum über das hier.« Er sieht sich um, als könnte ich ihn angelogen haben, und in Wahrheit versteckt sie sich hinter der Tür oder unter einem Sessel.

»Das Feuer?«, frage ich.

»Nicht das Feuer«, antwortet er, »sondern das, was

ich dir gleich sage. Außerdem war das gar kein Feuer. Nur ein kleines Missgeschick. Kinderkrankheiten.«

Er reibt sich die Augenbrauen, entsorgt die Reste der Unglückszigarette in den Aschenbecher und pult an dem schwarzen Fleck herum, den die Flamme in die Tischplatte gebrannt hat. »Wenn ich so drüber nachdenke«, sagt er, »dann erzählst du ihr auch besser nichts über das Feuer. Sonst bringt sie mich um, wenn sie den Brandfleck sieht.«

»Okay«, antworte ich. »Ich sage nichts. Dann gehe ich jetzt wieder nach oben ... Ich habe noch zu tun.«

Es war den Versuch wert, ziemlich gut gelungen sogar, aber es klappt trotzdem nicht. Dad schüttelt den Kopf.

»Bleib hier«, sagt er, steht auf, geht hinaus auf den Flur und kommt mit einem Blatt Papier in der Hand zurück. Das legt er vor mir hin und setzt sich wieder.

»Ich hab mit Frank Carberry geredet«, sagt er. Er spricht jetzt so leise, dass ich mich zu ihm hinlehnen muss, um etwas zu verstehen. »Es tut sich gerade was. Im Lager. Ich soll dich vorbeischicken und sie wollen sich mal mit dir unterhalten.«

Das Zimmer fängt an, sich um mich zu drehen.

Dad beugt sich über den Tisch und drückt den Zeigefinger aufs Papier. Ich hatte noch nicht gewagt, es anzuschauen. Ich dachte, es wäre etwas Unangenehmes aus der Schule. Jetzt wünschte ich, dass es so wäre.

»Da steht alles drauf«, erklärt Dad und fährt, während er liest, mit dem Finger die Zeilen entlang. Für ihn steht alles auf dem Kopf, bei mir ist es richtig herum. Offenbar hält er die Berichte aus der Schule, dass ich im Unterricht nicht aufpasse, für stark untertrieben. Er scheint überzeugt davon, dass ich nicht einmal lesen kann.

»Neun Uhr dreißig, Dienstagmorgen«, flüstert er. »Personalbüro. Mrs Mary McGowan.« Sonst steht nichts auf dem Blatt. Er hört auf zu lesen und lehnt sich auf seinem Stuhl zurück, während ich auf das Papier starre. »Mary McGowan«, sagt Dad. »Sie wird das Gespräch mit dir führen. Sie weiß, dass du mein Sohn bist, also sei einfach du selbst, dann wird schon alles werden. Und sag deiner Mum nichts davon – du weißt ja, wie sie ist. Sie wird einen Riegel vorschieben, noch bevor du auch nur einen Fuß dort hineingesetzt hast.«

»Das will ich auch hoffen, verdammt noch mal!«, rufe ich. Innerlich. Äußerlich antworte ich: »Aber ich muss es ihr sagen.«

»Musst du nicht«, sagt Dad.

Mein Gehirn ist am Flattern wie ein Fisch am Strand, der wieder zurück ins Wasser will.

»Außerdem habe ich Dienstagmorgen Schule«, sage ich. »Sie wird es merken, wenn ich nicht hingehe.«

»Ich schreibe dir eine Entschuldigung«, antwortet Dad. »Mach dir nicht zu viele Sorgen wegen deiner Mum.« Wieder sieht er zur Tür und schielt auch kurz unter die Sessel. »Du bist jetzt alt genug, um deine Entscheidungen selbst zu treffen.«

»Und wenn ich die Stelle bekomme? Wie soll ich das vor ihr verheimlichen?«

»Das erzählen wie ihr erst, wenn sie dich tatsächlich nehmen«, sagt er. »Wenn du die Stelle erst einmal hast, wird sie dich nicht dazu zwingen, sie aufzugeben. Wir müssen nur aufpassen, dass sie nicht schon vorher dahinterkommt. Du willst doch nicht an einer Arbeitsstelle wie ihrer enden, oder?«

Ich schüttele den Kopf.

»Dann ist das also abgemacht. Ich bin stolz auf dich. Du sollst in meine Fußstapfen treten, genau wie ich damals bei Opa. Präge dir ein, was auf dem Papier steht, und schlucke es dann hinunter.« Er bemerkt, dass seine winzige Zigarette ausgegangen ist, und versucht ein paarmal vergeblich, sie wieder anzuzünden. »Jetzt schau nicht so!«, sagt er. »Das mit dem Verschlucken war doch nur Spaß.«

Ich habe ganz bestimmt ängstlich geschaut, aber mit dem Verschlucken von Papier hatte das rein gar nichts zu tun. Was mir Angst macht, ist das, was auf dem Blatt geschrieben steht.

»Leih dir von deinem Cousin einen Anzug«, sagt Dad. »Ich habe zwar auch welche im Schrank, aber die sind dir alle zu groß. Aber eine Krawatte kannst du von mir haben. Schau, dass du gepflegt aussiehst.« Er stellt die Bemühungen um die kärglichen Reste der Zigarette ein und rollt sich eine neue. Dann sagt er, dass er im Garten zu tun hat und dass ich ihn daran erinnern soll, mir eine Entschuldigung zu schreiben. Dann tippt er sich seitlich an die Nase und lässt mich mit dramatisch erhöhtem Blutdruck am Esszimmertisch zurück.

Das alles hilft mir kein bisschen gegen die Starre in meinem Gehirn. Eher im Gegenteil – es macht alles hundertmal schlimmer. Jetzt kann ich mich praktisch überhaupt nicht mehr auf das Problem mit dem iPad konzentrieren und nur noch daran denken, wie ich diesem entsetzlichen Bewerbungsgespräch entgehen kann. Zu mehr ist das hintere Ende meines Gehirns gerade gar nicht in der Lage. Eine Weile stolpere ich in meinem Kinderzimmer herum, kritzle auf die Tapete und versuche, wieder Ruhe in meine rasenden Gedanken zu bringen. Ab und zu rufe ich mein Profil auf und sehe nach, ob Elsie Green schon geantwortet hat. Vor lauter Kampf zwischen dem iPad-Problem und dem Bewerbungsproblem kann ich nur an die Sache mit Elsie Green denken und bin mit einem Mal felsenfest davon überzeugt, dass sie tot sein muss.

Das beschwört düstere Visionen in mir herauf, wie ich die nächsten fünfzig Jahre Etiketten auf Millionen von Whiskyflaschen klebe, bis ich es irgendwann nicht mehr aushalte und aus dem Haus hinausmuss. Auch das Gehen hilft den Gedanken manchmal auf die Sprünge. Außerdem ist es die einzige Taktik, die ich übers Wochenende noch nicht ausprobiert habe. Ich gehe in die Richtung, wo Elsie Green wohnt, um zwei

Fliegen mit einer Klappe zu schlagen. Wenn ich sie irgendwo sehe, brauche ich mich wenigstens nicht mehr mit der Sorge herumzuschlagen, sie könnte das Zeitliche gesegnet haben. Außerdem ist es ziemlich weit bis dort und vielleicht kommt mein Hirn ja beim Bürgersteig-Treten wieder in die Spur und löst mir die Probleme mit dem iPad und dem Bewerbungsgespräch. Ich sehe noch einmal auf dem Computer nach. Weiterhin kein roter Punkt. Also schnappe ich mir meine Jacke und setze den verzweifelten Plan in die Tat um.

Es stellt sich heraus, dass der Plan gar nicht so erbärmlich ist. Ich bin kaum zehn Minuten unterwegs, als ich die Geschichte mit dem Bewerbungsgespräch schon viel gelassener sehe. Ich wundere mich sogar, dass ich mich deswegen so aufregen konnte. Eigentlich muss ich nur Mum davon erzählen und mir dann überlegen, wie ich es mit Dad wieder ausbügeln kann. Er hat recht – Mum wird das nie zulassen. Erst recht nicht vor den Prüfungen. Vielleicht sage ich ihm einfach, dass sie den Zettel gefunden hat. Dass es seine Schuld ist, weil er es irgendwo aufgeschrieben hat. Dann müsste ich nur noch für ein, zwei Tage den ganz normalen Wahnsinn über mich ergehen lassen. Ein geringer Preis angesichts der Umstände. Da das nun geklärt ist und ich die Sache mit Greensleeves schon angepackt habe, kann sich mein Hauptprozessor jetzt endlich wieder dem Problem mit dem iPad widmen.

Die Geschichte mit Harrys iPad lief nämlich so:

Ich sitze mittags in der Schulmensa, mit Sandy Hammil und ein paar Normalos aus seinem Jahrgang, mit denen ich kaum zu tun habe. Einen, Gary Crawford, kenne ich ein bisschen, weil sein Dad mit meinem zusammen arbeitet; die anderen kenne ich eigentlich gar nicht.

Also, dieser Gary faselt davon, er will den Schulrekord angehen, wie viele Leute man in den Rollstuhlaufzug drüben im Neubau reinquetschen kann. Wir machen das manchmal, aber Gary behauptet, er hätte ausgetüftelt, wie man fünfzehn Personen reinkriegt. Mir kommt das ziemlich geistesgestört vor, aber von den Normalos sagt keiner etwas, die glauben das einfach blind. Vielleicht hat er einfach Charisma oder so etwas. Also sage ich schließlich:

»Fünfzehn sind unmöglich«, und alle drehen sich um zu mir. »Ich war beim letzten Mal dabei«, erkläre ich. »Wir waren zu elft. Einer mehr, und ich wäre draufgegangen. Noch heute bin ich mir nicht sicher, ob ich nicht dabei gestorben bin.«

»Aber das war auch ein lausiger Plan«, sagt Gary. »Jennifer Campbells Anordnung war total altmodisch. Mein neues Schema ist richtig geil. Schau.«

Es stellt sich heraus, dass seine Methode ebenso geistesgestört ist wie die ganze Idee, es mit fünfzehn zu versuchen. Die ersten fünf sollen sich mit dem Gesicht nach unten auf den Boden legen, die nächsten fünf quer darüber, auch auf dem Bauch. Dann braucht er nur noch fünf hineinzuquetschen, die an den Wänden stehen. Meint er.

»Und was ist mit dem Gewicht?«, frage ich ihn.

»Schon mit elf hat das Seil geknarrt. Fünfzehn wird es nie im Leben aushalten.«

Er sagt, die maximale Last sei nur wegen der Bestimmungen am Fahrstuhl angeschrieben.

»Der hält locker das Zehnfache aus«, beteuert er. »Das müssen die so machen.«

Grundsätzlich bin ich seiner Meinung. Der Aufzug ist gebaut für einen Menschen im Rollstuhl plus jemanden, der ihm hilft; danach ist das Gewicht bemessen. Aber offensichtlich hält er mehr aus, denn wir waren schon zu elft drin. Er kam aber schon ziemlich ins Schwingen, als wir nach oben gefahren sind, und ich bin mir sicher, dass das Seil ganz bestimmt keine fünfzehn aushält.

»Du solltest es mit zwölf probieren«, sage ich Gary. »Zwölf könnte klappen, wenn du ein neues System hast. Fünfzehn ist einfach Wahnsinn.«

»Wenn ich zwölf schaffe, dann kommt gleich der nächste und bricht den Rekord wieder«, sagt er. »Wenn ich fünfzehn schaffe, dann wird er ewig halten. Fünfzehn wird keiner mehr überbieten.

»Aber nur, weil fünfzehn unmöglich ist«, sage ich.

Er legt die Gabel auf dem Teller ab und sieht mich an.

»Willst du was dagegen setzen?«

Ich nicke.

»Fünfzig Pfund«, sagt er. »Was meinst du?«

So viel Geld habe ich nicht, nicht einmal annähernd, aber ich weiß, dass er nicht die geringste Chance hat. Ich willige ein, ohne groß nachzudenken.

»Dann lass mal das Geld sehen«, sagt er.

»Du auch.«

Er fasst in die Tasche und holt eine Brieftasche heraus. Eine Brieftasche! Die klappt er auf, zählt zehn Fünfpfundnoten auf den Tisch und hält sie mir dann vor die Nase.

»Wo hast du das alles her?«, frage ich ihn.

»Was soll die Frage?«, meint er. »Wo hast du deines her?«

»Ich habe keines«, antworte ich. »Wie sollte ich an fünfzig Mäuse kommen?«

Er sieht mich mitleidig an, wie einen Loser, mit dem er nur seine Zeit verschwendet.

»Ohne Geld keine Wette«, sagt er, steckt die Scheine wieder ein und klappt die Brieftasche zu. Er steckt sie gerade wieder in die Tasche, als sein Blick auf Harrys iPad fällt, das auf meinem Bücherstapel liegt, neben dem halb leeren Teller mit Hafergrütze. Er nickt anerkennend.

»Das würde ich auch nehmen«, meint er. »Wenn du das gegen meine fünfzig Pfund setzt, dann sind wir im Geschäft.«

Also setze ich es.

Als der Rollstuhlaufzug etwa auf halbem Weg nach oben war, dachte ich, ich hätte gewonnen. Ich stand oben im ersten Stock mitten in einer Traube ziemlich aufgeregter Normalos, als das Stahlkabel fürchterlich knirschte und alle in der Kabine laut aufschrien. Die Kabine blieb aber nicht stehen. Ein paar Sekunden später kam sie in Sicht, mit zwei Gesichtern, die von innen an das winzige und völlig beschlagene Fenster der Kabinentür gepresst waren. Dann ging die Tür auf und alle purzelten heraus.

Nur Gary blieb drin. Er hatte sich freiwillig zur ersten Lage unten am Boden gemeldet, und es war zunächst nicht klar, ob er tot war oder nur die Situation auskosten wollte. Er lag mit dem Gesicht nach unten und regte sich nicht. Aber dann knackte es wieder im Stahlkabel, noch lauter als beim ersten Mal, und dann gab es einen mordsmäßigen Knall. Jetzt war es keine Frage mehr, ob er okay war oder nicht. Er sprang aus dem Lift, ohne sich aufzusetzen, und landete draußen im Korridor auf den Füßen. Es stoben ein paar Funken, es knallte noch einmal, die Fahrstuhlkabine neigte sich ein bisschen zur Seite, und in ihrem Innern ging das Licht aus. Sie stürzte nicht ab und blieb einfach so hängen, und als klar war, dass nichts Schlimmeres passieren würde, fingen die ersten Normalos an zu jubeln, ein paar drängten sich um Gary und schlugen ihm auf den Rücken. Er schien jedoch in der ganzen Menge nur Augen für eine Person zu haben. Mich. Er kam auf mich zu und packte mich am Hemd.

»Her mit dem iPad«, sagte er, und mir blieb nichts anderes übrig, als es ihm zu geben.

Der Lift hängt immer noch schief. Kurz nachdem es passiert war, ist dieses Mädchen Irene, die im Rollstuhl sitzt, mit einem von Garys Kumpels zu Bailey gegangen, und sie haben ihm erzählt, sie wären mit dem Fahrstuhl hinaufgefahren und dann sei plötzlich alles komisch gewesen. Bailey hat es ihnen abgekauft. Ein neues Seil hat er aber nicht dafür beschafft. Alle Klassen mit Schülern, die den Fahrstuhl brauchen, mussten ins Erdgeschoss umziehen, und Gary prahlt überall damit, dass sein Rekord ewig bestehen bleibt, weil der Lift nicht wieder repariert wird. Jedes Mal, wenn ich im Treppenhaus daran vorbeikomme, wird mir irgendwie schlecht, und ich versuche, mir einen todsicheren Trick auszudenken, wie ich Gary das iPad wieder abnehmen kann.

Aber mir fällt nichts ein.

12

Fast eine Stunde lang sitze ich gegenüber von Elsie Greens Haus auf einer Mauer und halte nach Lebenszeichen Ausschau. Alle Vorhänge sind geöffnet, und in der Einfahrt steht ein Auto, also sitze ich da und warte darauf, dass sich in den zur Straße gelegenen Zimmern etwas regt. Es hat ewig gedauert, bis ich das Haus gefunden habe. Mein Freund Paul Glover liegt mir ständig in den Ohren, dass Elsie Green bei ihm ganz in der Nähe wohnt. Also habe ich erst sein Zuhause ausfindig gemacht und dann alle Haustüren in der Gegend abgeklappert und die Namensschilder nach dem Namen Green abgesucht. Sie wohnt überhaupt nicht bei ihm in der Nähe, sondern ganz am anderen Ende der Straße, so weit entfernt, dass es mich wundert, dass er überhaupt weiß, wo sie wohnt.

Nach ungefähr zwanzig Minuten kommt ein Mann aus dem Haus und geht zum Wagen. Die Haustür hat er offen stehen lassen. In der Erwartung, dass ich gleich einen Blick auf Elsie erhaschen werde, lehne ich mich auf der Mauer weit nach vorn. Bestimmt bringt er sie gleich irgendwohin. Er öffnet den Wagen, nimmt etwas vom Beifahrersitz und trägt es ins Haus. Als er wieder zurückkommt, ist er immer noch alleine, aber diesmal zieht er die Haustür hinter sich zu. Dann steigt er in den Wagen, stellt den Spiegel ein, stößt rückwärts auf die Straße zurück und fährt davon. Ich sinke auf der Mauer in mich zusammen. Die Spannung ist verflogen und ich nehme wieder die Fenster ins Visier.

Der Mann muss wohl Elsies Vater sein. Er hat nicht gerade wie ein normaler Dad ausgesehen, mit einem grünen, irgendwie flauschigen Jackett. Auch seine Frisur war komisch, irgendwie aufgeblasen und labberig zugleich. Genauso würde man sich Elsies Dad vorstellen, aber was das Gute ist: Er hat nicht geweint und auch keine roten Augen gehabt. Er hat nicht einmal eine schwarze Krawatte getragen. Ich nehme das alles als gutes Zeichen. Wenn ich sie nur sehen könnte ...

Eine halbe Stunde später hat sich noch immer in keinem Zimmer etwas bewegt. Das Auto kommt nicht zurück und die Haustür bleibt geschlossen. Ich dämmere gerade in Gedanken über das iPad hinweg und lasse in der Konzentration etwas nach, als sich jemand von hinten an mich anschleicht und mein Handgelenk packt.

»Was machst du hier?«, höre ich jemanden fragen und falle vor Schreck fast in Ohnmacht.

Da steht ein alter Mann, hält mich fest gepackt und starrt mich mit großen Glupschaugen an.

»Ich beobachte dich schon die ganze Zeit«, sagt er. »Runter von meiner Mauer.«

Ich stehe auf, aber er lässt mich immer noch nicht los. So wie er mich festhält, verstößt das bestimmt gegen meine Menschenrechte. Sein Griff fühlt sich entsetzlich an, ganz kalt und knochig, wie die Hand einer Hexe.

»Was tust du hier?«, fragt er, und ich versuche, mich aus seinem Griff zu lösen.

»Ich warte auf meinen Freund«, antworte ich.

»Was für ein Freund?«

»Paul Glover. Er wohnt dort vorn. Er wollte noch seine Jacke holen.«

»Eine volle Stunde lang?«

Ich suche nach einer vernünftigen Erklärung, nicke dann aber nur.

»Ich glaube dir kein Wort«, sagt der alte Mann. »Ich glaube, du spähst die Greens aus. Du gehörst sicher zu einem Gangstersyndikat.«

»Einem was?«

»Einer Diebesbande. Ich habe dich beobachtet. Ich weiß, was hier läuft.«

»Ich bin doch erst fünfzehn«, sage ich ihm und reiße wieder an meinem Handgelenk. Es fühlt sich an, als würde er es mir brechen. Ganz bestimmt verstößt das gegen meine Menschenrechte.

»Fünfzehn!«, sagt er, als würde er darüber lachen,

ohne es wirklich zu tun. Mir wird klar, ich hätte das selbst tun sollen. Gleich als er gesagt hat, ich würde die Greens ausspähen. Ich hätte sagen können: »Ein Gangstersyndikat!« Oder: »Eine Diebesbande!« Aber jetzt ist es zu spät. Er ist mir zuvorgekommen. Ich muss das unbedingt in mein Repertoire aufnehmen.

Nun versucht er, mich über den Gehweg in seine Einfahrt zu zerren. Er steht immer noch auf der anderen Seite der Mauer, in seinem Garten, und während er an mir herumreißt, beißt er seine kleinen Zähne zusammen. Sie sind alle fein und spitz, wie irgendwelche kleinen weißen Nadeln.

»Komm schon«, sagt er. »Ich rufe jetzt die Polizei. Und du wartest hier, bis sie da sind. Mir reicht's jetzt nämlich.«

»Ich warte doch nur auf meinen Freund«, sage ich ihm noch mal und ziehe und ziehe gegen den Griff seiner Knochenfinger. Er verzieht das Gesicht, wobei noch mehr nadelfeine Zähne zum Vorschein kommen, und er fängt an zu grunzen. Jetzt versuche ich mit der anderen Hand, die Hexenfinger von meinem Arm zu lösen.

»Euch werden wir das Handwerk legen«, zischt er, während ich einen Finger ein bisschen nach hinten biege, bis er schreit. Ich drehe seine Hand noch weiter und ziehe, und dann bin ich plötzlich frei.

»Mörder!«, schreit er, und ich renne los.

Ich laufe bis zur nächsten Abzweigung, biege um die Ecke und trabe zügig weiter. So mache ich es an jeder Kreuzung, und es dauert nicht lange, bis ich mich verlaufen habe. Ich bin hier noch nie gewesen, bleibe eine Minute stehen und sehe mich um. Ich warte, bis ich wieder zu Atem komme und lausche, aber ich höre nur Vogelgezwitscher und ein paar Kinder, die ein Stück weiter vorn in einem Garten spielen. Als mein Herz nicht mehr so pocht und das Atmen wieder leichter fällt, wird mir klar, dass ich entkommen bin, und ab jetzt nehme ich immer die Abzweigung, die vom Hügel wieder hinunterführt. Es ärgert mich, dass ich den Elsie-Beobachtungsposten aufgeben musste, aber das wird dadurch wieder wettgemacht, dass ich der Hexenhand entkommen konnte, und je länger ich weitergehe, desto mehr bin ich davon überzeugt, dass es Elsie gut gehen muss, weil ihr Vater offensichtlich nicht in Trauer ist. Wahrscheinlich hätte ich die Operation gleich abbrechen können, als ich ihn sah. Dann hätte ich mir nicht nur eine halbe Stunde auf der Mauer erspart, sondern auch den darauf folgenden Wahnsinn. Aber es zeigt sich, dass die Begegnung mit dem kleinen Hexer auch ihr Gutes hatte.

Er hat mir nämlich alle Gedanken an das verdammte iPad aus dem Kopf gefegt – zum ersten Mal, seit ich Harry versprochen habe, dass ich es für ihn zurückhole. Und als ich diese Sache nun wieder aufrufe, bemerke ich, dass etwas Neues für mich bereitliegt. Ein neuer Gedanke. Noch keine fertige Idee, aber eine Ahnung, dass ich das Ganze bisher falsch angegangen bin und nach der falschen Idee gesucht habe. Stundenlang habe ich gebrütet, wie ich das iPad zurückbekommen könnte, und dabei völlig vergessen, dass das iPad gar nicht so wichtig ist. Eigentlich spielt es überhaupt keine Rolle. Wichtig ist nur, dass ich Harry dazu kriege, Bailey zu sagen, dass er sich geprügelt hat. Das iPad ist nur eine Möglichkeit, ihn dazu zu bekommen. Es muss aber auch andere geben. Hunderte.

Nun ist es so, dass mir gleich nach der verlorenen Wette lauter gute Ideen gekommen sind, wie ich es zurückbekommen könnte. Aber keine hat funktioniert. Ich habe Gary beispielsweise eine neue Wette zum gleichen Einsatz angeboten, aber er hat gesagt, er sei kein Zocker.

»Und was war das mit unserer Wette?«, fragte ich ihn.

»Das war nicht gezockt«, sagte er. »Das war pure Gewissheit.«

Dann sind mir alle möglichen Kniffe eingefallen, wie ich ihm das iPad in der Schule wieder abluchsen könnte, aber auch das hat nicht hingehauen, weil er das Ding nicht in die Schule mitbringt. Er benutzt es nur zu Hause. Blieb nur die Möglichkeit, bei ihm einzubrechen, aber so was ist nun wirklich nicht mein Stil.

Nein, Harry rumzukriegen ist nichts im Vergleich dazu, das Ding wieder zurückzubekommen. Als nun in der Ferne der weiße Kirchturm in Sicht kommt und ich wieder weiß, wo ich bin, laufe ich mal schneller, mal langsamer, bis ich die Frequenz meiner Gehirnwellen perfekt synchronisiert habe, und dann bin ich empfangsbereit für einen neuen Plan.

Es stellt sich nichts Greifbares ein, aber früher oder später wird das passieren. So ist es eben. Ich bin ein Mann der Ideen. Nur bringt es mich manchmal durcheinander, welche Idee ich nun haben soll.

Dad ist immer noch draußen im Garten, als ich endlich wieder nach Hause komme. Er steht ganz in der Ecke und schlägt mit einem Holzhammer auf etwas, das zerbrechlich aussieht. Ich versuche, unbemerkt durchs Tor zu schlüpfen, was mir nicht gelingt. Er dreht sich um, bevor ich den halben Weg zur Tür geschafft habe, hält den Hammer in die Höhe und wedelt damit, als wäre es irgendeine Begrüßungsfahne. Dann winkt er mich mit der anderen Hand zu sich. Er sieht aus wie ein dementer Verkehrspolizist, der völlig den Faden verloren hat.

»Ich sollte besser reingehen«, sage ich ihm. »Ich bin ziemlich erschossen.«

»Zwei Minuten«, sagt er. »Ich muss mit dir was ausprobieren.«

Ich seufze und komme ein paar Schritte näher. Der Rasen ist mit Brocken von dem Zeug übersät, das er mit dem Hammer bearbeitet hat. Ich habe nicht die leiseste Ahnung, was das soll. Es sieht ein bisschen aus wie fester Hüttenkäse.

»Komm her«, ruft er und ist erst zufrieden, als ich direkt vor ihm stehe. Dann flüstert er wieder. »Kein

Wort zu deiner Mum über das von vorhin«, sagt er. »Sie ist jetzt wieder da. Nicht vergessen, das bleibt unter uns.«

Ich starre hinunter auf den zertrümmerten Hüttenkäse.

»Ich glaube, ich muss es ihr erzählen«, sage ich. »Ich kriege Bluthochdruck, wenn ich mir Lügen ausdenken muss. Und dann bin ich beim Bewerbungsgespräch nicht in Form.«

»Unsinn«, meint Dad. »Das wird schon werden. Und wenn's vorbei ist, kannst du es ihr ja erzählen.«

Ich schüttele den Kopf. Er sieht mich an und ich starre auf den Hammer. »Und was ist das für Zeug, das du da zerklopfst?«

»Nur dies und das«, antwortet er. »Ich hake nur Sachen von meiner Liste ab.«

Jetzt fällt mir auf, dass zwischen den Hüttenkäse-Stückchen auch etwas wie Erdnussschalen herumliegt. Ich sehe wieder hoch zu meinem Dad, nicht ganz in die Augen, sondern nur so ungefähr bis zum Mund.

»Ich finde, ich sollte es ihr erzählen«, sage ich und gehe zurück Richtung Fußweg. Er sieht nicht gerade glücklich aus, aber da ist nichts zu machen. Immer noch besser als Etiketten kleben, lebenslänglich.

»Tu's nicht, Jack«, sagt er, immer noch irgendwie geflüstert. »Dann hast du bei mir was gut.«

Ich sehe nicht zurück und gehe weiter zum Haus. Eigentlich rechne ich damit, dass er mir folgt, aber er bleibt stehen. Für einen Augenblick ist es still, dann fängt das Hämmern wieder an, und der Hüttenkäse und die Erdnüsse bekommen wieder die volle Wucht seiner Frustration zu spüren.

Mum ist oben in ihrem Schlafzimmer. Sie sitzt vor dem Spiegel und wickelt sich kleine Gummiteile ins Haar.

»Hör dir diesen verdammten Krach an«, sagt sie. »Das bringt mich noch zur Weißglut. Was zum Himmel treibt er dort draußen überhaupt?«

»Er arbeitet seine Liste ab«, antworte ich. »Was steckst du dir da in die Haare?«

»Gummiteile«, sagt sie. »Ich hab sie in einem Laden gefunden. Ich weiß aber nicht, ob sie funktionieren.«

»Sieht ziemlich seltsam aus«, sage ich. »Wirst du die auch draußen tragen?«

Sie schmunzelt. »So was trägt man nicht. Man wickelt sie rein, um Locken zu bekommen, und dann nimmt man sie wieder raus.«

Ich nicke. Ich nehme eines vom Tisch und sehe es mir an. Es ist ziemlich biegsam. So etwas sollte mir eines Tages auch einfallen. Ganz einfach. Ich muss mal online nachsehen, wer die Dinger erfunden hat. Und dann sein Bild ins Buch meiner Vorbilder einsortieren. Menschen mit erfolgreichen Ideen.

»Ich muss dir etwas wegen Dad erzählen«, sage ich, und Mum dreht sich ein Stück vom Spiegel weg, behält aber das blaue Ding im Auge, das sie gerade einwickelt.

»Worum geht's? Was hat er nun wieder angestellt?«

Und dann schlägt es bei mir ein. Ein Kracher. Mein

Hirn fängt an zu kribbeln und meine Hände werden ganz warm. Ich spüre diese vertrauten Empfindungen, noch bevor mir bewusst wird, dass die Idee eingetroffen ist, und dann verschafft sich die Idee Gehör. Laut und deutlich. Die Gehirnstarre hat sich gelöst. Ich bin wieder im Spiel.

»Er ...«, sage ich und muss mir schnell etwas anderes einfallen lassen, das ich ihr erzähle. »Ich glaube, er verliert langsam den Verstand. Es sieht aus, als würde er unten auf dem Rasen Hüttenkäse zertrümmern. Vielleicht solltest du jemanden alarmieren.«

»Das musste ja so kommen«, murmelt Mum, und ich sage ihr, dass ich mal für eine Minute wegmuss.

Ich poltere die Treppe hinunter, zwei oder drei Stufen auf einmal, und reiße die Haustür auf. Dad, der auf dem Rasen kniet, dreht sich herum, den Hammer angriffsbereit erhoben. Ich gehe rasch zu ihm hin.

»Was hat sie gesagt?«, flüstert er. »Ist alles abgesagt?«

Ich warte einen Augenblick und er senkt den Hammer.

»Ich habe es ihr nicht erzählt«, antworte ich und sehe, wie sich in seinem Gesicht Überraschung breitmacht. Er überlegt, ob er mir glauben soll oder nicht; dann steht er auf und lässt den Hammer ins Gras fallen.

»Nicht?«, fragt er. »Im Ernst?«

Ich nicke und er klopft mir auf den Rücken.

»Guter Junge«, sagt er. »Der Beste! Es wird dir dort gefallen, wenn du erst einmal angefangen hast. Da bin ich mir sicher.«

»Schon möglich«, sage ich, obwohl ich es ernsthaft bezweifle. »Aber du weißt doch noch, dass du gesagt hast, ich hätte was gut bei dir?«

»Wann?«

»Als ich sagte, ich müsste es Mum erzählen. Da hast du gesagt, wenn ich es ihr nicht erzähle, hätte ich was gut bei dir.«

»Das habe ich gesagt?« Er sieht nicht so aus, als würde er mir glauben, aber jetzt ziehe ich es gnadenlos durch.

»Ich glaube, ich könnte jetzt auch deine Hilfe gebrauchen«, sage ich ihm. »Ich muss dich jetzt um einen Gefallen bitten.«

Er sieht nicht gerade glücklich aus. Offensichtlich hatte er nicht ernsthaft gemeint, ich hätte etwas bei ihm gut. Aber er weiß genauso gut, dass ich nur nach oben gehen und Mum alles über das Bewerbungsgespräch erzählen muss; also bleibt es dabei. Er blickt über die Schulter auf sein Heimwerkerprojekt auf dem Rasen und dreht sich dann wieder zu mir um.

»Also schön«, meint er schließlich, bückt sich und hebt den Hammer auf. »Was habe ich mir diesmal eingebrockt? Was willst du? Lass hören.«

13

Eine halbe Stunde später sitze ich mit meinem Dad ein Stück von Gary Crawfords Haus entfernt im Auto. Der Motor ist aus, und ich bin den Plan mit Dad zweimal durchgegangen, einmal bei uns zu Hause und dann noch einmal auf dem Herweg. Er scheint ihn begriffen zu haben. Er ist nicht begeistert, aber er weiß, worum's geht.

»Bist du so weit?«, frage ich ihn. Er hebt die Hand und zeigt an, dass er mit vollem Mund gerade nicht antworten kann. Er kaut lautstark, den Zeigefinger die ganze Zeit hochgereckt, bis er schließlich schluckt.

»Lass mich noch schnell aufessen«, sagt er. »Ich brauche meine Vitamine.«

Er hatte darauf bestanden, auf halbem Weg dorthin noch eine kleine Pizza mitzunehmen. Auf eine Operation wie diese könnte er sich mit leerem Magen unmöglich einlassen, und er hat versucht, mir auch eine aufzuschwatzen. Ich antwortete, auf Operationen wie diese würde ich mich nicht einlassen, solange ich noch verdaue, weil das den Geist benebelt, und ich habe versucht, ihn davon zu überzeugen, dass er damit wartet, bis wir's geschafft haben. Aber er hat mir gesagt, das müsse jeder selbst wissen, und ist die Sache auf seine Art angegangen.

Jetzt sitze ich hier, sehe zu, wie die Scheiben immer mehr beschlagen, und kann es kaum erwarten, bis es losgeht. Also fange ich an loszuplappern, damit die Zeit schneller vergeht.

»Verstößt es eigentlich gegen die Menschenrechte, wenn dich jemand am Handgelenk packt und nicht loslässt?«, frage ich meinen Dad.

Er legt die Stirn in Falten und überlegt, welches Stück Pizza er als Nächstes nehmen soll. »Kommt drauf an, warum er es tut, denke ich«, antwortet er.

»Und wenn man einfach nur auf seiner Mauer gesessen ist?«, frage ich. »Wenn man sonst nichts Verbotenes getan hat?«

»Nichts dagegen einzuwenden«, sagt er. »Niemand will, dass jemand auf seiner Mauer sitzt.«

»Aber man kann doch jemanden nicht einfach festhalten, oder? Das ist doch bestimmt gegen seine Menschenrechte.«

»Du bist schon ziemlich besessen von Menschenrechten«, meint mein Dad. »Als ich klein war, hatte niemand irgendwelche Menschenrechte. Bei wem bist du denn auf der Mauer gesessen?«

»Ach, bei irgendeinem alten Typen«, sage ich und strecke ihm den Arm hin. »Schau, ich hab sogar einen blauen Fleck. Und gezerrt ist es wahrscheinlich auch.«

Er hebt das Handgelenk hoch und dreht es herum. Er sieht sich die andere Seite an und dreht es dann wieder um. »Das bildest du dir ein«, sagt er. »Da ist nichts zu sehen.« Er krempelt seinen Hemdsärmel hoch und hält ihn mir vor die Nase. »Das hier«, sagt er. »Das ist ein blauer Fleck.«

Kein Zweifel. Auf seinem Arm leuchtet ein ausgewachsener Bluterguss.

»So was spüre ich nicht mal«, erklärt er. »Wenn du erst in der Abfüllhalle arbeitest, kriegst du so was fast jeden Tag.«

Er stopft sich die letzte Pizzaschnitte fast am Stück in den Mund, zerknüllt die Papierservietten, stopft sie in die Schachtel und klappt sie zu. Er kaut und schluckt, kaut und schluckt, erstickt fast, wirft den leeren Pizzakarton voller Servietten auf die Rückbank und verkündet, dass er bereit ist.

»Nur noch schnell eine rauchen«, sagt er, kurbelt das Fenster herunter und zieht eine Zigarette hervor. Eine, die offensichtlich nicht aus seiner verrückten neuen Maschine stammt.

Ich glaube, ich musste mich erst von dem Plan verabschieden, das iPad zurückzubekommen, um in meinem

Gehirn genügend Platz für eine Lösung freizubekommen. So funktioniert das ziemlich oft. Als ich mich entschlossen hatte, stattdessen bei Harry anzusetzen, konnte der Denkapparat wieder ohne Druck arbeiten. Und genau das hat er auch getan.

Mein Plan beginnt damit, dass ich bei Gary an der Tür läute. Mein Vater steht daneben an der Hauswand mit dem Blick zur Straße. Das haben wir uns zusammen ausgedacht. Wenn Gary selbst an die Tür kommt, gebe ich Dad ein Handzeichen, und er baut sich neben mir auf. Wenn jemand anderes öffnet, frage ich, ob Gary da ist, und wenn die Person ihn holen geht, tauschen wir beide die Plätze, sodass Dad vor der Tür steht, wenn Gary kommt.

Es ist Garys Mum, die aufmacht. Ich frage, ob ich Gary sprechen kann, und hoffe, sie sagt nicht, dass er nicht da ist. Das tut sie nicht, sondern fragt, wer ich bin, und ich sage, ich bin Jack Dawson. Sie ruft laut nach Gary, da sei jemand an der Tür für ihn, und geht fort. Wir wechseln rasch die Plätze. Jetzt stehe ich an der Mauer, sehe zur Straße und sperre die Ohren auf.

Ich höre schwere Schritte auf dem Hausflur und dann geht die Tür knarrend ein Stückchen weiter auf. Ich stelle mir vor, dass Gary vielleicht auf den Boden schaut, weil ich ihn schniefen höre und er offenbar nicht bemerkt hat, dass mein Vater dort steht und dann klingt er überrascht.

»Oh ...«, höre ich. »Ich dachte, es wäre für mich. Wollen Sie meinen Vater sprechen?«

»Möglicherweise«, antwortet Dad. »Ich bin hier, um ihm vom Rollstuhlaufzug im Neubau der Schule zu erzählen.«

Es herrscht Totenstille. Ich rede mir ein, dass ich Gary schlucken höre. Wieder knarrt die Tür ein bisschen, und dann sagt er leise: »Ich habe gar nichts getan.«

Dad gibt keine Antwort. Ich wende den Kopf zur Seite, immer noch an die Wand gelehnt, und sehe, wie er immer noch da steht.

»Ist dein Dad da?«, fragt er Gary schließlich.

Gary sagt nichts. Ich weiß nicht, ob er genickt, den Kopf geschüttelt oder sonst was gemacht hat. Er sagt jedenfalls nichts.

»Wie wird dein Dad das aufnehmen?«, fragt Dad, und ich höre Gary antworten, es sei ein Unfall gewesen.

»Ich habe Jennifer nur in den ersten Stock hinaufgeholfen«, lügt er.

»Du und vierzehn andere«, erwidert Dad. »In Jacks Zimmer habe ich dein Diagramm herumliegen sehen. Ziemlich schlau. Aus dir könnte ein passabler Bauingenieur werden, wenn du nicht drauf und dran wärst, von der Schule zu fliegen. Du hättest bloß nicht deinen Namen draufschreiben sollen. Das war weniger schlau.«

Dies ist der einzige unsichere Teil meines Plans. Wenn Gary jetzt das Diagramm sehen will, schauen wir ziemlich dumm aus der Wäsche, weil wir keines haben. Wenn ich es besäße, dann hätte ich mir das iPad schon vor Wochen zurückgeholt. Aber Gary ist offenbar selbst ein bisschen blind vor Panik, und er hat nicht den leisesten Verdacht, dass mein Dad ihn hereinlegt.

»Und was soll ich tun?«, fragt Gary, und er hört sich inzwischen ziemlich verstört an.

»Jack sagt, er hätte dir ein iPad geliehen«, sagt Dad, »und du würdest es nicht zurückgeben.«

Für einen Moment herrscht Stille und dann knarrt die Tür wieder. »Er hat gesagt, ich könnte es behalten«, antwortet Gary.

»Das musst du wissen«, sagt Dad, »aber Jack hat sich anders entschieden. Du kannst mir jetzt entweder das iPad holen – oder deinen Dad.«

Ich halte den Atem an. Wieder knarrt die Tür. Dann höre ich Gary durch den Hausflur laufen und die Treppe hinaufpoltern. Mein Dad tritt einen Schritt zurück und dreht sich zu mir um. Ich sehe ihn an. Er hebt einen Daumen, lässt die Arme aber immer noch herunterhängen. Dann macht er wieder einen Schritt nach vorn.

Es dauert nicht lange, dann donnert Gary wieder die Stufen herunter, und ich höre das großartige Geräusch, wie das iPad übergeben wird.

»Kann ich das Diagramm wiederhaben?«, fragt Gary, und mein Dad macht: »Hmm ...«

Ich höre ein paar Klicks, weil Dad das iPad einschaltet und ein bisschen daran herumspielt. Ich weiß, dass er keine Ahnung hat, was er da tut, und kann nur hoffen, dass er das Ding nicht kaputt macht, bevor ich es zurückbekomme.

»Ich denke, ich werde das Diagramm fürs Erste behalten«, antwortet er Gary. »Für den Fall, dass Jack deswegen irgendwas zustößt. Dann kann ich es deinem Dad immer noch zeigen.«

Gary schweigt und Dad schaltet das iPad wieder aus.

»Sag deinem Dad trotzdem, dass ich nach ihm gefragt habe«, sagt er, und ich höre Gary leise schnauben, bevor er die Tür schließt. Ich bleibe weiter angelehnt stehen, bis ich mir sicher bin, dass er weg ist. Als ich mich von der Wand abdrücke, schmerzt mein Rücken an allen Stellen, wo mich die Steine der Mauer gepikt haben.

»Gehen wir«, flüstert Dad, deutet mit der Hand versteckt an, er würde mich abklatschen, und wir eilen zum Wagen zurück und fahren zu Harry.

14

Wir haben unterwegs noch eine große, knusprige Pizza mit viel Ananas geholt und jetzt steige ich die Treppe zu Harrys Zimmer hinauf und klopfe an die Tür. Keine Antwort. Ich bin mir aber sicher, dass ich ihn drinnen hören kann, und klopfe noch einmal.

Noch immer nichts.

»Ich bin's, Jack«, rufe ich und höre innen ein leises Ächzen. Ich stecke das iPad in meine Tasche, öffne die Tür und gehe einfach hinein.

Harry sitzt am Schreibtisch und spielt Schach gegen sich selbst. Eben dreht er das Brett herum, setzt eine weiße Figur, dreht es wieder und bewegt eine schwarze.

»Wer gewinnt?«, frage ich ihn und lasse mich auf seinem Kinderbett nieder. Er schaut mich an, als wollte er sagen: »Ha ha, sehr lustig!«, und spielt weiter. Ich mache es mir bequem und sehe mich eine Weile in seinem Zimmer um. Dann lasse ich die Bombe platzen.

»Ich habe dir etwas mitgebracht«, sage ich und gewinne damit seine Aufmerksamkeit. Das Schachspiel ist augenblicklich vergessen. Er springt mitten im Zug vom Schreibtisch auf und kommt herüber.

»Hast du das iPad?«, fragt er. »Wirklich?«

Ich stecke die Hand in die Tasche und runzele erschrocken die Stirn, als wäre es nicht dort, wo ich es vermute. Ich wühle in allen Fächern, tauche hier, dann dort hinein und ziehe die Furchen auf meiner Stirn noch tiefer. Schließlich lege ich die Hand darauf und sehe ihn erleichtert an. Ich zelebriere das Ganze so, wie ein Zauberer ein Kaninchen zum Vorschein bringt. Harry stürzt vor und reißt es mir aus den Händen.

»Hoffentlich hat es Crawford, dieser Bastard, nicht neu aufgesetzt«, zischt er. »Wehe, wenn meine Sachen nicht mehr drauf sind.«

Hektisch wischt er über den Bildschirm, und ein paar spannende Minuten lang sehe ich ihm nur dabei zu, aber sein Gesicht verrät nichts. Kurz bevor ich zu hyperventilieren anfange, stößt er die Faust in die Luft und ruft: »Ja!«, und ich kann endlich wieder normal atmen.

»Du hast es geschafft, Jackdaw«, sagt er ungläubig. »Alles noch da. Du hast es wirklich geschafft!«

Für einen Moment fürchte ich, dass er mich küssen wird, aber das bleibt mir erspart.

»Also sind wir im Geschäft«, sage ich. »Du hältst doch für Chris Yates den Kopf hin, oder?«

»Gleich als Allererstes morgen früh«, antwortet er.

»Wie versprochen. Schon bevor es läutet, werde ich vor Baileys Büro warten.«

Leider muss ich ihn ein bisschen bremsen.

»Genau darüber habe ich nachgedacht«, sage ich. »Wir müssen bis Mittag warten. Ich habe das mit Cyrus McCormack noch nicht endgültig klarmachen können. Er muss ja wissen, mit wem er sich geprügelt haben soll.«

Harry schüttelt den Kopf. »Ich warte nicht«, sagt er. »Das ist jetzt meine Chance, Jack. Ich will nicht riskieren, dass jemand kommt und das Ganze verdirbt.«

Ich kann es kaum glauben. Noch vorgestern hatten wir offenbar alle Zeit der Welt. Und jetzt will er nicht einmal warten, bis ich den Plan wasserdicht gemacht habe.

»Was zum Teufel soll denn das heißen?«, frage ich ihn. »Du hast doch gesagt, du würdest so lange warten, bis ich dir das iPad wieder beschafft habe.«

»Aber nur, weil ich wusste, dass du es dann auch tatsächlich hinkriegen würdest«, antwortet er. »Ich wäre in jedem Fall morgen früh zu Bailey gegangen – ob du das iPad nun gebracht hättest oder nicht.«

»Du Bastard!«, sage ich. »Ich habe beim Überlegen, wie ich es zurückhole, fast einen Schlaganfall riskiert. Und ich habe mir dafür ein Bewerbungsgespräch eingehandelt, in der Fabrik, wo mein Dad arbeitet.«

Ich lasse mich nach hinten auf sein Bett plumpsen. Wieder dreht sich alles in meinem Gehirn. Ich muss ihn irgendwie davon überzeugen, dass er nicht gleich morgen früh zu Bailey geht. Ich brauche noch Zeit, um das Ganze mit Cyrus McCormack zu besprechen, sonst passiert eine Katastrophe. Dabei kenne ich Cyrus McCormack nicht einmal. Ich weiß rein gar nichts über ihn.

In meinem Kopf spielt sich eine schreckliche Szene ab. Ich sehe Bailey, wie er Cyrus in sein Büro ruft, und als er dort steht, zeigt Bailey auf Harry, der am Fenster sitzt.

»Ist das der Junge, mit dem du dich geprügelt hast?«, fragt er. »Ist er es, den du mir nicht verraten wolltest?«

Cyrus blickt zu Harry hinüber und fragt sich, was los ist. Er denkt sich, dass ihm Yatesys Gefolgsleute falsche Informationen zugespielt haben, und fragt sich, ob er nicht besser mitspielen soll, um sich die nächste Abreibung zu ersparen und den Schulausflug zu retten. Aber dann denkt er an die Strafe, die Harry droht, wenn er lügt, und er schüttelt den Kopf.

»Das war nicht er«, sagt Cyrus, und die ganze Welt zerfällt zu Staub. Yatesy ist immer noch nicht gerettet und meine schöne App und meine Millionen sind im Eimer. Meine ganze Arbeit war umsonst. Harry hat alles kaputtgemacht.

»Du musst mir bis Mittag Zeit geben«, beschwöre ich Harry. »Es wird sonst nicht funktionieren. Cyrus hat sonst keine Ahnung, was gespielt wird, und er sagt Bailey, dass es nicht du warst. Dann wirst du im Leben nicht an die Uni kommen und obendrein wahrscheinlich der Schule verwiesen, weil du gelogen hast.«

»Das muss ich riskieren«, sagt er. »Wenn ich es aufschiebe, ist das Risiko noch größer. Irgendjemand wird am Morgen bei Bailey petzen gehen. Garantiert.«

»Das wird nicht passieren«, widerspreche ich. »Bis jetzt ist doch auch keiner hingegangen, oder? Was sind schon ein paar Stunden? Gib mir einfach ein bisschen Zeit.«

»Ich kann nicht«, sagt Harry.

Mein Gehirn surrt. Ich suche verzweifelt nach einer Lösung, nach irgendwas.

»Wie wär's damit?«, frage ich. »Ich könnte doch heute Abend noch mit Yatesy reden. Ihn bitten, dass er unter seinen Kumpels verbreitet, dass der Schulausflug gerettet ist. Dass sich morgen Mittag jemand melden wird, um die Schuld auf sich zu nehmen. Dann braucht keiner mehr zu Bailey zu gehen.«

Er überlegt. »Könntest du das tun?«, fragt er. »Würde das klappen?«

Natürlich nicht.

»Natürlich«, sage ich. »Yatesys Leute haben es bis jetzt doch auch geschafft, dass keiner petzt. Ist also gar kein Problem.«

Er geht wieder an seinen Schreibtisch, setzt sich hin, betrachtet die Figuren auf dem Schachbrett und bewegt eine auf ein anderes Feld. Nach einer Weile bewegt er sie wieder zurück.

»Also gut«, sagt er. »Ich gebe dir Zeit bis Mittag. Aber keine Minute länger.«

Ich bin total erleichtert. Ich stehe auf und will ihm

auf die Schulter klopfen, aber bevor ich ihn überhaupt berühre, reißt es uns beide in die Höhe, als säßen wir auf dem elektrischen Stuhl. Unten hört man ein gewaltiges Krachen, als würde die Decke einstürzen. Wir starren uns beide entgeistert an und keiner sagt etwas. Meine Hand ist immer noch ausgestreckt und berührt seine Schulter immer noch nicht. Harry ist kreidebleich. Dann kracht es noch einmal ganz furchtbar, und wir hören stark gedämpft, wie jemand laut ruft.

Es hört sich an wie »Verdammter Bastard!« oder so und wir stürzen beide zur Tür und weiter die Treppe hinunter.

15

»**Kein Sterbenswörtchen …«, sagt mein** Dad.
»Abgemacht?«

Wir stehen wieder vor unserem Haus. Der Motor läuft noch. Dad zieht die Sonnenblende herunter und klappt den kleinen Spiegel auf.

»Du lieber Himmel!«, sagt er. Er zieht ein Taschentuch heraus und wischt sich das Gesicht ab. Dann zupft er sich eine Weile sein Haar zurecht und zieht den Reißverschluss der Jacke bis zum Kinn zu.

»Abgemacht?«, fragt er noch einmal, und ich nicke. Er nickt auch und macht den Motor aus. »Kein Grund, deine Mum unnötig aufzuregen«, sagt er. Er sieht noch einmal in den Schminkspiegel und klappt die Sonnenblende wieder weg. Wir steigen aus und gehen ins Haus.

Mum sitzt im Wohnzimmer und sieht fern. Ihr Haar ist jetzt lockig, und sie hat keine biegsamen Gummi-

dinger mehr drin, aber Dad scheint nichts an ihr aufzu-
fallen.

»Wo wart ihr denn?«, fragt Mum. »Ich habe mir schon
langsam Sorgen um euch beide gemacht.«

»Wir haben Ray einen Besuch abgestattet«, sagt Dad,
und Mum gibt einen leisen Ton der Zufriedenheit von
sich.

»Daran hatte ich gar nicht gedacht«, sagt sie. »War's
nett?«

»Großartig«, lügt Dad.

»Und du, Jack?«, fragt Mum. »Hattest du bei Harry
auch Spaß?«

Ich denke an den Augenblick, als Harry sagte, ja, er
sei bereit, für Yatesy den Kopf hinzuhalten, und versuche, alles zu vergessen, was danach kam, um den richtigen Gesichtsausdruck zu behalten.

»Ja, klar«, sage ich, und Mum sieht begeistert aus.

»Meine zwei Jungs ...«, sagt sie. »Ziehen einfach los
und erleben zusammen Abenteuer.«

Wenn sie wüsste ...

Als Harry und ich bei Onkel Ray die Treppe herunter-
kamen, lagen Dad und Onkel Ray beide auf dem Kü-
chenboden. Und vor der Spüle ein zersplitterter Holzstuhl. Onkel Ray hatte eine Hand im Haar meines Dads
und die andere unter seinem Kinn und versuchte, sein
Gesicht wegzuschieben. Mein Dad hatte beide Hände

am Kragen von Onkel Ray und er trat mit den Füßen nach Onkel Rays Schienbeinen. Aus der Nase lief Blut, und die Platzwunde an Onkel Rays Kinn, die bei unserer Ankunft sehr viel besser ausgesehen hatte, blutete wieder auf sein Hemd. Beide grunzten seltsam und fluchten heftig.

»Dad!«, rief Harry. Sie wandten die Köpfe, entdeckten uns beide und das Gerangel hörte augenblicklich auf. Onkel Ray versuchte zu lächeln, was angesichts der Umstände ziemlich merkwürdig wirkte, und dann meinte er mit einem kurzen Blick auf meinen Dad: »Bloß eine kleine Balgerei ... zum Spaß, Jungs. Bei euch beiden wird's da oben wohl kaum anders zugegangen sein.«

Sogar mein Dad sah verdutzt aus, aber dann stand er zusammen mit Onkel Ray auf, und Onkel Ray legte ihm den Arm um die Schultern und zog ihn an sich heran, während sie uns gegenüberstanden.

»Und so geht der Paketgriff«, sagte Onkel Ray zu Dad. »Ist ein alter Ringertrick«, erklärte er. »Dein Dad hat gedacht, er geht anders, aber er hat ihn mit dem Doppelklatscher verwechselt.«

»Du bist ein Idiot, Dad«, sagte Harry, machte kehrt und ging wieder nach oben.

»Geh und borge dir von Harry einen Anzug«, sagte mein Dad. »Fürs Bewerbungsgespräch. Und dann müssen wir los.«

Ich eilte Harry hinterher, und während ich oben war, gab es noch einmal laute Rufe und Getöse. Aber als ich wieder herunterkam, stand Dad an der Tür, hielt sie mir auf und gab mir Zeichen, hinauszugehen.

»Lass dich mal wieder blicken, Jackdaw«, rief Onkel Ray aus der Küche, und ich sagte, das würde ich tun.

Dad riss mir den Anzug aus der Hand und schob mich nach draußen. Er warf den Anzug auf den Rücksitz, setzte mit dem Wagen aus der Einfahrt zurück auf die Straße, ohne nachzusehen, ob frei ist, und preschte mit quietschenden Reifen los.

Er fuhr wie ein Geistesgestörter, bis wir an einer Ampel halten mussten. Dort kurbelte er das Fenster herunter, streckte den Kopf hinaus und brüllte: »Du bist ja wahnsinnig, Ray. Völlig durchgeknallt.«

Wir waren inzwischen mindestens drei Straßen weiter, und ich glaube nicht, dass Onkel Ray ihn noch hören konnte, aber das sagte ich ihm nicht.

Als es grün wurde, schlug er mit den Händen immer wieder aufs Lenkrad und fuhr schließlich los.

»Dieser Schwachkopf!«, zischte er durch die Zähne und wandte sich schließlich an mich. »Tut mir leid, Jack. Das war nur ...« Er brüllte noch einmal kurz auf. »Alles okay«, sagte er. »Mir geht's bestens. Ganz ruhig, Andy. Ganz ruhig.« Er wischte sich die Nase mit dem Handrücken ab, blickte hinunter und sah das ganze Blut. »Du meine Fresse!«, sagte er, und dann bearbeitete er wieder eine Weile lang das Lenkrad.

Wir waren schon fast zu Hause, als er sich endlich so weit beruhigte, dass er nicht mehr komplett irre war. Eine Straße vor der, in der wir wohnen, hielt er an, atmete ein paarmal tief durch und sagte: »Alles bestens«, immer wieder. Er neigte seine Lehne ein bisschen nach hinten, streckte sich lang und fing an, sich eine seiner winzigen Zigaretten zu rollen.

»Ich kann es immer noch nicht glauben. Dieser Idiot«, sagte er, während er den Tabak auf dem kleinen Zigarettenpapier ausbreitete. »Er hat völlig den Verstand verloren. Er glaubt, wir sind immer noch zehn. Sich zu prügeln! Zwei ausgewachsene Männer!«

Er leckte am Zigarettenblättchen und rollte es fest zusammen.

»Kein Wort darüber zu deiner Mum«, sagte er. »Sie würde in die Luft gehen.«

»Worum ging's denn überhaupt?«, fragte ich ihn.

Er schüttelte den Kopf. »Ach, nichts«, sagte er. »Ich habe ihm gesagt, an dem blauen Auge sei er selbst schuld, weil er mit dem Singen nicht aufgehört hat. So in der Art. Und er hat gesagt, sein Gesang macht Millionen eine Freude, verschönert ihnen das Leben. Da habe ich ihn gefragt, wieso er dann ein blaues Auge hat, wenn das so ist. Und da hat er gefragt, ob wir das ›untereinander ausmachen‹ sollen. Untereinander ausmachen! Herr im Himmel. Er benimmt sich wirklich wie ein kleines Kind. So ein Schwachkopf.«

»Heißt das, dass wir ihn nicht wieder besuchen werden?«, fragte ich, und Dad kramte in seinen Taschen nach seinem Feuerzeug.

»Ach, das ist in ein paar Tagen doch vergessen«, sagte er. Er zündete die Zigarette an, rauchte und kurbelte das Fenster ein Stück herunter. »Ray hat es wahrscheinlich schon jetzt vergessen.«

Wir saßen und schwiegen, bis die Zigarette fast zu Ende war und Dad sie aus dem Fenster schnippte. Dann stellte er seine Lehne wieder hoch und fuhr um die Ecke bis nach Hause.

»Kein Wort«, sagte er, als wir in die Einfahrt bogen. »Abgemacht?«

Den Rest kennt ihr schon ...

Oben liege ich eine Weile auf dem Bett und starre an die Decke. Mein Gehirn fühlt sich vom vielen Nachdenken am Wochenende steif und verbrannt an. Mir fällt ein, dass ich nachsehen sollte, ob Cyrus McCormack ein Profil online hat, und im gleichen Moment kommt mir der Gedanke, ich könnte bei der Gelegenheit gleich mal nach Elsies rotem Punkt sehen. Ich stelle mir vor, wie ich vom Bett aufstehe, um es zu tun, aber in Wirklichkeit bleibe ich einfach liegen. Ich höre, wie Dad nach oben kommt und ins Bad geht. Ich höre, wie er den Reißverschluss seiner Jacke herunterzieht und den Wasserhahn weit aufdreht. Während ich das Wasser rauschen höre, starre ich weiter an die Decke.

Schließlich schaffe ich es doch, mich vom Bett zum Computer zu schleppen, aber der Aufwand lohnt nicht. Bei Elsie ist immer noch kein roter Punkt zu sehen und Cyrus scheint kein Profil zu haben. Jedenfalls kann ich keines finden. Zu allem Überfluss muss ich mich auch noch mit einer neuen Nachricht von Drew Thornton herumschlagen.

»Hallo, Jackdaw«, schreibt er. »Hoffentlich hattest du ein schönes Wochenende. Was ist bei dir gelaufen? Ich war bei der Warcraft-Messe. Bis morgen. Drew.«

Mein Finger schwebt eine Weile über der Maus; der Cursor zeigt auf den Knopf, mit dem ich Drew als Freund löschen kann. Ich bringe es aber dann doch nicht übers Herz. Stattdessen öffne ich ein Antwort-Fenster und fange an zu tippen.

»Hey, Drew«, schreibe ich. »Warcraft-Messe klingt ja super. Bei mir war's das Übliche. Ein alter Hexer hat mich angefallen, als ich versucht habe, herauszufinden, ob sich Elsie Green umgebracht hat oder nicht, und ich füge mich inzwischen in mein Schicksal, für die nächsten fünfzig Jahre Etiketten auf Whiskeyflaschen zu kleben. Ich habe Gary Crawford das iPad meines Cousins wieder abgeluchst und nebenbei den Schulausflug gerettet, weil ich meinen Cousin überreden konnte, für Chris Yates den Kopf hinzuhalten. Außerdem hatte mein Dad eine Prügelei mit seinem Bruder, wegen einer Prügelei, die sein Bruder mit jemand anderem hatte. Das übliche langweilige Zeug halt. Also, lass es dir gut gehen. Jack.«

Ich habe bestimmt nicht vor, das abzuschicken, aber ich starre es eine Weile an und lass es auf mich wirken. So langsam wünsche ich mir, ich könnte einfach nur in der Schule aufpassen und endlich für die Prüfungen lernen. Mein Leben wäre dann sehr viel einfacher. Dann füge ich an der Stelle, ob sich Elsie umgebracht hat, »aus Liebe zu dir« ein, lösche das meiste mit der Rücktaste und schreibe eine vernünftige Antwort.

»Hey, Drew«, heiß es jetzt. »Ich hoffe, die Warcraft-Messe hat dir gefallen. Mein Wochenende war ganz okay. Die meiste Zeit bin ich bei meinem Cousin rumgehangen. Hab ihn beim Schach abgezogen. Morgen wieder Schule – traurige Tatsache. Jackdaw.«

Ich lese es noch einmal durch, klicke auf Senden, und als das Fenster gerade verschwindet, klopft es an die Tür. Ich stehe vom Schreibtisch auf. Es ist mein Vater mit Harrys Anzug.

»Den hast du im Auto vergessen«, sagt er, kommt herein und schließt die Tür. »Alles in Ordnung?«, fragt er, was ich bejahe, obwohl ich keine Ahnung habe, was er eigentlich meint. Er hat das Hemd gewechselt und sein Haar sieht jetzt wieder normal aus. Auch um die Nase ist kein Blut mehr zu sehen.

»Gut«, sagt er und steckt die Hand in seine Gesäßtasche. »Ich habe vergessen, dir das zu geben«, sagt er und streckt mir ein Blatt Papier hin. Ich nehme es und versuche herauszufinden, was es ist. Ich werde daraus aber nicht schlau.

»Ist das ein Formular?«, frage ich ihn.

»Ein Antragsformular«, antwortet er. »Für den Job. Füll es aus. Ich hole es wieder ab, bevor ich ins Bett gehe. Dann gebe ich es morgen im Personalbüro ab.«

Ich überfliege es. »Die fragen hier nach meiner Ausbildung und Erfahrung und solchen Sachen«, sage ich. »Was soll ich da schreiben?«

»Mach dir keine Sorgen«, antwortet er. »Die wollen nur wissen, wer du bist. Vorschriften halt. Schreib einfach, was dir einfällt. Aber schau, dass es ordentlich aussieht.«

Er verschwindet und lässt mich damit allein. Ich lege das Blatt auf den Schreibtisch und setze mich aufs Bett. Ich sehe vom Formular hinüber zum Anzug und dann vom Anzug wieder zurück zum Formular. Das Ganze entspannt mich nicht gerade, und ich fürchte, dass mir keine besonders geruhsame Nacht bevorsteht.

16

Zum ersten Mal im Leben gehe ich so früh wie möglich zur Schule und warte am Tor auf Cyrus McCormack. Auch Drew Thornton kommt schon ziemlich bald, und ich verstecke mich hinter einer Mülltonne, damit er mich nicht sieht. Ich beobachte vorsichtig, wie er zum Schulhof weitergeht und in der Menge verschwindet. Er scheint völlig in Gedanken zu sein und träumt wahrscheinlich noch von der Warcraft-Messe. Ich beschließe, fürs Erste hinter der Mülltonne zu bleiben. Da sind eine ganze Menge Leute, denen ich jetzt lieber nicht begegnen möchte, und ich hake sie nacheinander ab, als sie vorbeikommen: Gary Crawford, mein Cousin Harry, Chris Yates. Die mittleren Dominosteine aus meiner Abfolge. Als es läutet, ist Cyrus, der alles in Bewegung bringen soll, immer noch nicht aufgetaucht, und auch vom Stein, zu dem alles hinführt, ist nichts zu sehen: Elsie Green. Ich warte noch ein paar Minuten, während die Letzten mit von der Nacht verlegenen Frisuren durchs Tor hasten, und komme schließlich zu der Überzeugung, dass Cyrus und Elsie schon vor mir gekommen sein müssen, und ich gehe zum Unterricht.

Für mich geht es los mit einer Doppeldosis Langeweile in Geschichte bei Feldwebel Monahan. Der erste Teil geht ganz schnell vorüber, weil sich herausstellt, dass wir Hausaufgaben aufhatten, die ich nicht gemacht habe. Monahan bringt Schwung in die Sache, indem er wahllos Normalos aus dem, was sie geschrieben haben, vorlesen lässt. Während ich darauf warte, dass er meinen Namen aufruft, kommt das Adrenalin ziemlich in Wallung, und die Zeit vergeht wie im Flug. Die Rettung kommt für mich in Gestalt von Eric Beadle, der vor mir aufgerufen wird und am Wochenende offenbar ebenfalls Besseres zu tun hatte. Er gibt sich redlich Mühe, etwas aus dem Stegreif zum Besten zu geben, aber der Feldwebel durchschaut ihn und zerrt Eric über den Flur zu Direktor Bailey, sodass ich inzwischen die Hausaufgabe von Elaine Cochrane abschreiben und noch etwas von dem einstreuen kann, was ich gehört habe, während ich darauf wartete, dass Monahan meinen Namen aus dem Hut zieht.

Von da an zieht sich die Zeit allerdings in die Länge wie eine Woche bei meiner Tante Margaret. Monahan lädt Terabytes von Einzelheiten über einen uralten Typen hoch, den man perfekt erhalten im Moor gefunden hat. Was ich davon mitbekomme, klingt alles ziemlich gruselig – es geht um Körner in seinem Magen, die er gegessen hat, und einen um seinen Hals geknoteten Strick. Er soll mehr als tausend Jahre alt sein. Nicht gerade das, worüber man morgens als Erstes nachdenken möchte. Schließlich zeigt uns Monahan sogar ein Bild, das ich mir aber nicht ansehe. Es muss doch eine Organisation geben, bei der ich ihn wegen des Versuchs, Minderjährigen psychische Schäden zuzufügen, auf eine schwarze Liste setzen lassen kann.

Das beschäftigt mich den größten Teil der restlichen Stunde und hilft, die Zeit weniger schmerzhaft verstreichen zu lassen.

In der Pause renne ich durch die ganze Schule und suche Cyrus. Manche sagen mir, sie hätten ihn gesehen, wissen aber nicht mehr, wann. Andere erzählen mir wieder ganz genau, wo er ist, aber ich finde ihn dort auch nicht. Am Ende der Pause verzweifle ich langsam und dränge mich auf dem Schulgang gegen den Strom in der Hoffnung, ihn doch noch zu sehen.

Vergebens.

Als sich die Gänge leeren, fällt mir auf, dass ich so weit von Glatzkopf-Baines Klasse entfernt bin, dass ich es nur noch im Sprint rechtzeitig dorthin schaffen kann. Also schwänze ich lieber gleich ganz. Die ganze folgende Doppelstunde wandere ich von einem Klassenzimmer zum andern, spähe in jedes durch das kleine Glasfenster in der Tür hinein und versuche, Cyrus zu finden.

Mir war gar nicht klar, wie viele Klassenzimmer die Schule hat. Es müssen Tausende sein. Und in keinem ist etwas von Cyrus zu sehen. Oder von Elsie Green. Ich sehe Drew Thornton, Gary Crawford, meinen Cousin Harry und Chris Yates. Und eine ganze Reihe von Normalos sieht mich und die meisten zeigen mir den ausgestreckten Mittelfinger. Allerdings gibt es in jedem Klassenzimmer einen Bereich links und an der Rückwand, den ich nicht sehen kann, und ich vermute, dass Cyrus und Elsie dort irgendwo sitzen müssen.

Als es zur Mittagspause läutet, verfolge ich schon eine neue Strategie. Ich stehe am Eingang zur Mensa. Ich weiß, dass Cyrus und Elsie noch nicht drin sind, und will sie abfangen, wenn sie vorbeikommen. Das geht so lange gut, bis mich der Hunger überfällt. Weil ich schon so früh in der Schule sein wollte, habe ich das Frühstück ausfallen lassen, und bei den auf den Schulkorridoren zurückgelegten Meilen habe ich so viele Kalorien verbraucht, dass ich fürchte, gleich in Ohnmacht zu fallen. Selbst bei den Samen im Magen des Mannes aus dem Moor würde ich jetzt schwach werden, und mir bleibt nichts anderes übrig, als auf wackeligen Beinen in die Mensa zu hasten. Noch bevor ich einen Platz gefunden habe, stopfe ich das Essen vom Tablett in meinen Mund, und erst als sich Sandy Hammil zu mir setzt und ich die letzten Löffel Himbeer-Götterspeise hinunterschlinge, fühle ich mich wieder halbwegs wie ein menschliches Wesen.

Dann schnappe ich mir noch ein paar Pommes von Sandys Teller und sehe auf. Immerhin dreht sich der Saal jetzt nicht mehr um mich. Ich atme tief durch und setze mich erschöpft zurück. Dann schließe ich die Augen.

»Warst du heute Morgen nicht da?«, fragt Sandy, und ich schüttele den Kopf. »Aber in Baines Stunde warst du nicht«, sagt er.

Glaubt er denn, ich weiß das nicht? Vielleicht denkt er, ich passe so wenig auf in der Schule, dass ich irgendwo anders gesessen bin und geglaubt habe, ich wäre in Baines Unterricht.

»Ich hatte zu tun«, sage ich ihm und schlage die Augen wieder auf. »Diese Sache mit Elsie Green bringt mich noch um.«

»Du hättest besser zum Unterricht kommen sollen«, sagt Sandy. »Alles, was wir jetzt durchnehmen, wird in der Abschlussprüfung drankommen.«

Ich angle mir noch ein paar Pommes von seinem Teller und sage ihm, dass mir die Prüfungen schnuppe sind.

»Mein Dad hat mich gleich morgen früh zum Bewerbungsgespräch angemeldet«, erzähle ich. »Wenn ich das mit der App nicht zum Laufen kriege, werde ich schon Flaschen etikettieren, bevor die Prüfungen überhaupt losgehen.«

Er sieht mich entsetzt an. »Ich habe dir doch gesagt, dass es so kommen wird«, sagt er. »Wie lange predige ich schon, dass du endlich im Unterricht aufpassen sollst?«

Ich erkläre ihm, dass das Aufpassen ziemlich überschätzt wird. »Du hättest mal hören sollen, was Monahan heute Morgen alles von sich gegeben hat«, sage ich.

»Wenn du da wirklich aufpasst, bringst du deine Gesundheit ernsthaft in Gefahr.«

»Was war das denn für Zeug?«, fragt er.

»Ich weiß nicht. Ich habe nicht zugehört. Aber es hatte mit einem toten Typen zu tun, der völlig verschrumpelt im nassen Matsch gelegen ist.«

»Du spinnst ja«, sagt Sandy. »Und außerdem, wo warst du eigentlich am Wochenende? Wolltest du nicht vorbeikommen?«

Ich kann mich nicht erinnern, das gesagt zu haben, aber es muss wohl so sein, und ich entschuldige mich.

»Ich musste mich um jede Menge Elsie-Komplikationen kümmern«, erkläre ich. »Das ganze Wochenende habe ich auf meinen Cousin Harry eingeredet, er soll für Chris Yates' Prügelei den Sündenbock spielen. Und seither versuche ich, Cyrus McCormack zu finden, damit ich ihm die neue Version der Geschichte beibiegen kann.«

Sandy spießt ein Stück Rindfleisch auf die Gabel, betrachtet es für einen Augenblick und entscheidet sich dagegen.

»Cyrus sitzt hinter dir«, sagt er, und ich wirble auf meinem Stuhl herum.

»Wo?«

»Dort beim Fenster. Neben John Walker.«

Sandy hat völlig recht. Dort sitzt Cyrus, schaufelt vergnügt das Essen in sich hinein und labert John Walker die Ohren mit etwas voll, das diesen zu Tode zu langweilen scheint.

»Bin in fünf Minuten zurück«, sage ich zu Sandy und stehe auf. Ich gehe aber gar nicht weg. Ich bin noch gar nicht richtig auf den Beinen, als jemand an unserem Tisch Platz nimmt, genau mir gegenüber. Ich höre kein »Hallo« oder »Sitzt hier schon jemand?«, oder etwas in der Art. Es gibt nicht einmal ein freundliches Nicken. Alles was ich höre, ist:

»Ich muss mit dir reden, Jack. Und zwar sofort.«

Ich lasse mich wieder auf den Stuhl sinken. Es ist Elsie Green.

Ich weiß nicht, ob sie abgewartet hätte, bis Sandy geht, wenn er das versucht hätte. Ich glaube, sie bemerkt nicht einmal, dass er da ist. Sie schiebt nur ihr Tablett ein bisschen zur Seite, pikt mit einer seltsam aussehenden Gabel an einem Kartoffelstückchen herum, und schon nimmt ihr ganz besonderer Wahnsinn seinen Lauf.

»Hast du einen verdorbenen Magen, Jack?«, fragt sie. »Ungefähr da?«

Sie fasst sich selbst an den Magen, ziemlich weit oben, und sieht mir sehr eindringlich in die Augen, ohne zu blinzeln.

»Ich glaube, ich werde bald einen haben«, antworte ich. »Gerade habe ich hier Schuhsolen-Rindfleisch und Götterspeise gegessen.«

»Lass die flapsigen Bemerkungen«, sagt sie. »Das passt nicht zu dir.«

Ich schiele zu Sandy hinüber. Er schaut irgendwie verängstigt und fasziniert zugleich. Und er starrt Elsies merkwürdigen Hut mit aufgesteckter Feder an, dann den seltsamen Samtumhang, den sie trägt.

»Spürst du da einen Druck?«, fragt sie mich.

Ich horche in meinen Magen hinein. Er fühlt sich ganz normal an.

»Eigentlich nicht«, antworte ich. »Mir geht's gut.«

Selbst für jemanden wie sie ist das völlig meschugge. Sie ist noch nie gekommen und hat mit mir geredet, und jetzt das. Ich mache mich bereit für die Frage, warum sie meine Freundschaftsanfrage noch nicht angenommen hat.

»Ist dir vielleicht schlecht?«, fragt sie, und Sandy muss kichern.

»Es ist Mittagszeit in der Mensa«, wirft er ein. »Da ist allen schlecht.«

Aber Elsie scheint gar nicht zu bemerken, dass er etwas gesagt hat.

»Ich glaube, ich weiß, was vor sich geht«, sagt sie. »Ich möchte es nur aus deinem eigenen Mund hören, Jack. Sei ehrlich: Dieses Projekt, bei dem ich dir helfen soll – existiert das überhaupt?«

Plötzlich kommt es mir vor, als hätte ich einen Schlag abbekommen. »Aber natürlich existiert es«, antworte ich, vielleicht ein bisschen zu laut. »Warum? Behauptet jemand das Gegenteil?«

»Nur der Wind«, sagt sie. »Nur die säuselnden Blätter in den Bäumen. Selbst das, was du getan hast, um mein Werben um Stephen zu hintertreiben, ergibt nun einen Sinn.«

Die säuselnden Blätter in den Bäumen?

Ich werfe Sandy einen Blick zu. Er schielt mich grotesk an und lässt die Zunge seitlich aus dem Mund hängen.

»Wovon redest du da, Elsie?«, frage ich. »Ich fürchte, ich kann dir nicht folgen.«

»Doch, das kannst du«, behauptet sie. »Ich habe dich gestern gesehen, Jack. Ich habe gesehen, wie du unter meinem Fenster darauf gewartet hast, dein Lied anzustimmen. Welch eine Hingabe!« Sie wendet sich an Sandy, als würden sie schon die ganze Zeit plaudern, obwohl sie ihn bisher geflissentlich ignoriert hat. »*Stunden* hat er dort ausgehalten«, sagt sie, und Sandy schiebt die Augenbrauen so weit hoch, dass sie, unter seinem Haar verschwinden.

»*Eine* Stunde«, widerspreche ich. »Ein bisschen weniger, genau genommen. Und ...«

Sie hebt die Hand, um mich zum Schweigen zu bringen. Sandy scheint das Ganze inzwischen großen Spaß zu machen. Der Bastard.

»Deine Botschaft habe ich auch erhalten«, sagt sie. »Die Freundschaftsanfrage. Und mir hat jemand von deiner Szene mit Drew Thornton am Freitagnachmittag auf dem Korridor erzählt. Du seist ziemlich aufgebracht gewesen. Also möchte ich dir Gelegenheit geben, zu erklären, was hier vor sich geht.«

»Nichts geht hier vor sich«, erkläre ich. »Nun ja, eigentlich tut sich eine ganze Menge. Aber es ist alles unter Kontrolle. Ich bin noch dabei, mich um ...«

Ich verstumme, weil mir plötzlich einfällt, dass Sandy keine Ahnung von Operation Nackter Drew hat – und so soll es auch bleiben. »Ich bin noch dabei, mich um ... deine Bedingung zu kümmern«, sage ich. »Inzwischen ist alles ein bisschen kompliziert, aber ich werde es hinkriegen, Elsie. Keine Frage.«

»Diese Selbstlosigkeit!«, haucht sie. »Ist die Liebe nicht ein seltsamer Zuchtmeister?«, meint sie zu Sandy. »Genau das, was ihm das Herz brechen wird, will Jack zu meiner Beglückung tun.« Sie wendet sich wieder an mich. »Doch die Sehnsucht, die ich in dir geweckt habe, wird niemals erfüllt werden«, sagt sie. »Ich hoffe, du wirst das verstehen. Du weißt, wie sehr ich Drew zugetan bin.«

»Aber du wirst mir doch mit dem Programmieren helfen, oder?«, frage ich sie. »Wenn ich das mit Drew für dich hinkriege?«

Sie sieht mich mit einem Gesichtsausdruck an, den sie wahrscheinlich für äußerstes Mitgefühl hält. »Wenn du durchaus den Drang verspürst, diese unbedeutende Verbindung zwischen uns fortzuführen, dann werde ich es tun«, sagt sie. »Solange du dein Versprechen erfüllst.«

»Danke, Elsie«, sage ich und bin von Erleichterung geradezu überwältigt. Noch immer habe ich keinen blassen Schimmer, wovon sie da gefaselt hat, aber ich hatte schon ernsthaft befürchtet, sie würde unsere Abmachung platzen lassen. Nach alldem.

Sie räumt ihr Tablett zusammen und steht auf, wobei

das seltsame Cape herumschwingt und für etwa eine Minute Sandys Gesicht zudeckt. Und gerade, als er es beiseiteschiebt, beugt sie sich über den Tisch und gibt mir diesen furchterregenden Kuss auf die Wange.

»Sei stark«, flüstert sie und raunt Sandy zu: »Pass auf ihn auf.« Und als sie davonschwebt, kommen gerade wieder die Fünftklässlerinnen vorbei, die mir schon beim letzten Mal begegnet sind, als ich auf dem Schulflur mit Elsie gesprochen habe.

»Ich habe doch gesagt, dass sie deine Freundin ist«, sagt die mit der Quiekstimme, und Sandy amüsiert sich königlich. Er sieht aus, als würde er gleich platzen. Er versucht etwas zu sagen, muss aber drei- oder viermal ansetzen, bis er es endlich herausbekommt.

»Du warst ja wirklich beschäftigt am Wochenende«, sagt er. »Dann lass mal dein Lied hören, Jackdaw. Stammt es womöglich aus eigener Feder?«

Er lacht wieder wie verrückt, und ich sage ihm, er könne sich wieder beruhigen, obwohl er mich wahrscheinlich gar nicht hört bei dem Lärm, den er veranstaltet.

»Ich war nicht mal in der Nähe ihres Fensters«, sage ich. »Ich war auf der anderen Straßenseite. Ich erzähle dir jetzt, wie es wirklich war.«

Aber während er immer weiter lacht und ich langsam ziemlich wütend werde, zieht mich jemand am Ärmel, und ich versuche, ihn wegzuschieben, ohne mich umzusehen.

»Jackdaw«, sagt jemand. »Jack.«

»Jetzt reiß dich doch zusammen, Sandy«, sage ich und schiebe noch mal die Hand weg, die mich am Ärmel zupft. Sandy beruhigt sich ein bisschen, und ich überlege, wie ich ihm die Sache erklären könnte, ohne auf die Einzelheiten der Operation Nackter Drew einzugehen. Aber das Gezupfe an meinem Ärmel und das Geschnatter in meinem Ohr lassen keinen klaren Gedanken zu und ich drehe mich schließlich um. Da steht mein Cousin Harry.

»Die Mittagspause ist zu Ende«, erklärt er.

»Danke für die Information, Harry«, schnauze ich. »Lass mich jetzt bitte in Frieden. Ich habe hier etwas zu klären.«

»Aber jetzt ist die Mittagspause zu Ende«, sagt Harry noch einmal. »Ich gehe jetzt zum Büro von Bailey.«

Er lässt meinen Arm los und marschiert davon. Plötzlich bricht mir der Schweiß aus. Ich schnelle auf dem Stuhl herum und halte Ausschau nach Cyrus McCormack, aber der ist nicht mehr zu sehen. Der Tisch, an dem er gesessen hat, ist jetzt leer, und ich sehe mich verzweifelt im ganzen Speisesaal um, aber da ist keine Spur mehr von ihm. Ich sehe nur noch meinen Cousin Harry, der gerade im Gedränge verschwindet, und alles, was ich höre, ist das Gegacker von Sandy.

»Harry!«, rufe ich. »Warte! Das ist noch nicht geklärt.«

Er dreht sich nicht einmal um. Ich schnelle hoch und werfe einen kurzen Blick auf Sandy.

»Warte mal, bis Harry von diesem Kuss erfährt«, sagt er. Und Davie Brown.«

»Du sagst *keinem* ein Wort«, fauche ich.

»Brauche ich gar nicht«, kichert Sandy. »Die Blätter werden es ihnen säuseln. Und der Wind.«

Mit einem Mal muss ich mich um zwei drohende Katastrophen kümmern, klammere mich am Tisch fest und blicke hin und her zwischen Harry, der sich rasch dem Ausgang nähert, und Sandy, der sich fast völlig aufgelöst hat und dessen Gesicht dunkelrot anläuft.

»Ich bin gleich zurück«, sage ich Sandy. »Ich werde das alles klären. Und zu keinem ein Wort. Das meine ich ernst.«

»Ich werde deine Rückkehr mit unendlicher Hingabe erwarten«, prustet er, und ich werfe ihm einen vernichtenden Blick zu. Dann dränge ich mich durch die Menge der missgelaunten Mensagäste schnurstracks auf meinen bekloppten Cousin zu, der alles zu verderben droht.

Optionen: muss man sich im Notfall offen lassen. Während ich also auf Harry zustürme, frage ich im Vorbeigehen verschiedene Normalos, ob sie gesehen haben, wo Cyrus hingegangen ist. Solange ich im Speisesaal bin, deuten die meisten in Richtung Ausgang, was nicht weiter verwunderlich ist. Als ich draußen auf dem Gang bin, zeigen sie entweder zum Haupteingang oder in die andere Richtung, zum Schulhof. Ich lasse Harry nicht aus den Augen, während er schnell den Korridor hinuntereilt, aber am Haupteingang muss ich mich entscheiden. Gehe ich zum Schulhof und finde dort Cyrus, dann spielt das, was Harry tut, keine Rolle mehr. Wenn ich Cyrus nur sagen kann, was gespielt wird, dann wird das Ganze laufen wie ein Schweizer Uhrwerk. Wenn ich aber dort hinausstürze und Cyrus nicht in die Finger bekommen habe, bevor Bailey nach ihm schickt, dann könnte sich alles nur allzu leicht in Rauch auflösen. Ich komme zu dem Ergebnis, dass es sicherer ist, zuerst Harry abzufangen, falls sich Cyrus weiterhin als so schwer fassbar erweist, wie den ganzen Morgen schon. Also verdopple ich meine Geschwindigkeit, damit ich Harry einhole, bevor er das Ende des Korridors erreicht. Ich packe ihn in dem Moment am Arm, als er gerade die Türen zur Lobby aufstoßen will, an der Baileys Büro liegt.

»Lass das!«, blafft Harry und versucht, mich abzuschütteln.

»Dann mach mal langsam«, sage ich ihm. »Ich muss zuerst noch ein paar Sachen klären.«

»Das ist mir egal«, erwidert er. »Du hattest deine Chance. Mittagspause war abgemacht. Ich habe mich dran gehalten.«

»Aber ich brauche doch nur fünf Minuten«, sage ich, stelle mich vor ihn und blockiere den Weg zur Doppeltür. Er versucht mehrmals, sich an mir vorbeizudrängen, aber ich ahne seine Bewegungen voraus und lasse ihn nicht durch. »Ich konnte Cyrus heute Morgen nicht finden, Harry. Ich habe ihn gerade erst aufgespürt. Er ist draußen auf dem Schulhof. Ich brauche nur fünf Minuten, um mit ihm zu reden.«

»Dann geh und tu das«, sagt Harry und stürzt sich wieder auf die Tür. Ich erwische ihn gerade noch rechtzeitig, stoße ihn zurück und er gerät ins Stolpern.

»Jetzt sei nicht so ein Arsch«, sagt er, und ich fange allmählich an, mich aufzuregen. Aber wenn das hier auch nur ein bisschen wie eine Rangelei aussieht, geht mir durch den Sinn, dann sind wir, ehe wir's uns versehen, von einer Menge umringt, und Bailey wird unter Volldampf aus seinem Büro geschossen kommen. Harry kriegt dann einen vorübergehenden Schulausschluss, ohne dass es meinem Plan nützt, und ich fliege von der Schule und klebe Etiketten.

Also gebe ich mein Bestes, die Lage zu beruhigen.

»Hör zu«, sage ich. »Es ist alles unter Kontrolle. Gehen wir Cyrus suchen. Fünf Minuten, mehr nicht. Und dann holst du dir die Fahrkarte an die Uni. Warum willst du das alles aufs Spiel setzen?«

Irgendwie verliert er die Spannung, seine Arme hängen schlaff herunter. »Hast du denn alles mit Chris Yates besprochen?«, fragt er. »Sorgt er dafür, dass es alle erfahren?«

»Natürlich«, lüge ich. »Das ist alles erledigt. Jetzt müssen wir nur noch schauen, dass sich Cyrus dein Gesicht gut einprägt, dann sind wir im Spiel.«

Er verzieht den Mund und blickt über die Schulter zurück in den Korridor. »Wo ist er denn?«, fragt er.

»Gleich dort«, antworte ich. »Draußen vor dem Eingang.«

»Also, dann los«, sagt Harry, ich schiebe ihn kräftig an, und wir gehen zusammen zurück.

Langsam kommt es mir vor, als würde Cyrus die Fähigkeit zur Teleportation besitzen. Oder sich unsichtbar machen, wann immer er will. Zunächst gestaltet sich die Suche nach ihm wie eine Wiederholung des Fiaskos am Morgen. Die Richtungen, die man uns zeigt, führen nirgendwo hin, und bald wird Harry ungeduldig und will nichts lieber, als zu Baileys Büro zu sausen, bevor das Ende der Mittagspause eingeläutet wird. Ich überlege mir schon, wie ich das verhindern könnte, als uns jemand sagt, Cyrus sei hinter dem Altbau bei den Mülltonnen. Also folgen wir diesem Hinweis, und da steht er, in einer Runde von Deppen, die alle ihre Handys in die Mitte des Kreises richten. Als wir näher kommen, sieht es aus, als würden sie irgendein dämliches Spiel spielen, denn alle schreien, praktisch mit Schaum vor dem Mund. Cyrus wedelt genau wie die anderen mit seinem Handy herum, und wir bleiben stehen und sehen zu, bis Cyrus laut aufstöhnt und sein Handy aus dem Kreis zurückzieht. Er hält es hoch, sieht auf den Bildschirm und drückt ein paar Knöpfe, während die anderen weiterzappeln und schreien, und wir kommen ein paar Schritte näher.

»Cyrus!«, sage ich. Er schaut auf und sieht dann wieder auf sein Handy. »Wir müssen reden.« Er schüttelt den Kopf. Also komme ich näher, bis ich direkt neben ihm stehe. Auf seinem Bildschirm ist eine kleine Cartoon-Ente zu sehen, die herumläuft. »Das ist mein Cousin Harry«, sage ich.

»Na und?« Cyrus zuckt mit den Achseln. »Ich weiß ja nicht einmal, wer *du* bist.«

»Ich bin Jackdaw, die Dohle«, sage ich, und er lacht. Ein paar von den Handydeppen lachen jetzt auch.

»Der Spatz würde besser passen«, antwortet Cyrus, und die Handysüchtigen biegen sich vor Lachen. Ich lache auch ein bisschen mit, um ihn bei Laune zu halten. Schon jetzt ist mir klar, warum Chris Yates das Bedürfnis hatte, ihn fertigzumachen. Obwohl er schon die letzte Verwarnung erhalten hatte. Aber ich kichere über seine geistreiche Bemerkung und nicke, als wäre Cyrus eine Art Superhirn.

»Wir müssen mit dir über diesen Schwachkopf Chris Yates reden«, sage ich. Er ist mit einem Mal hellwach und sperrt die Ohren auf. Ich bitte ihn darum, ein paar Schritte von seiner Bande von Vollidioten abzurücken, damit wir uns unterhalten können, aber ich nenne sie natürlich nicht seine Bande von Vollidioten.

Harry fummelt die ganze Zeit an seinem Uhrarmband herum, während ich Cyrus die ganze Geschichte erkläre. Er braucht nichts weiter zu tun, als sich Harrys Gesicht zu merken, sage ich, und kurz zu nicken, wenn Bailey fragt, ob er sich mit ihm geprügelt hat.

»Gut möglich, dass er dich gar nicht fragt«, sage ich. »Das ist nur eine Vorsichtsmaßnahme.«

Ich erzähle ihm, dass wir damit den Schulausflug

retten, und erkläre ihm auch, wie wichtig das für Harry ist. Dass zwischen ihm und seinem Vater dann alles klar ist. Dass er dann an die Uni zum Studieren kann.

Ich gebe mein Bestes. Sage, es könnte nicht einfacher sein, nicht leichter, es könnte ihn nicht weniger jucken – alles in wenigen Minuten. Punktum und Streusand drauf.

Und Cyrus will davon nichts wissen.

17

Ich liege fast die ganze Nacht wach und starre in die Dunkelheit. Am Anfang gibt es einen Punkt, an dem ich langsam wegdämmere, als ich ein großes orangenes Ding sehe und irgendwelche Traumstimmen plappern höre, aber dann geht meine Zimmertür auf, und Dad steckt den Kopf herein.

»Bist du noch wach, Jack?«, fragt er, und ich grunze, damit er denkt, ich schlafe vielleicht schon. Er fasst es so auf, als hätte ich nur darauf gewartet, dass jemand vorbeikommt und mit mir redet, und er kommt herein und bleibt neben meinem Bett stehen.

»Viel Glück für morgen, Kumpel«, sagte er. »Hier ist eine Krawatte.« Er hält sie im Dunkeln hoch und ich sehe überhaupt nichts. »Und mach dir keine Sorgen«, sagt er. »Ich habe heute Morgen mit Frank Carberry gesprochen, und er hat gemeint, der Job sei dir sicher. Das Bewerbungsgespräch machen sie nur der Form halber.«

Na, jetzt kann ich wirklich beruhigt einschlafen.

»Ist der Anzug gut in Schuss?«, fragt Dad. »Ich könnte ihn auch noch mal aufbügeln, bevor ich schlafen gehe.«

Ich gebe noch ein Schlafgeräusch von mir und murmele dann, dass das nicht nötig ist. Er geht zur Tür, knipst das Licht an, was mich um ein Haar mein Sehvermögen kostet, und nimmt den Anzug von der Stuhllehne. Summend hält er ihn in die Höhe und nimmt ihn in Augenschein.

»Scheint in Ordnung zu sein«, sagt er, legt ihn wieder zurück, wobei er ein bisschen zerknautscht, und legt die Krawatte darüber.

»Komm bei mir vorbei, wenn das Gespräch vorbei ist«, sagt er. »Ich bin in der Abfüllhalle. Dann erzählst du mir, wie es gelaufen ist.«

»Also gut«, sage ich, er knipst das Licht wieder aus und lässt mich noch ein paar produktive Stunden lang über den Schlamassel nachdenken, den ich mir eingebrockt habe.

Ich denke lange über Cyrus nach und frage mich, was es für ihn für einen Unterschied macht, ob er Bailey sagt, er habe gegen Yatesy oder Harry gekämpft. Ich liege hellwach und versuche, ihn in Gedanken davon zu überzeugen, er solle doch sagen, dass es Harry war.

Dass ich ihn dort hinterm Schulhof auf die Schnelle dazu kriegen wollte, war schon ein bisschen blauäugig.

»Yatesy wird dafür bezahlen«, sagte er immer wieder. »Dafür werde ich sorgen.«

»Aber warum?«, fragte ich ihn.

»Weil er mein Leben ruiniert hat. Und dafür wird er bezahlen. Garantiert.«

»Aber denk doch mal, wie sehr du Harry damit helfen würdest.«

»Wer zum Teufel ist Harry?«, fragte Cyrus, und ich zeigte auf ihn. »Aber wer *ist* er überhaupt?«

»Er ist mein Cousin.«

»Und wer zum Teufel bist *du*? Ich kenne euch alle beide nicht. Und von euch lasse ich mir das auch nicht verderben. Wenn einer von euch zu Bailey geht und ihm sagt, ich hätte mich mit dem da geprügelt, dann gehe ich sofort hin und erzähle ihm, dass das gelogen ist. Ich werde nicht einmal abwarten, bis sich Bailey die Mühe macht, mich zu fragen.«

Harry gab ein komisches Geräusch von sich, aber ich wagte nicht, ihn anzusehen.

»Ich könnte sogar jetzt sofort zu Bailey gehen«, sagte Cyrus, »und ihm erzählen, was ihr vorgeschlagen habt. Wie würde euch das gefallen?«

»Dann wäre es deine Aussage gegen unsere«, antwortete ich. »Ich würde ihm sagen, dass es Erpressung ist.«

Cyrus schaute eine Weile auf sein Handy und drückte ein paar Knöpfe. Ich versuchte mich bemerkbar zu machen, aber er drückte noch ein paar Knöpfe und hielt es uns dann hin. Er grinste hämisch übers ganze Gesicht. Das Handy spielte die Unterhaltung ab, die wir gerade geführt hatten.

»Zieh Leine, Spatz«, sagte er und ging zurück zu seiner Bande von Schwachmaten, die uns alle hinterherstarrten, als wir uns verzogen. Als es zum Ende der Mittagspause läutete, waren Harry und ich wieder vor dem Schulgebäude und hatten kein Wort gewechselt.

»Lass mich künftig in Frieden, Jack«, sagte er. »Ich habe genug von dir.«

»Von mir?«, fragte ich. »Was habe ich denn getan? Ich versuche doch nur zu helfen.«

»Du bist ein Idiot«, sagte er mir. »Hättest du mich zu Bailey gehen lassen, als ich wollte, hätte es vielleicht geklappt. Er hätte Cyrus vielleicht nicht einmal gefragt.«

»Aber du hast doch gehört, was Cyrus gesagt hat. Er wäre trotzdem zu Bailey gegangen und hätte ihm gesagt, dass es nicht du warst.«

»Vielleicht …«, erwiderte Harry, »aber vielleicht auch nicht. Und er hätte auch nicht den Beweis, den du ihm eben geliefert hast. Du bist ein Idiot. Mit dir bin ich fertig.«

Er ging davon, und ich stand eine Weile herum und versuchte mir klar zu werden, wo ich war und wo ich jetzt sein sollte. Ich hatte als Nächstes Französisch und machte mich im Schneckentempo auf den Weg. Und als ich ins Klassenzimmer kam und gerade dachte, es könnte nicht mehr schlimmer kommen, hörte ich alle die Melodie zu »Greensleeves« summen und ein paar machten Kussgeräusche.

»Ruhe!«, brüllte der Lehrer, und ich beschloss, Sandy Hammil umzubringen.

In den frühen Morgenstunden, als es allmählich hell wird, sehe ich wieder das große orange Ding und höre wieder das Geschnatter der Traumstimmen. Ich denke jetzt nicht mehr an Cyrus und mein Körper wird ganz weich und leicht. Dann geht die Zimmertür auf, Dad kommt herein und bleibt wieder neben dem Bett stehen.

»Ich bin dann weg«, sagt er. »Nicht verschlafen.«

Das ist jetzt ziemlich unwahrscheinlich.

»Wie spät ist es?«, frage ich ihn.

»Viertel vor sieben.«

»Und wann ist das Bewerbungsgespräch?«

»Halb zehn.«

»Wird schon klappen«, sage ich, und er tätschelt die Decke oben bei meiner Schulter. Dann verlässt er das Zimmer und geht zur Arbeit.

Es ist das letzte Mal, dass ich diese Nacht das große orange Ding sehe. Es wird im Zimmer immer heller. Ich liege mit offenen Augen da und nehme an einer imaginären Version meines Bewerbungsgesprächs teil. Dieser Frank Carberry sitzt hinter seinem Schreibtisch und ich ihm gegenüber, in Harrys Anzug gezwängt.

»Mit Flaschen wirst du nicht gleich zu tun haben«, sagt Carberry. »Du fängst erst mal mit Ettikettenlecken an. Die Etiketten übergibst du dann an einen erfahreneren Normalo, der sie anklebt. Ist am Anfang ziemlich schwierig, das gerade hinzukriegen. Alles klar?«

»Und was mache ich, wenn meine Zunge verklebt?«, frage ich ihn.

»Kein Problem«, antwortet er. »Für so was haben wir spezielles Zeug. Ein Spray in der Pumpflasche. Gleich morgen früh kannst du anfangen. Einverstanden?«

Ich sage, dass ich eine Doppelstunde Geschichte habe, und er sagt, er wird mir eine Entschuldigung schreiben. Und dann schiebt er mir ein Blatt Papier zum Unterschreiben hin, auf dem steht, dass ich mich auf fünfzig Jahre verpflichte und keinen Whisky aus den Ölfässern mit den Glasscherben trinken werde.

Offenbar schlafe ich doch noch ein bisschen. Entweder das, oder ich erlebe einen totalen geistigen Zusammenbruch. Ich höre die Haustüre zuschlagen, was bedeutet, dass auch Mum zur Arbeit gegangen ist. Ich kann den falschen Frank Carberry nicht länger ertragen und gehe über den Flur zum Duschen. Dann mache ich mich fertig.

Harrys Anzug sieht total bescheuert aus, als ich ihn anziehe. Ich weiß nicht, wo er den jemals getragen hat, aber er ist das Wildeste, das ich je gesehen habe. Er sieht aus, als wäre er aus Alufolie, total silbrig glänzend, und ich weiß nicht einmal, ob er mir überhaupt passt. Ich habe das weiße Schulhemd dazu angezogen, das ich sonst nie trage, und versuche, mir Dads Krawatte umzubinden. Sie ist ziemlich breit, irgendwie wollig und grün, und ich bin mir nicht sicher, ob ich so aussehen will, als ich das alles im Spiegel betrachte. Eher nicht. Mir ist klar, dass man irgendwie bescheuert aussehen muss, wenn man zum Bewerbungsgespräch geht, aber ich frage mich, ob das hier nicht vielleicht doch zu bescheuert ist. Ich hätte das Dad gestern Abend besser mal vorführen sollen.

Ich ziehe Dads breite Krawatte wieder aus und versuche es mit der Schulkrawatte. Darf man das? Wenigstens ist sie schmal, aber vielleicht ist das ja genauso verrückt, wie wenn ich die ganze Schuluniform trage. Ich frage mich, ob ich überhaupt eine Krawatte brauche. Am Ende entscheide ich mich, doch die grüne anzuziehen, und setze mich erschöpft an den Schreibtisch. So kann das nicht weitergehen. Ich muss einen Ausweg aus der ganzen Sache mit Cyrus finden. Vielleicht brauche ich einen völlig neuen Plan. Vielleicht muss ich die Reihe der Dominosteine bis zu der Stelle zurückgehen, ab der es schiefgelaufen ist, und von dort ganz neu beginnen. Vielleicht gibt es eine andere Möglichkeit, Drew Thornton nackt zu bekommen. Vielleicht war das mit Yatesy von Anfang an der falsche Weg.

Der Gedanke bringt mich ein bisschen in Schwung und ich habe wenigstens genug Energie, zu überlegen, ob ich zum Frühstück hinuntergehen soll. Hätte ich den Anzug besser erst nach dem Frühstück angezogen? Wenn ich mir nun mit den Coco-Pops den Alufolien-Anzug bekleckere? Ich überlege, wieder den Schlafanzug anzuziehen, ertrage aber nicht den Gedanken, mit der Krawatte noch mal ganz von vorn anzufangen. Dazu müsste ich ja wieder in den Spiegel schauen, aber ich habe vor, den Spiegel bis nach dem Bewerbungsgespräch komplett zu meiden. So kann ich mir wenigstens einbilden, dass ich passabel aussehe.

Ich ziehe die Schuhe an, reibe sie noch mit einem Zipfel meiner Bettdecke blank, schnappe mir das Handy und mache mich auf in die Küche, aber unten an der Treppe sitzt Mum und wartet.

»Du bist aber schick heute Morgen, Jack«, sagt sie. »Erstaunlich schick.«

18

In einem Comic habe ich mal gesehen, wie sich ein Typ zwischen zwei Möglichkeiten nicht entscheiden konnte und auf ewig an diesem Zeitpunkt festfror. Er wusste nicht, welchen Weg er wählen sollte, und versuchte es mit beiden gleichzeitig, und das war der Grund, weshalb er dort hängen blieb. Genauso geht es mir jetzt auch, als ich etwa drei Viertel der Treppe hinuntergegangen bin und Mum dort entdecke. Ich kann mich nicht entscheiden, ob ich weiter hinuntergehen oder mich umdrehen, wieder hinaufsteigen und die Tür hinter mir schließen soll. So erstarre ich einfach mitten auf der Treppe und versuche zu lächeln.

»Hallo«, bringe ich schließlich heraus und glaube, dass Mum gleich zu lachen anfängt.

»Guten Morgen«, sagt sie.

Mein Kopf ist vollkommen leer. Ich kann überhaupt nicht denken. Sie sitzt dort neben dem Telefon, sieht mich an, und ich habe keine Ahnung, was ich tun soll. Dann wirft sie mir eine Rettungsleine zu.

»Was hast du vor?«, fragt sie, und mit einem Mal ist die Gehirnstarre vorbei. Alles flutet nur so herbei.

»Ach, nur Schule«, sage ich. Mehr brauche ich nicht. Genau das richtige Stichwort. Jetzt kommt das in Gang, was mich noch nie im Stich gelassen hat, und ich laufe auf allen Zylindern. »Wir haben heute diese Berufsorientierung«, erzähle ich. »Mit Rollenspielen für ein Bewerbungsgespräch, als würden wir einen Job suchen.«

Mum nickt. »Was für einen Job?«, fragt sie.

Ich muss nicht einmal nachdenken. »Managementberater in einer Firmenkette«, sage ich. Keine Ahnung, wo diese Sachen herkommen. Mein Gehirn muss ein Wunder der Wissenschaft sein.

»Bist du dir sicher mit dem Job?«, erwidert Mum. »Ist es nicht eher als Lagerassistent in einer Abfüllhalle?«

Mist. Genau so etwas steht mir wohl in Dads Firma bevor. Hätte ich nur dieses Formular genau durchgelesen, dann wüsste ich es genau. Jetzt muss ich es bis zum Ende durchziehen.

»Nein«, sage ich. »Das ist es nicht. Der Lehrer hat gesagt, so würde das Bewerbungsgespräch interessanter und schwieriger werden.«

Mum sieht jetzt nicht mehr aus, als würde sie gleich loslachen. »Lass gut sein, Jack«, sagt sie, steht vom Telefonsessel auf und geht in die Küche. »Ich weiß genau, was hier läuft. Und ich habe schon in der Fabrik angerufen und ihnen gesagt, dass heute ein Bewerber weniger zum Gespräch erscheint.«

Erwischt!

Mit einem Mal kann ich nicht glauben, was ich höre. Ich muss noch oben im Bett liegen, und das große orange Ding hat unbemerkt von mir Besitz ergriffen. Das hier *muss* einfach ein Traum sein. Ich erreiche das Ende der Treppe und Mum dreht sich zu mir um.

»Was ist denn los?«, fragt sie. »Hat es dir die Sprache verschlagen?«

Muss wohl so sein. Nicht nur die Sprache, das ganze Gehirn. Ich kann nur da stehen und sie anstarren, und dann frage ich sie, wie sie es herausgefunden hat.

»Wer ...?«

»Ray«, antwortet sie. »Er hat heute Morgen angerufen und mir alles erzählt. Er meinte, er wolle dich davor bewahren, dein Talent zu verschleudern. Was immer er damit meint.«

Dann geht sie in die Küche hinüber und fängt an, herumzuwirtschaften.

Ich bin sprachlos.

Onkel Ray! Dieser verdammte, durchgeknallte Bastard. Ich kann es nicht glauben. Dann erst begreife ich: Ich bin frei. Ich bin frei und es ist nicht meine Schuld. Ich bin richtig fein raus und Dad muss jemand anderem die Schuld geben. Ich habe getan, was ich konnte. Onkel Ray taucht vor meinem inneren Auge auf, riesengroß, mit seinem blauen Auge und dem aufgeplatzten

Kinn, und wenn ich könnte, würde ich ihn wahrscheinlich küssen.

»Geh wieder hinauf in dein Zimmer und zieh dich um«, sagt Mum. »Zieh die Schulsachen an. Die Show ist vorbei, Jack.«

Ich gebe mein Bestes, verletzt und enttäuscht auszusehen für den Fall, dass sie irgendwann in ferner Zukunft einmal wieder ein Wort mit Dad wechseln wird. Vielleicht wird sie ihm dann von diesem Augenblick erzählen, also tue ich alles, um niedergeschmettert zu wirken. Und dann schwebe ich beinahe die Treppe hinauf.

Während ich frühstücke, sagt Mum, dass sie mich zur Schule fahren wird, um sicher zu sein, dass ich auch wirklich dorthin gehe. Und dort bleibe. Das ist alles bestens. So bin ich nicht verantwortlich dafür, dass ich das Bewerbungsgespräch verpasst habe. Selbst heimlich dorthin zu kommen wäre nicht möglich.

Ich warte, bis Mum für einen Moment draußen ist, und haue eine SMS an Dad raus.

»Wir sind aufgeflogen!«, schreibe ich. »Onkel Ray hat Mum alles erzählt. Sie ist zu Hause geblieben und hat das Bewerbungsgespräch abgesagt.«

Ich schicke den Text ab, bevor Mum zurückkommt, und schalte das Telefon aus, damit Mum, falls er antwortet, keinen Wind davon bekommt.

»Beeile dich«, sagt sie. »Sonst kommst du wieder zu spät.«

Dann trampelt sie eine Weile in der Küche herum und murmelt Dinge, die ich über dem Knirschen der Coco-Pops nicht verstehen kann.

Auf dem Weg zur Schule reden wir nicht viel. Das Murmeln geht weiter, aber ich kann es ausblenden und mich wieder mit meinen Dominosteinen befassen. Sollte ich wirklich ganz bis zum Anfang zurückgehen? Brauche ich wirklich einen neuen Plan? Sollte ich mit Drew Thornton zum Schwimmen gehen und seine Kleider verschwinden lassen, während er sich umzieht, und Elsie an einem passenden Platz positionieren? Oder ihm vielleicht eine Wespe oder einen Wurm ins Hemd schmuggeln in der Hoffnung, dass er sich auf dem Schulhof vor Schreck die Kleider vom Leib reißt? Mir ist klar, dass das albern ist, aber ich bin gerade in der Stimmung dazu. Total lustig drauf, weil mir das Bewerbungsgespräch erspart bleibt, und ich überlege sogar, einfach in die Schule zu rennen und Drew in einem Akt mittäglichen Wahnsinns die Kleider vom Leib zu reißen. Elsie könnte nichts dagegen einwenden.

Als wir uns der Schule nähern, werde ich aber langsam wieder nüchtern. Das Kribbeln in den Fingern von den Coco-Pops hat aufgehört und ich kann wieder klar denken. Eigentlich muss ich bei meinem ursprünglichen Plan bleiben. Ich bin schon zu weit gekommen, um jetzt noch aufzugeben, und ich bin wieder voll davon überzeugt, dass ich Cyrus doch noch überreden kann. Das Eingreifen von Onkel Ray sehe ich jetzt eindeutig als gutes Omen. Es ist ein Zeichen, dass sich mein Schicksal zum Guten gewendet hat, und von dieser Welle muss ich mich tragen lassen, solange sie in die richtige Richtung läuft. Sie wird helfen, Cyrus dazu zu bringen, zu tun, was er bis jetzt verweigert hat.

»Ich werde bis zur vereinbarten Zeit für das Bewerbungsgespräch hier stehen bleiben«, erklärt Mum, als sie vor dem Schultor hält. »Gib dir keine Mühe, dich hinauszuschleichen und doch noch hinzugehen. Das werde ich verhindern.«

»Eigentlich wollte ich überhaupt nicht hin«, sage ich ihr, aber sie gibt keine Antwort, und ich steige aus und verschwinde im Gedränge.

»Ich bin enttäuscht von dir, Jack«, ruft sie mir noch hinterher, als ich den Normalos zum Schulhof folge. Ich sehe mich kurz um, als wollte ich herausfinden, wem das gegolten hat. So ein bisschen wie Chris Yates. Bloß in Kleinformat.

Bis Unterrichtsbeginn bleiben mir zehn Minuten, also gehe ich außen um den Altbau herum und schaue bei den Mülltonnen nach Cyrus. Ich habe Glück. Er steht dort mit derselben Clique wie gestern zusammen und wieder stehen sie mit ihren Handys im Kreis. Cyrus ist wieder völlig davon gefesselt, zappelt herum und gibt seltsame Geräusche von sich, was mir Gelegenheit gibt, mich ganz dicht neben ihn zu stellen. Dort bleibe ich und warte einfach ab. Das Gezappel scheint ewig zu dauern, aber schließlich ruft einer: »Erwischt!«, und sie machen eine kurze Pause und wechseln die Plätze.

Das ist meine Chance.

»Cyrus«, sage ich.

Er dreht sich um, sieht mich an und schüttelt den Kopf.

»Verschwinde!«, sagt er.

»Ich wollte mich wegen gestern entschuldigen«, sage ich.

»Schön für dich. Interessiert mich aber nicht.«

Er fingert an seinem Handy herum und hält es nun wieder genauso vor sich, wie die anderen. Ich schiebe mich noch näher an ihn heran und sage ganz leise: »Ich habe eine Idee, wie du Chris Yates eins auswischen kannst«, sage ich. »Ganz ohne Risiko.«

Zuerst scheint er nicht zu reagieren, aber dann zieht er sein Handy ein bisschen zurück. Ich weiß, dass ich seine Aufmerksamkeit habe, obwohl er das nicht zeigen will.

»Wollen wir uns gegen Mittag treffen und darüber reden?«, frage ich, und er sagt nicht Nein. Er hebt das Handy ganz nah an sein Gesicht und tut, als würde er etwas damit machen. Dann sagt er, ohne mich anzusehen: »Wo?«

»An einem ruhigen Ort«, antworte ich. »Hinter der Sporthalle?«

»Wann?«

»Um halb eins? Wär das okay?«

»Lass mich nicht warten«, sagt er und steigt wieder voll beim Handyspiel ein. Ich gehe und lasse ihn in Frieden.

Ich werde ganz bestimmt dort sein.

19

In der großen Pause nach einer todlangweiligen Doppelstunde Mathe mache ich Chris Yates ausfindig und sage ihm, dass sich mein Cousin Harry für ihn opfern will. Yatesy steht draußen vor dem Zeichensaal und starrt auf einen kaputten Taschenrechner im Gras und zeichnet ihn.

»Und wann?«, fragt er. Ich sage, ich muss das nur noch mit Cyrus klären. Die Gelegenheit scheint günstig, also versuche ich, gleich einen Termin für die Sitzung mit Drew Thornton auszumachen.

»Wie wär's am Wochenende?«, frage ich ihn. »Hast du am Samstag Zeit?«

»Mal sehen«, sagt Yatesy. »Frag mich noch mal, wenn dein Cousin seinen Teil erledigt hat.«

»Aber bis zum Wochenende ist das auf alle Fälle geklärt. Planen können wir doch schon jetzt.«

Er zieht in seinem Skizzenbuch noch ein paar Linien

und hält es dann auf Armlänge vor sich. Die Zeichnung ist ziemlich gelungen.

»Cyrus will Blut sehen«, sagt er. »Er wird Schwierigkeiten machen. Er will, dass ich von der Schule fliege.«

Ich gebe mich überrascht, als hörte ich das zum ersten Mal, und Yatesy nickt.

»Ist wirklich sauer, der Mistkerl«, meint er.

Er kritzelt weiter, radiert Teile weg und zeichnet sie dann wieder hin. Vielleicht kann ich von ihm ja Einzelheiten erfahren, die mir mit Cyrus helfen – und wenn es nur ein Kilobyte ist.

»Worum ging's eigentlich bei eurem Streit?«, frage ich. »Wer hat denn angefangen?«

»Hast du schon mal mit dem geredet?«, fragt Yatesy zurück.

Ich nicke. »Aber nur einmal.«

»Das genügt«, sagt er: »Wenn du einmal mit ihm geredet hast, dann weißt du, worum es gegangen ist.«

Wo er recht hat ...

»Das war's?«, frage ich. »Sonst nichts?«

Yatesy nickt. »Das war's. Und dann hat er mich ständig einen Bohemien genannt. Als wäre das irgendwie eine Beleidigung. Das ist mir auf die Nerven gegangen.«

»Was ist ein Bohemien?«, frage ich, und Yatesy verzieht das Gesicht.

»Weißt du«, sagt er. »Das ist so was wie ein Künstler. Jemand, der sich keinen Mist erzählen lässt. Ein Freidenker.«

Ich glaube, er meint damit jemanden, der seine Mum und seinen Dad nackt malt und das nicht mal für komisch hält, aber ich tue, als hätte ich die Bedeutung schon gekannt und nur vorübergehend vergessen.

»Ja, genau«, sage ich. »Und das findet er beleidigend?«

Yatesy nickt.

»Ich werde das schon irgendwie hinkriegen«, sage ich. »Mach dir keine Sorgen.«

»Viel Glück«, sagt er, und dann zeichnet er ein bisschen Gras um den Taschenrechner herum. Dann radiert er es wieder weg.

»Also, wie ist es mit Samstag?«, frage ich.

»Vielleicht«, sagt er. »Ich muss abwarten, bis dein Cousin bei Bailey war. Anders geht's einfach nicht, Jackdaw.«

Ich sehe, dass ich hier nicht weiterkomme. Ich weiß, wann ich nur meine Zeit verschwende. Ich sehe ihm noch eine Weile beim Zeichnen zu, gehe aber schließlich weiter.

Danach habe ich für den Rest des Morgens bei Feldwebel Monahan Unterricht. Ein Lichtblick der Stunde ist, als sich Wendy Gillis weigert, nach vorn zu kommen und das Buch zu halten.

»Mein Bruder sagt, das verstößt gegen eine europäische Richtlinie«, erklärt sie. »Sie dürfen das nicht mehr tun.«

Monahans Ohren laufen an den Spitzen rot an und er stützt sich mit den Händen schwer aufs Lehrerpult. Er hat Wendy dabei erwischt, wie sie auf dem Handy ein

Video von irgendeinem Idioten angesehen hat, der eine Spinne isst, als wir bei seinem Analog-Livestream über den ersten Bombenabwurf von einem Flugzeug zuhören sollten. Und er ist nicht begeistert.

»Dann sollten wir vielleicht den Direktor fragen, ob dein Bruder recht hat«, sagt der Feldwebel. »Der muss das ja wissen.«

Er geht zur Tür, öffnet sie und hält sie für Wendy auf. Sie bleibt aber reglos neben ihrer Bank, wo sie steht, seit sie zu Beginn des Vorfalls aufgesprungen ist, weil der Feldwebel »Aufgestanden!« gebrüllt hat.

»Wollen wir?«, sagt der Feldwebel. »Ich bin mir sicher, der Rest der Klasse möchte gerne wissen, ob Mr Bailey derselben Meinung ist wie dein Bruder.«

Wendy rührt sich immer noch nicht und der Feldwebel lässt die Tür wieder zufallen. Er geht ans Regal, holt den schweren Band und stellt ihn auf seinem Pult ab. Wendy blickt eine ihrer durchgeknallten Freundinnen an, dann eine andere. Beide geben vor, sie nicht zu kennen. Wendy seufzt, marschiert nach vorn, nimmt das Buch und das Geschehen nimmt seinen gewohnten Lauf.

.Der Rest der Stunde ist gigalangweilig. Monahan funkt weiter Unsinn über Bomben, Flugzeuge und allgemeine Zerstörung, und allmählich holt mich der Schlafmangel der vorigen Nacht ein. Ein paarmal sehe ich das große orange Ding und höre die Traumstimmen, und es braucht energische Maßnahmen, damit ich nicht ganz wegdämmere. Ich ziehe heimlich das Handy aus der Tasche und schalte es unterm Tisch an, um zu sehen, ob sich mein Dad gemeldet hat. Wenn ich mich mit dem Handy erwischen lasse, blüht mir wahrscheinlich eine noch längere Begegnung mit dem Buch, als wenn ich einschlafe, aber mit dem Handy habe ich mehr Einfluss darauf, ob Monahan mich erwischt oder nicht, und schon die Angst, erwischt zu werden, hält mich wach. Ich sehe Monahan jetzt an, als würde ich auf jedes einzelne Wort lauschen, und sehe nur aufs Handy, wenn ich mir völlig sicher bin, dass er seine Aufmerksamkeit gerade etwas anderem widmet.

Das Handy vibriert fast sofort, aber erst nach gut fünf Minuten kann ich nachsehen, was gekommen ist. Zum Glück scheint Dad die Sache relativ sportlich zu nehmen.

»Dieser Arschkeks«, schreibt er in seiner SMS. »Ich werde ihn umbringen. Wenn mich deine Mum nicht zuerst umbringt.«

Es kostet mich größte Mühe, nicht laut zu lachen, und ich starre wieder den Feldwebel an.

Nach ein paar Minuten vibriert mein Handy wieder und ich erhalte die nächste SMS. Diesmal dauert es fast fünfzehn Minuten, bis ich wage, sie anzusehen. Monahan hat mich für diese Stunde offenbar zu seinem Musterschüler auserkoren – wahrscheinlich weil ich der Einzige bin, der ihn tatsächlich ansieht, und nun richtet er den größten Teil seines Vortrags praktisch an mich persönlich. Erst als Grant Fraser der Stecker von seinem Ohrhörer aus dem Handy flutscht und der

winzige Lautsprecher mit der beschissenen Musik los-
plärrt, die er angehört hat, wendet sich Monahan endlich anderen Dingen zu, und ich kann Dads neueste
Mitteilung lesen.

»Du musst einen Plan für mich machen, Kumpel«,
steht da. »Hilf mir. Wie kann ich die Sache bei Mum
wieder einrenken?«

Zum Glück steigt der Feldwebel voll in die Sache mit
Grant Fraser ein und ich kann sogar eine Antwort schi-
cken. Wendy darf wieder an ihren Platz – sie brummelt
immer noch etwas vom Europaparlament –, und Grant
tritt ins Rampenlicht.

»Mal sehen, was sich machen lässt«, schreibe ich,
schicke es ab und schalte das Handy aus. Ich bringe es
nicht übers Herz, ihm zu sagen, dass ihm nicht einmal
meine außergewöhnlichen Fähigkeiten da heraushelfen
können. Was soll er schon sagen, das Mum besänftigen
könnte?

»Ich bin in einer Whiskeypfütze ausgerutscht und
habe vor Schreck ein Bewerbungsgespräch vereinbart?«

Oder: »Ich wollte für ihn ein Gespräch an der Universität verabreden und habe den falschen Knopf gedrückt?«

Diesmal hat er sein eigenes Grab geschaufelt.

Außerdem wird mein ganzes RAM gerade gebraucht,
um herauszufinden, was ich Cyrus sagen soll. Ich habe
gerade wirklich keine Kapazitäten frei.

Als der Feldwebel den Betrieb wieder aufnimmt, bin
ich hellwach. Jetzt wo das Telefon wieder aus ist, brau-

che ich ihn nicht mehr anzusehen und kann seinen Datenstrom über Spitfires, Marschflugkörper und Atompilze mühelos ausblenden und mich um das kümmern, was wirklich zählt: dass mich die Glückswelle weiterträgt bis zum Sieg über Cyrus.

20

Cyrus wartet schon an der Sporthalle, als ich ankomme. Er ist allein und isst irgendwas Matschiges aus einer Papiertüte. Als ich ankomme, streckt er sie mir hin.

Ich spähe hinein. Es sieht scheußlich aus.

»Was ist das?«, frage ich.

»Käsemakkaroni««, sagt er. »Habe ich in Hauswirtschaft gekocht.«

Er bietet mir welche an, aber ich sage, ich hätte keinen Hunger, obwohl ich fast am Verhungern bin.

»Warum hast du sie in der Papiertüte?«, frage ich.

»Ich hatte meine Tupperdose vergessen«, sagt er. »Benson, die blöde Kuh, wollte mir keinen Becher borgen.«

Wir setzen uns am Zaun ins Gras und er drückt sich die nächste Handvoll von dem gelben Zeug ins Gesicht. Es riecht widerlich. Bis jetzt war mir gar nicht bewusst, dass einem übel sein kann, während man am Verhungern ist.

»Also, wie kriegen wir Yatesy dran?«, fragt er. Ganz direkt. »Deine Idee muss schon zünden. Immerhin lasse ich das Boodle dafür sausen.«

»Was ist Boodle?«, frage ich und bereue es sofort. Boodle ist natürlich das bescheuerte Handyspiel, das sie die ganze Zeit spielen, und sofort erklärt er mir in aller Ausführlichkeit die ganzen schwachsinnigen Regeln und schildert mir alle seine Triumphe. Ich bin ganz kurz davor, die Besinnung zu verlieren, als er sagt, ich würde hier nur seine wertvolle Zeit verschwenden und er sei nur gekommen, um meinen Plan zu besprechen.

»Also, was hast du vor?«, fragt er. »Was willst du tun?«

»Ich werde dafür sorgen, dass du Bailey sagst, du hättest dich mit Harry statt mit Yatesy gekloppt«, denke ich für mich. »Ich weiß zwar noch nicht genau, wie ich das einfädle, aber ich werde es hinkriegen.«

Ich brauche nur noch die passende Information.

»Eins gibt mir noch zu denken«, sage ich. »Es könnte sein, dass Yatesy bei meinem Plan zu gut wegkommt. Dabei will ich ihn auf jeden Fall genauso hart erwischen wie er dich.«

Also frage ich ihn, was Yatesy ihm getan hat.

»Er hat mein Leben ruiniert«, sagt Cyrus. »Total.«

Das ist nicht gerade der warme Regen, auf den ich gehofft hatte.

»Ich dachte, du wärst nur für drei Tage suspendiert worden«, sage ich, und er nickt.

»Das stimmt«, sagt er, »aber das war nur der Anfang.«

Und endlich rückt er mit den pikanten Einzelheiten heraus. Seine Eltern haben ihn sich offenbar richtig zur Brust genommen. Er hat seither Hausarrest, und zwar bis nach den Klausuren. Außerdem darf er nicht mehr tun, was er will, nicht einmal zu Hause. Sein Dad setzt ihn morgens am Schultor ab und wartet dort gleich nach Schulschluss wieder auf ihn. Sie haben ihm sogar verboten, online zu gehen, außer für die Hausaufgaben, und sein Dad hat seine Xbox in der Garage eingeschlossen.

»Und für all das soll Yatesy bezahlen«, sagt Cyrus. »Und ... ein paar andere Sachen. Außerdem ist er ein Bohemien.«

»Ich hasse Bohemiens«, versichere ich ihm. »Die machen mich wahnsinnig.«

»Sie sind einfach widerlich«, sagt Cyrus. »Sie untergraben das ganze Gerüst der Gesellschaft.«

Ich hätte wohl etwas mehr auf diese Bohemien-Sache eingehen müssen, geht mir durch den Kopf. Ich verliere ein bisschen die Bodenhaftung und steuere die Unterhaltung wieder mehr ins Konkrete.

»Mir kommt da eine neue Idee«, sage ich zu Cyrus, und er sieht mich erwartungsvoll an. »Was war das mit den anderen Sachen, die du erwähnt hast? Was war das genau?«

Er stochert eine Weile in seiner Tüte herum. »Spielt

keine Rolle«, meint er. Die Tüte ist jetzt endgültig durchgeweicht und reißt unten auf. Fetzen davon bleiben am Essen kleben, aber er scheint das nicht zu bemerken.

»Ich muss die ganze Geschichte kennen«, sage ich. »Wir müssen Yatesy doch für alles drankriegen. Wir dürfen ihn mit nichts davonkommen lassen.«

Cyrus seufzt. Er reißt den oberen Teil der Tüte weg und hat jetzt nur noch eine widerlich matschige gelbe Masse in den Händen. Er isst völlig unbeeindruckt weiter.

»Meine Eltern wollen mich nicht zum Schulball lassen«, sagt er leise und wendet die Augen nicht von seinem Fraß.

»Da willst du hin?«, frage ich ihn. »Wirklich?«

Er nickt und blickt weiter nach unten. »Ich wollte mit Amy Gilchrist hin«, sagt er. »Schon vor Wochen hat sie zugesagt. Aber jetzt geht sie mit Yinka, wenn ich nicht hinkann.«

Fast platzt ungehindert heraus, was ich denke: »Amy Gilchrist? Im Ernst? Mit ihr willst du zum Schulball?« Auf der Spinner-Rangliste kommt Amy Gilchrist hinter Elsie Green gleich auf Platz zwei. Sie hat dieses seltsame Lächeln, und wenn es in der Klasse ganz still ist, gibt sie immer dieses komische Geräusch von sich. Als ob sie nichts dafür kann. Aber dann fällt mir ein, dass es Cyrus locker in dieselbe Spinner-Kategorie schafft, und ich kann mich rechtzeitig bremsen, irgendwas davon zu sagen.

»Ist ja krass«, antworte ich stattdessen, und dann setzt sich das Räderwerk langsam in Bewegung. »Und wie lange bist du schon hinter Amy her?«

»Schon ewig«, sagt Cyrus. »Am liebsten würde ich Yatesy umbringen. Wirklich.«

Es bahnt sich etwas an. Es kribbelt in meinen Fingern, und meine Synapsen feuern, was das Zeug hält. Meine binären Daten beginnen zu fließen. Ich bleibe eine Minute ruhig sitzen und lass es geschehen. Ich versuche, Cyrus nicht dabei zuzusehen, wie er sich den Matsch von den Fingern leckt, die Hände am Gras abwischt und sich dann wieder die Finger leckt.

Ich fürchte, ich tue Amy Gilchrist keinen Gefallen, wenn ich versuche, sie und Cyrus wieder zusammenzubringen, aber den Gedanken schiebe ich beiseite und wage mich aus der Deckung.

»Wir müssen dafür sorgen, dass du zum Schulball kannst«, sage ich. »Die Rache an Yatesy ist wichtig, aber was wir mit ihm anstellen, bringt dir Amy nicht zurück. Das kriegen wir mit seiner Bestrafung einfach nicht hin. Und du musst einfach zum Schulball gehen, Cyrus.«

Er nickt traurig. »Aber das geht leider nicht«, sagt er. »Du kennst meine Eltern nicht. Und wenn eine Million Jahre vergehen.«

»Und wenn ich dir sage, dass wir es doch schaffen können?«, sage ich. »So was ist genau mein Ding. Ich bin ein Mann der Ideen. Ich glaube, dass ich das schaffen kann.«

Er sieht mich ziemlich ungläubig an. »Wenn du das schaffst«, sagt er. »Wenn du das hinkriegst, Jack ...«

»Nenn mich Jackdaw«, sage ich ihm, und er nickt.

»Jackdaw ...«, sagt er, und im Vertrauen auf die Glückswelle, auf der ich gerade reite, schmiede ich das Eisen, solange es heiß ist.

»Du erinnerst dich doch an meinen Cousin Harry, oder?« Cyrus nickt. »Er will unbedingt an die Uni, aber sein Dad lässt ihn nicht. Sein Dad ist so eine Art Bohemien, und er will, dass Harry auch ein Bohemien wird. Aber Harry will einfach ... Teil der Gesellschaft sein. Und deshalb will ich ihm helfen.«

»Ich hasse Eltern«, sagt Cyrus. »Und zwar alle!«

»Also, wie wär's dann damit«, sage ich. »Ich lasse mir was einfallen, wie wir Yatesy ordentlich drankriegen und sorge dafür, dass du zum Schulball gehen kannst. Das lässt sich machen. Kein Problem. Aber dafür musst du mir auch einen Gefallen tun.«

»Alles, was du willst«, sagt Cyrus, genau wie ich gehofft habe.

»Du musst Harry helfen«, sage ich. »Lass ihn zu Bailey gehen und den Kopf für die Prügelei mit dir hinhalten. Wenn dich Bailey fragt, musst du sagen, dass er's war. Das ist alles. Mehr verlange ich gar nicht.«

Das stand offensichtlich nicht auf seiner Liste, als er »Alles, was du willst« gesagt hat. Vielleicht hat er geglaubt, ich wäre scharf auf seine Xbox oder so. Er überlegt. Er blickt in Richtung Sporthalle und rührt sich eine ganze Weile lang überhaupt nicht.

»Aber wenn Yatesy nicht für die Prügelei büßen muss ...«, wendet er ein. »Das ist doch nicht gerecht, Jackdaw, oder?«

»Ideal ist das nicht, das stimmt«, antworte ich. »Aber vergiss nicht, dass wir ihn viel härter treffen – später. Denk nur, wie schlau er sich vorkommen wird, dass er ungeschoren davonkommt, und seinen Schock, wenn wir ihn dann voll erwischen.«

Cyrus sitzt immer noch schweigend da und fängt dann an, langsam zu nicken. Er drückt sich in die Hocke hoch und reibt sich die Hände. Dann steht er auf.

»Das könnte klappen«, sagt er. »Und was genau schwebt dir da vor?«

»Gar nichts«, denke ich für mich. »Sobald du die Sache mit Bailey geklärt hast, ist die ganze Sache gelaufen.« Es ist nämlich so, dass ich Chris Yates ganz in Ordnung finde, Cyrus mit seiner bizarren und offenbar völlig grundlosen Abneigung gegen Bohemiens ist mir dagegen so unsympathisch, dass ich es als Bonus sehe, ihm gleich auch noch eins auszuwischen.

»Etwas Großes«, antworte ich. »Etwas, das sein Leben ruinieren wird. Wahrscheinlich werde ich dafür sorgen, dass er in seiner Kunstprüfung durchfällt und deshalb nicht an die Kunstakademie kann. Wenn er wegen der Prügelei von der Schule fliegt, wird er höchstwahrscheinlich an einer anderen Schule angenommen und macht seinen Kunstabschluss einfach dort. Wenn ich es aber schaffe, dass er durchfällt, ganz egal, wie oft er es versucht, dann ist das Gold wert.«

»Du bist einfach ein niederträchtiges Genie«, sagt Cyrus und lächelt.

»Dann sage ich also Harry Bescheid, das er zu Bailey gehen kann?«, frage ich, und Cyrus nickt begeistert.

»Unbedingt«, sagt er. »Ich werde sogar mit ihm zusammen hingehen. Und die Aufnahme auf meinem Handy lösche ich auch. Sobald klar ist, dass ich doch zum Schulball darf.«

»Wie wär's, wenn Harry gleich heute Nachmittag zu Bailey geht?«, schlage ich vor. »Und du diese Aufnahme jetzt gleich löschst?«

»Keine Chance«, sagt Cyrus, und ich weiß, dass mich die Welle bis hier trägt und nicht weiter. Wenigstens für heute. Ich versuche noch ein paarmal, ihn zu überreden, aber er lässt sich nicht erweichen. Schließlich gebe ich auf, strecke ihm die Hand hin, und sein matschiges Essen und das Gelecke fällt mir erst wieder ein, als es schon zu spät ist. Wir schütteln ganz altmodisch die Hände, um den Handel zu besiegeln, und dann flitze ich zur Toilette und schrubbe mich panisch bis hinauf zu den Ellenbogen, damit ich mir nicht noch irgendeine fiese Makkaronikrankheit einfange.

Ich hab's also fast geschafft. Alle Dominosteine stehen wieder an ihrem Platz. Chris Yates bleibt die Strafe erspart, Harry geht an die Universität, und Elsie Green bekommt ihre perversen Gelüste auf Drew Thornton erfüllt. Ich muss jetzt nur noch dafür sorgen, dass Cyrus zu diesem albernen Schulball gehen darf. Das ist alles.

Nur, wie in aller Welt soll ich das hinbekommen?

21

Als ich nach einem weiteren zermürbenden Nachmittag an der Förderkante der Langeweile von der Schule nach Hause komme, sehe ich dort das untrügliche Zeichen, dass der ganz normale Wahnsinn am Abend aus gegebenem Anlass sich um mehrere Kategorien zum Wahnsinn für besondere Gelegenheiten steigern wird: einen gepackten Koffer mitten im Hausflur. Mir ist nichts eingefallen, was Dad helfen könnte. Einmal in Erdkunde hatte ich ganz kurz das Gefühl, dass sich etwas rührt, etwas in der Art, dass er Mum gesteht, dass er sich neulich mit Onkel Ray geprügelt hat und ihr dann sagt, dass es beim Bewerbungsgespräch nur um ein Betriebspraktikum ging. Aber zu einer richtigen Idee hat sich das dann doch nicht verdichtet. Meine Schaltkreise waren vom Treffen mit Cyrus immer noch etwas überhitzt, und ich glaube, mein Betriebssystem war größtenteils schon dabei, etwas zustande zu bringen, was Cyrus zur Teilnahme am Schulball verhilft. Also schrieb ich Dad am Ende nur eine SMS, ich wäre noch am Überlegen und hätte noch nicht die passende Idee gehabt. Und so blieb es auch.

Ich bemerke den Koffer, als Mum mit wütender Miene aus der Küche kommt – wahrscheinlich weil sie denkt, Dad wäre gerade zur Haustür hereingekommen. Als sie mich sieht, wirkt sie enttäuscht, aber gleichzeitig auch freundlicher.

»Bist du nicht zur Arbeit gegangen?«, frage ich, und sie verneint.

»Ich hatte hier noch dies und das zu erledigen«, sagt sie. »Ich habe nachmittags zu Hause gearbeitet.«

Vielleicht denkt ihr jetzt, der gepackte Koffer am Fuß der Treppe sei ihrer. O nein. Vielleicht glaubt ihr sogar, es wäre Dads, und Mum hätte ein paar für ihn unentbehrliche Dinge hineingeworfen, würde ihn Dad in die Hand drücken, sobald er zur Tür hereinkommt, und ihn hinauswerfen. Aber so läuft es nicht beim Wahnsinn für besondere Gelegenheiten. Der Koffer ist meiner, und ich bin's auch, den man ziemlich bald aus dem Weg haben will.

»Onkel Ray wird in zwanzig Minuten da sein«, erklärt Mum. »Die nächsten paar Nächte wirst du bei ihm bleiben, während dein Dad und ich die Sache klären. Für dich ist es dort besser.«

Es überrascht mich, dass sie meint, mir das immer noch erklären zu müssen.

»Kann ich nicht woanders hin?«, frage ich sie. »Bei Onkel Ray ist es furchtbar. Der ist total verrückt.«

»Ansonsten geht es nur bei Opa«, sagt sie, aber ich weiß, das ist auch keine wirkliche Option. Ich habe das einmal ausprobiert und am Ende mussten Mum und Dad kommen und mich vom Polizeirevier abholen. Die ersten paar Tage lief alles glatt, aber am dritten Morgen habe ich in der Küche herumgepoltert und versucht, Opas uralte Gerätschaften zum Laufen zu kriegen, als er die Küchentür aufriss – im Pyjama – und sich das große Brotmesser vom Küchentisch griff.

»Also gut, mein Sonnenschein!«, brüllte er mich an. »Jetzt mach, dass du ins Wohnzimmer kommst.«

Zuerst dachte ich, das sei ein Witz, und ich lachte, aber das gefiel ihm gar nicht.

»Du findest das wohl lustig, nicht wahr?«, sagte er. »Ich zeige dir, wie lustig das ist, wenn du dich nicht gleich in Bewegung setzt. Ich bin schon mit ganz anderen Früchtchen fertiggeworden. Auf, schwing die Hufe.«

Ich bekam es mit der Angst zu tun und machte einfach, was er sagte. Im Wohnzimmer hielt er das Messer weiter auf mich gerichtet, nahm das Telefon und wollte die Polizei anrufen.

»Ich bin's, Opa«, sagte ich immer wieder. »Jack. Jackdaw.«

Er meinte aber nur, er kenne Typen wie mich und dies hier sei ein Sieg des kleinen Mannes. Fünf Minuten später war die Polizei da und nahm mich mit zur

Station, weil sie dachten, ich sei ein Einbrecher. Dann mussten Mum und Dad kommen und bestätigen, dass ich der war, der ich behauptete zu sein, und nahmen mich mit nach Hause.

»Schon gut«, sage ich zu Mum. »Du hast recht. Also zu Onkel Ray.«

Mein dicker fetter durchgeknallter Onkel hält Wort. Er taucht innerhalb von zwanzig Minuten mit seinem idiotischen Taxi auf und bearbeitet draußen auf der Straße seine Hupe. Mum reicht mir den Koffer und sagt, ich solle mir keine Sorgen machen.

»Es ist nur für ein oder zwei Nächte«, sagt sie. »Bis dein Dad und ich entschieden haben, ob es für uns noch eine gemeinsame Zukunft gibt. Dann kannst du wieder zurückkommen.«

So läuft das jedes Mal ab. Am Ende sieht es so aus, dass nach zwei oder drei Tagen sogar der ganz normale Wahnsinn für einige Zeit verschwindet. Mum und Dad scheinen wie frisch verliebt, überbieten sich darin, den anderen zuvorkommend zu behandeln, und übertreiben es für meinen Geschmack ein bisschen mit dem elterlichen Küssen in meiner Anwesenheit. Üblicherweise fehlen im Haus dann ein paar gewohnte Gegenstände, ein Stuhl vielleicht und ein paar Topfpflanzen, etwas Nippes oder ein Beistelltischchen. Und wenn ich irgendwann den Müll hinausbringe, sehe ich alles neben der Tonne auf einem Haufen liegen. Der eine oder andere Türrahmen hat vielleicht ein paar neue Macken oder Risse und der Parkettboden oder eine Wand eine frische Schramme, wenn ich heimkomme, aber das ist dann schon das volle Ausmaß des Schadens. Mum weiß das so gut wie ich, aber ich glaube, sie genießt diese Art von Drama vielleicht auch ein bisschen.

»Mach's gut«, sagt sie leise. Ich rumple mit dem Koffer über die Schwelle und zerre ihn die Auffahrt hinunter, wo der Verrückte schon wartet.

»Mach dir keine Sorgen, Mary«, ruft er und steigt aus. »Ich sorge dafür, dass er sich pudelwohl fühlt.«

Dann hievt er meinen Koffer auf den Rücksitz, fährt mir durchs Haar und wir brausen davon. Ich klammere mich verzweifelt am Armaturenbrett fest, und er stößt diesen gotteserbärmlichen Lärm aus, den er »Operngesang« nennt.

22

Drei Dinge braucht der Mann der Ideen, wenn er sich das ganz große Ding vorgenommen hat: Die ersten beiden sind Ruhe und Frieden, und das dritte ist jede Menge Privatsphäre, um nachdenken zu können. Aus der Erfahrung weiß ich, dass ich bei Onkel Ray kaum etwas von diesen dreien bekomme. Den ersten beiden macht Onkel Ray mit seinem permanenten Gelaber und dem Getöse, das er in der Küche veranstaltet, mit seiner Gewohnheit, immer mindestens zwei Fernseher und ein Radio gleichzeitig laufen zu lassen, und natürlich mit seinem »Operngesang« den Garaus. Für die Sache mit der Privatsphäre ist dann allerdings Harry zuständig. Wenn ich bei Onkel Ray abgestellt werde, muss ich immer mit Harry das Zimmer teilen und auf einer undichten Luftmatratze schlafen. Das Schlimmste ist, dass Harry *nie* sein Zimmer verlässt, wenn er nicht in der Schule ist. Er spielt ständig Schach gegen sich selbst, klebt an seinen Schulbüchern, werkelt an seinem Computer herum oder klebt mit gehirnerweichendem Kleber winzige Teile an Modellautos. Selbst auf dem Klo hat man keine Zeit für sich. Man ist noch keine dreißig Sekunden drin, schon kommt Onkel Ray und trommelt an die Tür, weil er »schnell ein paar Sachen ins Kreuzworträtsel einfügen« oder »vor dem Bowling Aftershave auflegen« muss.

Die Situation ist alles andere als ideal, besonders unter den derzeitigen Umständen.

Als die haarsträubende Taxifahrt überstanden ist, bleibe ich etwa zehn Minuten mit Onkel Ray in der Küche und tue so, als würde ich das Bier trinken, dass er mir zur Feier der Absage meines Bewerbungsgesprächs in die Hand gedrückt hat, und höre mir an, wie er in rascher Folge über eine ganze Anzahl verrückter Typen herzieht, die er während der vergangenen Tage in seinem Taxi befördert hat. Dann sagt er, ich soll meinen Koffer nach oben tragen und mich dort »einrichten«, während er uns etwas zum Abendessen improvisiert. »Feinschmecker-Kost« nennt er das. Ich danke ihm noch einmal dafür, dass er mich vor lebenslangem Etikettenlecken bewahrt hat, schleppe dann mein Zeug die Treppe hoch und klopfe an Harrys Zimmertür. Harry gibt keine Antwort.

»Ich hatte dir doch gesagt, dass ich dich nie wieder sehen will«, sagt er, als ich die Tür öffne und trotzdem hineingehe. »Falls du meinen Anzug zurückgebracht hast, leg ihn aufs Bett und verschwinde.«

»Ich habe nicht deinen Anzug zurückgebracht«, sage ich ihm.

»Noch besser«, sagt er. »Das bedeutet, du kannst sofort wieder verschwinden.«

Ich wuchte meinen Koffer auf sein Bett und setze mich daneben. »Ich kann nirgendwo hin«, sage ich ihm leise. »Ich wohne für ein paar Tage hier. Wir sind jetzt wieder Zimmergenossen.«

Wie man sich leicht vorstellen kann, ist er von dieser Neuigkeit nicht gerade begeistert. Eine nach der andern nimmt er seine Schachfiguren und wirft sie an die Wand.

»Auf keinen Fall!«, ruft er. »Nicht schon wieder. Diesmal schläfst du draußen auf dem Flur.«

»Das hat nichts mit mir zu tun«, sage ich. »Es liegt an deinem Dad. Er ist ganz alleine schuld.«

»Warum?«

»Er hat meiner Mum von diesem Bewerbungsgespräch erzählt und jetzt regiert bei meinen Eltern wieder der Wahnsinn für besondere Gelegenheiten. Ich muss hierbleiben, bis der Ärger verraucht ist.«

»Wie ich meinen Dad hasse«, sagt Harry. »Ich hasse ihn von ganzem Herzen.«

Ich klappe meinen Koffer auf und hänge meine Sachen über einen Stuhl. Ich beschließe, mich richtig häuslich einzurichten, und sorge dafür, dass meine Kleider nicht zu viele Falten bekommen.

»Es gibt aber nicht nur schlechte Nachrichten«, sage ich nach einer Weile, als Harrys beständiges Grummeln langsam nachlässt und er die Schachfiguren nur noch mit einer Frequenz von etwa einer pro Minute an die Wand wirft. »Ich habe auch etwas Gutes mitgebracht.«

Er antwortet nicht.

»Die Sache mit Chris Yates läuft jetzt wieder«, sage ich und merke gleich, dass er mir nicht glaubt. »Ich habe heute noch einmal mit Cyrus geredet. Es ist alles abgemacht. Er sagt, er wird deine Geschichte bei Bailey bestätigen.«

»Schwachsinn«, sagt Harry, aber ich nicke.

»Das glaube ich nicht«, sagt er.

»Warum sollte ich lügen?«

»Damit du nicht draußen auf dem Flur schlafen musst.«

»Ich schlafe auf dem Flur, wenn du das willst«, antworte ich. »Mir ist das völlig egal.«

Jetzt hat er angebissen. Die Röte weicht langsam aus seinem Gesicht und er steht auf und sieht mich an.

»Wirklich?«, fragt er. »Das hat Cyrus wirklich gesagt?«

»Absolut.«

»Mensch!«, sagt Harry und fängt an, überall seine Schachfiguren einzusammeln und sie wieder auf dem Schachbrett aufzusetzen. »Das ist ja unglaublich, Jack.«

Inzwischen packe ich mein Waschzeug aus und frage mich, warum mir Mum einen Beutel voller Golfbälle in den Koffer gepackt hat. Was hat sie sich wohl dabei gedacht?

»Wirklich unglaublich«, sagt Harry. »Wie hast du Cyrus nur dazu gekriegt?«

»Ganz einfach«, erkläre ich. »Ich habe versprochen, ihm einen Gefallen zu tun.«

»Was für einen Gefallen?«

Ich nehme mir ein paar Golfbälle, sehe sie eine Weile an und halte sie dann Harry hin.

»Was zum Teufel ist das hier?«, frage ich.

»Golfbälle«, antwortet er abwesend.

»Das weiß ich, aber warum habe ich die dabei? Warum hat meine Mum sie eingepackt?«

Er zuckt mit den Achseln.

Ich suche vergeblich im Beutel herum, ob noch etwas anderes darin ist. Nur Golfbälle. Ich glaube, meine Mum verliert langsam den Verstand.

»Was für einen Gefallen, sagst du, wolltest du Cyrus tun?«, fragt Harry noch einmal. Ich zippe den Beutel wieder zu und werfe ihn in den Koffer.

»Ich sagte ihm, ich werde dafür sorgen, dass er zum Schulball kann«, sage ich. »Seine Eltern hatten ihm das verboten, wegen der Schlägerei. Und ich habe ihm versprochen, dass ich dafür sorgen werde.«

Harry sinkt auf seinem Stuhl zusammen und sein Gesicht läuft wieder rötlich an. »Mist«, meint er. »Dann haben wir verloren. Dazu wird es niemals kommen.«

»Doch, natürlich«, widerspreche ich. »Gerade das ist doch meine Stärke, Harry. Das ist mein Ding. Mach dir da mal überhaupt keine Sorgen.«

»Weißt du überhaupt, wer Cyrus' Eltern sind?«, fragt

Harry. »Sie sind die strengsten Eltern der ganzen Schule. Das wirst du niemals hinbekommen.«

Das ist nicht gerade das, was ich hören will, aber ich schiebe meinen leeren Koffer unters Bett und lasse mir nichts anmerken.

»Doch, das werde ich«, sage ich. »Ist schon alles eingefädelt. So gut wie. Ich hab schon den perfekten Plan am Köcheln. Ich muss nur noch an ein paar Details feinjustieren. Du gehst an die Universität. Dafür garantiere ich.«

Er reckt sich ein kleines bisschen hoch. Die rote Färbung in seinem Gesicht lässt wieder etwas nach.

»Du hast schon einen Plan?«, fragt er. »Im Ernst?«

»Das kannst du schriftlich haben, wenn du willst«, sage ich. »Läuft alles schon volle Kraft voraus.«

»Und dann kann ich endlich zu Bailey gehen? Keine weiteren Fallstricke?«

»Das sage ich doch«, beteuere ich, und nun ist er wieder auf den Beinen.

»Brauchst du vielleicht Hilfe?«, fragt er. »Kann ich irgendwas für den Plan tun? Brauchst du Hilfe?«

»Wohl eher nicht«, antworte ich und versuche, nicht zu lachen. »Falls doch, werde ich es dich wissen lassen, aber eigentlich läuft die Sache von selbst.«

»Kann ich vielleicht etwas anderes tun? Irgendetwas?«

»Lass mir einfach etwas Raum zum Denken, wenn ich ihn brauche«, sage ich. »Das ist alles. Meinst du, du schaffst das?«

»Selbstverständlich«, antwortet er und fängt an, seinen Wecker und Schlafanzug beiseitezuräumen. »Du kannst auch das Bett haben«, sagt er. »Du musst jetzt topfit sein. Ich schlafe auf dem Boden.«

»Ohne Scheiß?«

»Ohne Scheiß«, sagt er, zerrt die Luftmatratze heraus und fängt sofort an, sie aufzupumpen. Ich sehe eine Weile zu, wie er sich abmüht, lege mich dann auf sein Bett, starre an die Decke und lausche, wie Onkel Ray unten etwas kaputt macht.

Das wäre geschafft!

23

Am nächsten Morgen sitze ich dann aber in Französisch und starre durchs Fenster auf einen Zug, der sich seit fast einer halben Stunde nicht bewegt hat, und frage mich, ob es überhaupt einen Vorteil bringt, dass ich in Harrys Zimmer das Bett bekommen habe. Onkel Ray veranstaltet bis spät in die Nacht einen gewaltigen Lärm und fängt morgens so früh von Neuem damit an, dass es ohnehin so gut wie unmöglich ist, dort zu schlafen. Den größten Teil der Nacht habe ich an Harrys Schreibtisch gesessen und mit einem Kopfhörer auf den Ohren ferngesehen, während Harry hinter mir auf der Luftmatratze geschnarcht hat. Ich bin mir dann wie ein Zombie vorgekommen, als uns Onkel Ray Opern schmetternd mit dem Taxi zur Schule gefahren hat.

Den ganzen Morgen muss ich mich gewaltig zusammenreißen. Ich komme an einen Punkt, wo der Zug, den ich anstarre, einfach verschwindet, ohne dass ich weiß, was passiert ist. Ich sehe ihn an, und im nächsten Moment starre ich immer noch, aber er ist einfach weg. Er ist nicht losgefahren oder so, nur verschwunden. Ich muss für ein paar Minuten eingeschlafen sein, ohne dass ich davon weiß, was mich ein bisschen gruselt. Zum Glück scheint es sonst niemand bemerkt zu haben. Und ich habe weder geschnarcht noch im Schlaf geredet.

Ich reiße mich immerhin so weit zusammen, das ich in der Mittagspause wieder mit Cyrus in Kontakt trete. Ich finde ihn nahe beim Fenster in der Schülermensa, wo er vor ein paar Tagen beim Debakel mit Elsie Green auch gesessen hat, und frage die Einzelheiten seines Hausarrests und der Situation bei ihm zu Hause ab, um mich mit den Gegebenheiten vertraut zu machen. Ich habe mein Englisch-Arbeitsheft herausgezogen und mache mir Notizen, was ich normalerweise nicht brauche. Eigentlich behalte ich sonst alles Nötige im Kopf, aber der ist durch den Schlafmangel in so einem erbärmlichen Zustand, dass ich ihm lieber nichts Wichtiges anvertrauen will und alles aufschreibe.

Was Harry mir sagen wollte, ist, dass Cyrus' Eltern Pazifisten sind. Zunächst begreife ich nicht ganz, was das bedeutet, aber Cyrus erklärt, seine Eltern seien gegen jede Art von Kampf. Oder Gewalt. Als Kind bekam er keine Spielzeugpistolen, Soldaten oder Panzer oder sonst etwas in der Art und deshalb hat die Sache mit Chris Yates sie auch so tief getroffen. Ich wünschte, ich hätte das über die Pazifisten schon neulich in der Geschichtsstunde gewusst. Vielleicht hätte ich es dann gegen Monahan verwenden können, mich als einen solchen ausgegeben und von seiner langweiligen Kriegstreiberei im Unterricht befreien lassen.

»Dann ist es also, als hättest du gegen die Religion deiner Eltern verstoßen?«, frage ich Cyrus.

»Das ist doch keine Religion, Dumpfbacke«, schnauzt er.

Ich schreibe es trotzdem in mein Arbeitsheft.

Ich notiere mir auch, wie es dazu gekommen ist, dass seine Eltern Pazifisten sind. Da war Cyrus noch ziemlich klein, und sein Dad hat ihm Pfeil und Bogen gekauft, und als seine Mum das herausgefunden hat, war sie stinksauer und hat ihm beides abgenommen. Mein Gehirn arbeitet gerade so viel, dass ich erkenne, dass seine Mum möglicherweise eine größere Pazifistin ist als sein Dad, obwohl sie inzwischen beide sehr streng sind. Möglich, dass ich das noch zu meinem Vorteil verwenden kann. Abgesehen davon füllt sich mein Heft nur mit den Einzelheiten der Tinte, in der Cyrus gerade sitzt, und den Gegebenheiten bei ihm zu Hause. Seit er nach der Suspendierung wieder zur Schule darf, bringt ihn sein Dad jeden Morgen her und holt ihn nach der Schule wieder am Tor ab. Sonst hat er keinerlei soziale Kontakte und abends muss er dann mit seinen Eltern noch Gespräche über den Frieden und die Auswirkungen der Gewalt auf die Welt führen. An den Wochenenden muss er sie überallhin begleiten. Die übrige Zeit muss er lernen. Sein Hausarrest endet erst, wenn er die Prüfungsergebnisse bekommt.

»Und ihre Jobs?«, frage ich ihn. »Wo arbeiten deine Eltern eigentlich?«

»Mein Dad arbeitet zu Hause«, sagt er, »und meine Mum an der Grundschule.«

»Gehen sie abends mal zusammen aus und lassen dich alleine?«, frage ich, und er schüttelt den Kopf. »Lassen sie dich dann bei jemand anderem?«

»Manchmal kommt dann meine Oma und sie gehen aus. Aber nur selten.«

Ich schreibe das trotzdem auf. Vielleicht bekommt das ja eine Bedeutung, wenn mein Kopf wieder richtig arbeitet.

»Und was ist mit dem Schulball?«, frage ich. »Warum haben sie dir das verboten? Etwa auch, weil sie Pazifisten sind?«

»Hast du sie nicht mehr alle?«, meint er. »Warum sollten Pazifisten etwas gegen Tanzen haben?«

»Das weiß ich nicht«, sage ich. »Ich weiß überhaupt nichts darüber. Das ist doch deine Religion.«

»Das ist keine Religion!«, kreischt er. »Das ist nur so ein Ding. Das habe ich dir doch schon gesagt. Und sie wollen mich nicht hinlassen, weil sie wissen, dass ich gerne hingehen möchte. Zur Strafe. Bist du dir sicher, dass du etwas dagegen tun kannst? Du scheinst ja überhaupt nichts darüber zu wissen.«

»Alles unter Kontrolle«, sage ich. »Ich habe letzte Nacht nur zu wenig geschlafen. Morgen ist das alles wieder in Ordnung. Keine Sorge. Du wirst beim Ball dabei sein.«

Ich muss allerdings zugeben, dass ich im Lauf des Nachmittags immer größere Zweifel bekomme, wie ich das hinkriegen soll. In Naturkunde lese ich meine Notizen noch einmal durch, aber die Worte verschwimmen vor meinen Augen, und ich kriege nicht einmal mit, was sie bedeuten. Und die Lage bei Onkel Ray zu Hause wird auch nicht besser. Das Chaos geht unvermindert weiter, und unter »Raum zur Entfaltung der Gedanken« scheint Harry zu verstehen, dass er mich, wo immer ich gerade bin, anstarrt und alle fünf oder zehn Minuten fragt: »Schon eine Idee, Jackdaw?« Das Einzige, auf das ich im Augenblick tatsächlich zusteuere, scheint ein völliger Nervenzusammenbruch zu sein.

Aber haltet euch fest: Elsie Green hat endlich meine Freundschaftsanfrage angenommen. Ich hatte das schon völlig vergessen, aber als ich an Harrys Computer saß und wieder mit Sandy Hammil darüber gestritten habe, ob er es war, der allen von Elsies Kuss erzählt hat, ist in der Ecke meines Profils plötzlich der kleine rote Punkt aufgetaucht. Zuerst habe ich nicht einmal kapiert, von wem er kam – so sehr war mein Hirn in Mitleidenschaft gezogen. Das Schlimmste war allerdings, dass sie mir eine Nachricht mitgeschickt hatte.

»Ich will nicht, dass du dir deswegen falsche Vorstellungen machst«, stand da. »Es bedeutet mitnichten, dass dein Antrag bei mir Gefallen gefunden hat. Ich will nur nicht weiter zu deiner Pein beitragen. Ich weiß, was das Herz des Liebenden tun wird. Sei stark, Jack. Elsie.«

Großer Gott!

Ich war so in Rage, dass ich ihr gleich eine Antwort schreiben wollte, um klarzustellen, dass ich nur an sie dachte, weil ich ihr klarmachen wollte, dass sich dieser ganze Irrsinn nur in ihrem Kopf abspielt. Aber dann wurde mir klar, dass ich nicht riskieren kann, dass sie sich am Ende weigert, für mich zu programmieren. Also habe ich meine Wut stattdessen darauf verwendet, Sandy eine Antwort zu schreiben mit dem Inhalt, er müsse wohl besoffen sein, wenn er meint, ich würde glauben, alle hätten gesehen, wie Elsie mich küsst. Ich glaube, die Übertragungsdrähte haben ziemlich geglüht. Dann bin ich hinuntergegangen, weil Onkel Ray uns »etwas Spezielles« zum Abendessen versprochen hatte.

»Na, wie läuft's bei deinem neuesten Plan?«, fragt Onkel Ray, als ich mich hinsetze und herauszufinden versuche, um was es sich bei dem Speziellen denn handelt. »Wollt Ihr uns nicht mit der Schilderung Eurer jüngsten Heldentaten ergötzen, Mr Jackdaw?«

In meinem Delirium verfalle ich auf die aberwitzige Idee, Onkel Ray könnte vielleicht eine Lösung für mein Problem einfallen, wenn ich ihm davon erzähle. Also schildere ich ihm den Plan.

»Ich bin dabei, einem Freund zu helfen«, beginne
ich. »Seine Eltern haben ihm verboten, zum Schulball
zu gehen, und deshalb wird er wahrscheinlich ein Mädchen verlieren, das er mag, weil er es nicht dorthin begleiten kann. Ich arbeite daran, dass er doch noch zum
Ball darf.«

Onkel Ray schlägt sich aufs Knie und schüttet sich
aus vor Lachen.

»Einfach köstlich«, sagt er. »Bist ein echter Figaro,
Jackie D.«

Dann zeigt er mit der Gabel auf Harry. »Du könntest
von diesem Jungen das eine oder andere lernen«, sagt
er. »So muss man das Leben angehen, Harry. Lass dir
das gesagt sein. Du musst ein bisschen in die Dinge
eingreifen.«

Er schaufelt sich etwas von dem Zeug auf seinem Teller in den Mund und denkt eine Minute lang nach. Der
Himmel weiß, wie er bei dem Getöse überhaupt denken
kann. In der Küche laufen ein Fernseher und Radio, und
dazu kommt der Lärm vom Fernsehgerät, das im Wohnzimmer vor sich hin plärrt. Nach einer Weile fängt er
an zu nicken und setzt dann sein Bier an, um alles hi-
nunterzuspülen, was er sich in den Mund gestopft hat.

»Also, da musst du folgendermaßen vorgehen, Jack«,
sagt er und tippt mit der Gabel auf den Teller. »Alles,
was du brauchst, sind ein paar Kissen. Dein Freund
erzählt seinen Eltern am Abend des Schulballs, dass er
sich nicht wohlfühlt, und er geht früh ins Bett. Die Kissen stopft er unter die Bettdecke, damit es so aussieht,

als läge er drin. Du wartest unter seinem Fenster und hältst die Strickleiter fest. Er klettert herunter und *kaboom!* Du schaffst ihn zum Schulball. Und wenn seine Eltern kommen und nachsehen, dann glauben sie wegen der Kissen, dass er selig schläft. Nach dem Ball steigt er die Leiter wieder hinauf und keiner hat was mitgekriegt. Wie hört sich das an?«

»Ziemlich beschissen«, sage ich. »Es sei denn, wir leben in einem lahmen Kindercomic.« Vielleicht antworte ich auch: »Gar nicht schlecht, Onkel Ray. Ich lasse mir mal durch den Kopf gehen, ob ich das verwenden kann.« Ich bin von dem ganzen Lärm so durcheinander und so erschöpft, dass ich im Stehen einschlafen könnte und mir gar nicht sicher bin, was ich antworte. Eigentlich wollte ich das Erste denken und das Zweite sagen, aber vielleicht habe ich es auch andersherum gemacht. Ich bin so von der Rolle, dass ich es einfach nicht weiß.

»Du hast schon Pep, das muss man dir lassen«, lacht Onkel Ray. »Pass gut auf, was er tut, solange er hier ist, Harry. Da kannst du dir eine Menge abschauen. Etwas Pep würde dir auch nicht schaden.«

Harry sieht ihn entgeistert an. »Dad!«, sagt er. »Das bedeutet nicht das, was du meinst.«

»Du brauchst mir nicht zu sagen, was ich meine«, brüllt Onkel Ray und knallt seine Bierflasche auf den Tisch. »Ich werde dir haargenau zeigen, was ich meine, mein Sohn. Sag es ihm, Jack. Sag ihm, was in der Schule dein Lieblingsfach ist.«

»Französisch«, sage ich und versuche, ihn dabei verständnisvoll anzusehen.

»Genau«, ruft Onkel Ray. »Und jetzt sag ihm auch, warum.«

»Weil man da vom Klassenzimmer aus den besten Blick auf die Eisenbahn hat.«

Onkel Ray zieht den Mund in die Breite und schlägt mit der flachen Hand auf den Tisch. »Siehst du, Harry?«, sagt er. »Siehst du? Genau das meine ich. Pep! Und jetzt sag ihm, was dein zweitliebstes Fach ist, Jack.«

»Mathematik«, antworte ich.

»Und warum?«, fragt Onkel Ray theatralisch.

»Weil man da den Fluss am besten sehen kann.«

Onkel Ray hat das alles schon hundertmal gehört. Hauptsächlich, weil er mich schon neunundneunzigmal danach gefragt hat, seit ich es ihm das erste Mal erzählt habe. Aber jedes Mal lacht er, als wäre es ein nagelneuer Witz mit einer nagelneuen Pointe, und während er lacht, zeigt er mit der Gabel auf Harry. Harry starrt ihn nur an und verzieht den Mund.

»Habe ich dir erzählt, womit sich der hier in letzter Zeit beschäftigt?«, meint Onkel Ray zu mir. »Hast du gehört, wobei ich ihn erwischt habe, als ich neulich abends in sein Zimmer gekommen bin?«

»Halt's Maul, Dad!«, sagt Harry. Onkel Ray fällt das blaue Auge fast aus dem Gesicht.

»Du sagst mir nicht, wann ich das Maul halten soll!«, brüllt er. »Wenn du mal halb so viel Schneid hast wie dein Cousin hier, dann kannst du dir so was vielleicht erlauben, aber nicht, solange du hier die Mimose gibst. Keine Chance.«

Und dann geht's erst richtig los. Onkel Ray lässt sich in beißendem Spott über die Sorte Nahrungsmittel aus, über die Harry an der Uni etwas lernen möchte. Harry starrt nur auf den Tisch.

»Windbeutel!«, brüllt Onkel Ray. »Was in drei Gottes Namen ist bloß mit dir los, mein Junge? Wahrscheinlich hast du zu viel von diesen Idioten im Fernsehen gesehen. Diesen Kochtopf-Primadonnas. Das, was ich koche, ist wohl nicht gut genug für den Herrn, was?«

Ich sehe auf meinen Teller hinunter und versuche, alles dadurch auszublenden, dass ich rate, was es eigentlich zu Essen gibt. Aber ich habe absolut keine Ahnung. Bei Pizza und Erbsen weiß man wenigstens, dass es sich um Pizza dreht und dass Erbsen dabei sind. Es ist zwar seltsam, so viel ist klar, aber man weiß wenigstens, woraus es gemacht ist. Bei Onkel Rays »etwas Speziellem« komme ich erst gar nicht so weit.

Es schmeckt allerdings ganz okay.

Das Mimosen-Dings zieht sich eine ganze Weile hin, bis nicht mehr viel vom etwas Speziellen auf meinem Teller übrig ist. Der Lärm ist einfach aberwitzig. Die Fernseher, das Radio, das Schreien und das Klappern von Geschirr und Besteck. Aber zwischen alldem kann ich trotzdem ein weiteres Geräusch ausmachen – ein Geräusch, das zuvor nicht da war. Nach einer Minute begreife ich, dass es mein Handy ist. Ich ziehe es aus der Tasche und sehe, dass Mum anruft. Ich strecke es

Onkel Ray hin und sage, dass ich gehen und mit ihr sprechen muss. Er hört nicht auf, Harry anzubrüllen, nickt mir währenddessen aber zu, und ich stehe vom Tisch auf und gehe hinaus. Ich gehe bis nach draußen vors Haus, um wenigstens halbwegs zu verstehen, was sie zu sagen hat.

24

Ich hebe ab in der Hoffnung, dass der Wahnsinn für besondere Gelegenheiten vorüber ist und ich wieder nach Hause kann. Ich weiß, dass dazu eigentlich keine Hoffnung besteht; der Wahnsinn für besondere Gelegenheiten war noch nie nach einem Tag vorüber. Aber die Vorstellung von meinem eigenen ruhigen Zimmer, wo ich nur einen Fernseher unten dröhnen höre und wo ich acht volle Stunden lang in meinem eigenen Kinderbett schlafen kann, lässt mich vor Sehnsucht fast vergehen. Außerdem gibt es für alles ein erstes Mal, sage ich mir.

»Wie sieht's aus?«, fragt Mum, kaum dass ich den Knopf gedrückt habe. Sie sagt nicht einmal Hallo und wartet auch nicht ab, bis ich Hallo sage.

»Ziemlich bescheiden«, antworte ich.

»Wie behandelt dich Onkel Ray? Gibt er dir anständig zu essen?«

»Ich weiß nicht«, sage ich. »Ich glaube schon.«

»Was hattet ihr heute zum Abendessen?«

»Etwas Oranges«, sage ich, »mit grünen Sachen drin. Ich weiß aber nicht, was es war.«

»Du lieber Himmel, Jack«, erwidert sie. »Du musst doch wissen, was es zu essen gab. War es aus der Packung oder hat es Onkel Ray selbst gekocht?«

»Ich weiß nicht«, sage ich ihr. »Da war ich oben mit Harry. Ich glaube, er hat es selbst gekocht.«

»Hat die orange Farbe natürlich ausgesehen? Oder war es künstlicher Farbstoff? Sag deinem Onkel Ray, ich möchte nicht, dass du irgendwelche E-Nummern isst.«

»Okay«, antworte ich. »Kann ich schon nach Hause kommen?«

»Noch nicht«, sagt Mum. »Dein Dad und ich sind noch am Reden. Ist das Verkehr, was ich da höre? Wo bist du gerade?«

Ich kann zusehen, wie meine Hoffnung zu Staub zerfällt. Dann sage ich ihr, dass ich vor dem Haus auf der Straße stehe.

»Und warum bist du da draußen?«, fragt sie. »Es ist doch ziemlich kalt heute.«

»Im Haus ist es so laut, dass ich dich nicht verstehen kann«, erkläre ich. »Onkel Ray brüllt Harry an, er wäre eine Mimose.«

»Hoffentlich brüllt er dich nicht auch an«, sagt sie. »Tut er das? Ich werde nicht zulassen, dass er dich anbrüllt.«

Ich erzähle ihr, dass er das nicht tut. »Mich mag er«, sage ich. »Er meint, ich wäre beherzt. Er sagt, ich hätte Pep.«

Mum lacht. »Beherzt ... wo er recht hat, hat er recht«, sagt sie. »Beschreib mir noch mal dieses orange Essen. Fandest du, es sah künstlich aus? Eher wie ein Nahrungsmittel oder eher wie etwas Chemisches?«

»Es war einfach orange«, antworte ich, »mit grünen Stücken. Ich glaube, ich würde zu Hause schon klarkommen, auch wenn Dad und du euch unterhaltet, Mum. Es kann unmöglich so laut sein wie hier. Ich kann nicht schlafen. Ich glaube, ich kriege wieder Bluthochdruck.«

»Es ist doch nur für ein paar Tage«, meint Mum. »Das wirst du schon durchstehen. Ein paar schlaflose Nächte stören doch nicht in deinem Alter. Aber ich werde Onkel Ray sagen, dass ich nicht möchte, dass du irgendwelche E-Nummern zu essen bekommst. Wenn er dir Zusatzstoffe gibt, kommst du aus dem Gleichgewicht. Das ist wahrscheinlich auch der Grund für den Bluthochdruck.«

Und dann habe ich eine Idee.

»Und in ein paar Tagen muss ich diesen Aufsatz einreichen«, erkläre ich. Einreichen? Ist es das, was man mit einem Aufsatz macht? Mit so etwas habe ich nicht so viel Erfahrung, aber ich treibe die Sache trotzdem weiter. »Das zählt für die Abschlussnote, glaube ich. Aber hier bekomme ich überhaupt nichts geschafft. Bei dem Lärm kann ich nicht einmal darüber nachdenken, was ich schreiben soll.«

»Aber du könntest doch in die Schulbücherei gehen«, schlägt sie vor.

»Wozu?«

»Na, dort ist es doch bestimmt leise, oder?«

Ich glaube, diese Frage kann ich nicht beantworten. Ich glaube nicht, dass ich schon einmal in der Schulbücherei gewesen bin. Ganz vage kann ich mich an eine Führung zu Anfang der fünften Klasse erinnern, als uns diese Lehrerin in der ganzen Schule herumgeführt hat. Vielleicht waren wir da auch in der Schulbücherei, aber woher soll ich wissen, ob es dort leise ist oder nicht?

»Muss es da denn leise sein?«, frage ich, und Mum lacht ein bisschen.

»Onkel Ray hat recht«, sagt sie. »Du hast tatsächlich Pep. Geh einfach in die Bücherei zum Arbeiten, Jack. Dazu ist sie da. Und vergiss nicht, Onkel Ray das mit den Zusatzstoffen zu sagen, verstanden? Was sagst du ihm?«

»Keine E-Nummern.«

»Gut. Und jetzt zu dieser grünen Farbe ... hat die natürlich ausgesehen? War das vielleicht grüne Paprika oder so etwas?«

»Ich glaube, jetzt schimpft Harry über mich, Mum«, sage ich. »Ich sollte besser gehen. Ich werde Onkel Ray von den Zusatzstoffen erzählen. Glaubst du, ich kann morgen Abend wieder nach Hause kommen?«

»Vielleicht«, sagt Mum. »Es wird bestimmt nicht mehr lange dauern. Morgen rufe ich dich auf jeden Fall wieder an. Und viel Glück mit deinem Aufsatz.«

»Danke«, sage ich und beende das Gespräch. Ich höre immer noch mehrere Fernseher im Haus, aber Onkel Ray scheint Harry jetzt nicht mehr anzuschreien. Trotzdem bleibe ich noch eine Weile draußen und lasse mir das mit der Bücherei durch den Kopf gehen. Ob es dort leise ist? Vielleicht war das nur früher so, in den guten alten Zeiten, als Mum zur Schule ging. Falls es aber doch stimmt, könnte ich das Nachdenken ja dort erledigen. Vielleicht könnte ich mein Gehirn dort defragmentieren und sehen, ob sich irgendwelche Signale rühren. Gleich morgen früh werde ich das überprüfen. Dann gehe ich zurück ins Haus; jetzt geht es mir ein bisschen besser.

Mit dem Anschreien hatte ich recht. Als ich hereinkomme, sitzt Onkel Ray alleine in der Küche, und Harry schmollt auf seinem Zimmer. Das behauptet Onkel Ray jedenfalls. Er reicht mir einen seltsamen, ziemlich festen Nachtisch, der ein bisschen nach Bier schmeckt. Er sagt, er nennt es Spötterspeise. Es schmeckt gar nicht so schlecht.

»Wie sieht's zu Hause aus?«, fragt er, während ich versuche, mit dem Löffel Stücke von der Nachspeise abzubrechen. »Kriegen sie's wieder hin?«

»Ich glaube schon«, antworte ich. »Ich kann aber noch nicht wieder nach Hause.«

»Kein Problem«, meint er. »Ich habe dich gerne hier.« Ich sage nichts über die E-Nummern.

Als ich nach oben komme, redet Harry eine ganze Zeit lang nicht mit mir. Er sitzt wieder am Schachbrett und schiebt lustlos die Figuren hin und her. Er sieht ernst und niedergeschlagen aus. Ich glaube, es ist ihm ziemlich peinlich, dass ihn Onkel Ray in meiner Gegenwart so heruntergeputzt hat, und er tut mir ziemlich leid. Ich kann es kaum erwarten, diesen Trick mit Cyrus abzuziehen, damit das Leben für Harry ein bisschen leichter wird und man ihn nicht mehr so viel anschreit. Nach einer Weile fängt er an zu murmeln, wie sehr er seinen Dad hasst, und ich sage ihm, wie schade ich es finde, dass er mit Cyrus nicht einfach das Zuhause tauschen kann.

»Ich weiß jetzt, was mit seinen Eltern los ist«, sage ich. »Sie sind sogenannte Pazifisten. Sie finden, dass Kämpfen das Allerschlimmste auf der Welt ist. Sie sind dir ziemlich ähnlich, Harry. Und dein Dad würde Cyrus wahrscheinlich ziemlich okay finden.«

»Aber Cyrus würde meinen Dad nicht mögen«, sagt Harry. »Niemand mag meinen Dad. Er ist ein Idiot. Ich hasse ihn!«

Den Rest des Abends teile ich auf zwischen Xbox-Spielen mit Harry und meinem Online-Streit mit Sandy Hammil. Ungefähr gegen zehn werde ich von einer gewaltigen Müdigkeit erfasst, gebe das Spiel gegen Harry auf und werfe mich aufs Bett. Das große orange Ding ist noch größer als sonst, und auch die Geräusche im Haus kommen mir besonders laut vor, und dann wird mir ein wenig übel.

»Wo genau in der Schule ist eigentlich die Bücherei?«, frage ich Harry, um die Dinge im Griff zu behalten.

»Jetzt im Ernst?«, sagt er. »Du weißt nicht, wo die Bücherei ist?«

»Ich hab's vergessen«, antworte ich. »Ist eine Weile her, dass ich dort war.«

Er seufzt fast ein bisschen angewidert.

»Oben im Neubau«, sagt er. »Über dem Computerraum.«

Aber seine Stimme klingt sehr weit entfernt. Ich glaube, er redet weiter, aber alles entfernt sich immer weiter von mir, und das große orange Ding wird immer größer, und mir wird wieder ganz komisch. Und dann bin ich eingeschlafen.

Nachts träume ich, dass ich wieder zu Hause bin und alles um mich herum kaputtgeht und zerfällt. Die Wände bekommen Risse und stürzen ein, und auch das Dach kracht und bricht herunter, und ich laufe im Schutt herum und weiß nicht, was ich tun soll.

Und dann bin ich plötzlich in diesem großen Bibliothekssaal mit Büchern bis hinauf zur Decke und alles kommt mir sehr kostbar und prächtig vor. Dort stehe ich, sehe mich um und bin erstaunt über die Ruhe. Obwohl ich schlafe, spüre ich, wie sich mein Körper im Bett völlig entspannt, und ich fühle mich großartig. Ich bin davon überzeugt, dass diese Bücherei genau der richtige Ort für mich ist.

Später kommt ein Teil, an den ich mich nicht genau

erinnere, aber er ist schnell vorüber, weil Onkel Ray aufsteht und herumwirtschaftet. Es dauert nicht lange, und ich bin hellwach, starre an die Decke und frage mich, wo ich bin. Und dann, morgens kurz vor fünf, geht mein aberwitziges Dasein in der Obhut meines dicken fetten durchgeknallten Onkels in eine neue Runde.

25

Erst zur großen Pause habe ich Zeit, mir mal die Schulbücherei anzusehen. Ich bin jetzt schon so lange auf, dass ich fast erwarte, dass es bald wieder dunkel wird. Ich bin zwar nicht ganz so müde wie gestern, dafür aber mächtig gespannt, ob in der Bücherei tatsächlich dieselbe himmlische Ruhe herrscht wie in meinem Traum.

Die gebrechlich wirkende Dame an ihrem Schreibtisch gleich am Eingang scheint sich zu freuen, als ich komme.

»Suchst du etwas Bestimmtes? Soll ich dir helfen?«, flüstert sie so leise, dass ich mich frage, wie hier wohl die Regeln sind. Muss ich mir von ihr ein Buch zeigen lassen, oder kann ich sagen, dass ich eigentlich nur die Atmosphäre einsaugen möchte?

»Ich will eigentlich nur an meinem Aufsatz arbeiten«, sage ich, und sie scheint damit zufrieden zu sein.

»Lass mich wissen, falls du später noch etwas brauchst«, sagt sie so leise, dass ich sie kaum verstehe, und ich antworte, dass ich das tun werde. Sie lächelt und liest dann weiter in dem dicken Buch auf ihrem Schreibtisch, und als ich mich nach einem Platz zum Arbeiten umsehe, frage ich mich, was das Flüstern eigentlich soll. Alle anderen scheinen die Bücherei für das zu benutzen, für das auch ich sie in der Vergangenheit benutzt habe: nicht hier zu sein. Sie ist völlig verlassen. Außer mir und der Bibliothekarin ist niemand da. Ich suche mir einen Schreibtisch ganz hinten, der versteckt zwischen hohen Regalen steht, und ziehe mein Englisch-Arbeitsheft mit den ganzen Notizen über Cyrus heraus. Eine Weile bleibe ich nur sitzen und lausche.

Ich höre ein kleines bisschen Lärm vom Schulhof, und hin und wieder schlägt weit entfernt im Schulgang eine Tür, aber ansonsten ist rein gar nichts zu hören. Es ist genau, wie Mum gesagt hat. Völlig still. Und es ist, als würde mein Gehirn aufwachen und all die kleinen Bytes anfangen, sich aufgeregt miteinander zu unterhalten, so als hätten sie sich in einem fürchterlichen Sturm dicht aneinandergedrängt und könnten jetzt wieder heraus. Ich bin davon überzeugt, dass ich so tatsächlich weiterkommen werde. Ich sehe auf die Uhr. Einen guten Teil der großen Pause habe ich noch vor mir, und ich überlege, ob ich die Bibliothekarin nach einem Buch über Pazifisten fragen soll. Vielleicht finde ich dann ja einen Angriffspunkt für Cyrus' Eltern, aber dann verschiebe ich das doch auf die Mittagspause, wenn ich in die Sache erst richtig einsteige. Das hier ist ja nur die Erkundungsmission, auf der ich herausfinden wollte, ob an den Gerüchten über die Ruhe in der Bücherei etwas dran ist. Ich freue mich trotzdem über die Idee, auch wenn sie vielleicht nicht so bedeutend ist, und notiere es im Arbeitsheft, dann gehe ich im Schnellgang den Rest meiner Notizen durch.

Ein paar Minuten später kommt noch jemand in die Bücherei, was mich ein bisschen stört, weil ich mich schon daran gewöhnt habe, dass die Bücherei nur für mich da ist. Ich höre, wie die Tür schwingt und dann das leise, schlangenähnliche Gezischel der Bibliothekarin, von dem ich von meinem Platz ganz hinten natürlich überhaupt nichts verstehen kann.

»Nein danke, alles klar«, höre ich und dann Schritte. Es folgen noch einmal leise Schlangengeräusche, und ich vermute, dass die Bibliothekarin dieselben Fragen stellt wie bei meiner Ankunft.

»Okay«, höre ich und die Schritte kommen noch näher. Ich hoffe, dass sich die Person nicht an den Tisch neben mir setzt. Ich will da niemanden zappeln und schniefen und in einem Buch blättern hören. Die Schritte kommen aber immer näher, quer durch die Bücherei bis zu den Regalen, hinter denen ich sitze, und dann begreife ich, dass die Schritte neben meinem Stuhl enden.

Es ist ein Mädchen namens Kirsty Wallace aus der Klasse über mir. Sie steht nur da und sieht mich an, und als ich mich umdrehe, sehe ich sie auch eine Weile an.

»Bist du der Typ, der für Chris Yates einspringt?«, fragt Kirsty. »Wegen dieser Prügelei?«

Ich schüttele den Kopf. »Nein, das macht mein Cousin«, antworte ich. »Ich fädle das nur für ihn ein.«

»Nun, genau darüber müssen wir reden«, sagt Kirsty. »Und zwar jetzt und hier.«

»Jetzt habe ich zu tun«, sage ich. »Wir können uns in der Mittagspause treffen. In der Mensa.«

Sie schüttelt den Kopf. »Es muss jetzt gleich sein«, sagt sie. »Wir müssen jetzt sofort darüber reden.«

Ich habe nicht das kleinste Geräusch gehört, keinen Schritt oder auch nur den leisesten Atemzug, aber plötzlich taucht die Bibliothekarin neben meinem Tisch auf und presst den Zeigefinger an die Lippen.

»In der Bibliothek wird nicht gesprochen«, sagt sie und spricht dabei selbst kaum. »Das ist nicht gestattet.«

»Warum?«, fragt Kirsty. »Es ist doch sonst keiner da.«

»Ihr beide seid da«, erklärt die Bibliothekarin, »und die Bücherei ist zum Arbeiten da. Nicht, um sich zu unterhalten.«

Die Bibliothekarin scheint ein Mensch genau nach meinen Vorstellungen zu sein, und ich stelle mir vor, wie sie bei Onkel Ray zu Hause auftaucht und für mich das Durcheinander dort in Ordnung bringt, bis es so still ist wie hier in der Bücherei. Ich frage mich, ob sie so etwas tun würde.

»Es tut mir leid«, antworte ich. »Unsere Unterhaltung ist beendet. Ich werde jetzt wieder an meinem Aufsatz arbeiten.«

»Nein, das wirst du nicht«, widerspricht Kirsty. »Und unsere Unterhaltung ist noch nicht zu Ende. Wir haben ja noch nicht einmal damit angefangen.«

»Dann müsst ihr das woanders tun«, sagt die Bibliothekarin.

»Nein, das werden wir nicht«, widerspricht Kirsty. »Dies ist ein freies Land.« Aber ich habe schon meine ganzen Sachen eingesammelt und bin aufgestanden.

»Tut mir leid«, sage ich der Bibliothekarin noch einmal. »Ich komme später wieder.«

»Danke«, sagt sie.

Aber Kirsty bleibt noch eine Weile stehen, wo sie ist, und fragt die Bibliothekarin, ob sie lieber in China leben würde, unter einem totalitären Regime, aber schließlich gibt sie doch auf und folgt mir hinaus auf den Flur.

Kirsty Wallace ist ziemlich merkwürdig. Sie trägt in der Schule immer so eine Art von Soldatenklamotten und hat ihr Haar, das sie nie wäscht, zu ganz vielen dünnen Zöpfen geflochten. Manchmal haben ihre Kleider Tarnmuster, und sie veranstaltet ständig Besprechungen zu Sachen, die sie ungerecht findet. Und was das Abartigste ist – immer will sie Dinge ändern, die sie für ungerecht oder schrecklich hält, aber sie will sie immer ändern, indem sie ungerechte oder schreckliche Dinge tut.

»Warum hast du so mit der Bibliothekarin geredet?«,

frage ich sie draußen auf dem Gang. »War nicht gerade cool.«

»Was geht dich das an?«, fragt sie. »Ist sie deine neue Tussi? Elsie Green schon abgehakt?«

»Ich habe nichts mit Elsie Green.«

»Auch egal. Dein Privatleben kümmert mich nicht. Mich interessiert nur, dass du für Chris Yates den Kopf hinhältst.«

»Tue ich nicht. Habe ich doch schon gesagt. Das macht mein Cousin Harry.«

»Ganz egal«, meint Kirsty. »Also, wo wollen wir reden? Oben im Aufenthaltsraum?«

Ich sehe auf die Uhr. »Ich muss in ein paar Minuten in Naturkunde sein«, sage ich.

»Dann lass es ausfallen«, sagt Kirsty.

Sonst bräuchte ich keine besondere Aufforderung, um Naturkunde zu schwänzen. Da wäre mir jede Ausrede recht. Aber mich mit Kirsty Wallace zu unterhalten, nur weil sie das will, kommt mir noch unangenehmer vor, als Glatzkopf-Baine zuzuhören, wie er mit den Quanten herummacht.

»Geht nicht«, sage ich. »Baine hat mich vor der Pause auf dem Gang gesehen. Er weiß, dass ich da bin.«

»Musst du wissen«, sagt Kirsty. »Ich wollte dir nur sagen, dass ihr für die Schuld-auf-sich-nehmen-Sache in Baileys Büro bis Mittag Zeit habt. Du und dein Cousin Barry. Oder wer auch immer. Das ist es auch schon, im Großen und Ganzen.«

»Was hast du denn damit zu tun?«, frage ich sie.

»Wir hatten eine Besprechung«, sagt sie. »Es ging um den Schulausflug. Alle, die mitwollen und von dem ganzen Hickhack die Schnauze voll haben. Wir machen Rabatz. Wenn du oder dein Typ sich jetzt nicht stellt, gehen wir nach der Mittagspause alle zusammen zu Bailey und melden Yatesy. Dann können er und seine Kumpels nichts dagegen tun. Wir sind zu viele. Die Macht des Volkes.«

»Aber ich bin immer noch dabei, die Sache mit Cyrus McCormack zu regeln«, sage ich ihr. »Ich muss erst etwas für Cyrus klären, bevor er Bailey sagen kann, dass er sich mit Harry geschlagen hat. Wenn ihr um Mittag petzen geht, wird Yatesy der Schule verwiesen.«

Kirsty zuckt mit den Schultern. »Er steht dem Gemeinwohl im Weg«, erklärt sie. »Da muss das eine oder andere Opfer gebracht werden.«

»Gib mir einfach ein paar Tage«, sage ich. »Dann muss gar niemand geopfert werden. Ein paar Tage machen doch keinen Unterschied, oder?«

»Geht nicht«, sagt Kirsty. »Wir gehen auf die Straße.«

»Welche Straße?«

»Das sagt man so. Ist eine Redensart.«

»Das ergibt doch keinen Sinn.«

»Doch, natürlich«, sagt Kirsty. »Wir gehen für Barcelona auf die Straße. Für den Schulausflug. Aus der Traum, Mann.«

Ich habe das Gefühl, dass mir alles entgleitet. Vielleicht hat sie recht, vielleicht ist alles vorbei. Und das Schlimmste ist, dass ich mir sicher bin, dass ich längst einen ordentlichen Plan hätte, wäre ich nicht zu Onkel Ray abgeschoben worden. Die Sache mit Cyrus hätte ich längst in trockenen Tüchern. Selbst mit meinem neuen ruhigen Plätzchen in der Bücherei ist nicht sicher, dass mir etwas einfällt, selbst wenn Kirsty mir ein paar Tage Zeit gibt. Wenn mein Gedankenstrang erst einmal unterbrochen ist, wie durch das Chaos und den Lärm bei Onkel Ray, kann es leicht ein paar Tage dauern, nur bis die Maschine wieder läuft, ganz zu schweigen davon, dass ich eine passable Lösung finde.

Und dann läutet es zum Pausenende.

»Viel Spaß in Naturkunde«, sagt Kirsty noch und geht die mittlere Treppe hinunter. Ich laufe hinter ihr her.

»Bleib da«, rufe ich. »Hör mir noch kurz zu.«

Sie geht etwas langsamer und ich hole sie vor dem ersten Treppenabsatz ein.

»Mein Cousin Harry darf nicht an die Universität, wenn das nicht klappt«, sage ich. »Da hängen mehrere Geschichten dran, die ich jetzt nicht alle erzählen kann, aber du musst an die Folgen denken. Yatesy wird der Schule verwiesen und Harrys Leben ist ruiniert. Das von Cyrus auch – der wird dann nämlich sitzen gelassen. Du wirst jede Menge Gutes tun, wenn du mir etwas Zeit gibst. Wem schadet es, wenn der Schulausflug noch ein bisschen in der Luft hängt? Er wird ja trotzdem stattfinden. Gibt mir wenigstens Zeit bis morgen früh – vierundzwanzig Stunden.«

Ich bereue das, kaum dass ich es gesagt habe. Mit vierundzwanzig Stunden kann ich praktisch überhaupt nichts anfangen. Dass ich das alles bis morgen Mittag einfädle, ist ebenso unwahrscheinlich, wie es schon bis heute Mittag zu schaffen. Aber die Vorstellung, anderen damit zu helfen, scheint bei Kirsty ein bisschen Eindruck hinterlassen zu haben.

»Ich will mal sehen, was meine Leute dazu sagen«, sagt sie. »Ich werde das tun, was sie wollen.«

»Aber du kannst sie doch überzeugen«, erwidere ich.

»Gib mir zwei Tage. Ich werde Yatesy und Harry und Cyrus sagen, dass du die Meute in Schach gehalten hast, und du kannst es dir als Verdienst anrechnen, dass du möglich gemacht hast, dass Harry zu Bailey geht. Alle werden dich dafür lieben.« Sie lässt es sich durch den Kopf gehen und dreht dabei ihre geflochtenen Haare mit dem Finger. Sie fällt eine Entscheidung.

»Vierundzwanzig Stunden«, verkündet sie. »Ich mag Yatesy – er ist ein Freidenker. Du hast ihm Aufschub verschafft.«

»Gib mir zwei Tage«, beschwöre ich sie vergeblich.

»Vierundzwanzig Stunden«, sagt sie noch einmal. »Dann marschieren wir zu Baileys Hauptquartier. Morgen um dreizehn null null.«

Es ist schon irgendwie ein Sieg, aber gleichzeitig so nutzlos, wie ein Sieg nur sein kann. Vernichtet schleppe ich mich in Glatzkopf-Baines Naturkundeunterricht.

26

In der Mittagspause schaue ich nicht einmal in der Mensa vorbei, bevor ich zur Bücherei gehe. Denken mit leerem Magen ist nicht gerade ratsam, aber die Zeit ist so knapp, dass ich keine Wahl habe, und ich schieße aus Baines Naturkundeunterricht wie eine Kugel aus dem Gewehrlauf, breche bis zum Neubau den Weltrekord und nehme dort zwei und drei Stufen auf einmal. Ich hatte gehofft, schon im Unterricht der Glatze des Grauens etwas Denkarbeit erledigen zu können, aber Sandy Hammil hat mir von der anderen Seite des Klassenzimmers die ganze Zeit unverschämte Blicke zugeworfen, und wir mussten für Baine fast vom Beginn der Stunde an Sachen erhitzen und vermischen, sodass ich praktisch keine Zeit für mich hatte.

Als ich endlich vor der Bücherei stehe, sehe ich erst einmal durch das kleine Fenster in der Tür und betrachte die Stille, die mich dort erwartet. Ich dachte, um die Mittagszeit ist dort mehr los, aber wieder ist alles verlassen. Ich packe also den Türgriff und bin bereit, den Frieden auf mich einwirken zu lassen. Es ist nur so – die Tür geht nicht auf. Zuerst glaube ich, ich ziehe in die falsche Richtung und komme mir ein bisschen dumm vor, aber auch als ich gegen die Tür drücke, rührt sie sich nicht. Kein bisschen. Ich reiße am Griff, werfe mich dagegen, bis die Tür im Rahmen knackt. Ich gebe es auf und klopfe an das kleine Fenster.

Jemand bleibt hinter mir stehen.

»So eifrig heute, Mr Dawson!«, höre ich sagen. »So eine Leidenschaft fürs Lernen ist mir noch nie begegnet. Nicht in dieser Schule.«

Ich lasse meine Hand am Türgriff und drehe mich um. Es ist meine Erdkundelehrerin, Miss Voss.

»Ich komme nicht rein«, erkläre ich ihr. »Ich glaube, es ist abgeschlossen.«

»Natürlich ist abgeschlossen«, sagt sie. »Es ist ja auch Mittagspause.«

»Und?«

»Und die Bücherei ist während der Mittagspause zu.«

»Aber ich muss dort rein. Ich muss einen Aufsatz schreiben.«

»Das hättest du nicht bis zur letzten Minute aufschieben sollen«, erklärt sie. »Dann müsstest du nicht während der Mittagspause daran arbeiten.«

»Aber es ist nicht die letzte Minute«, sage ich. »Ich wollte besonders früh damit anfangen.«

»Dann brauchst du auch nicht über Mittag daran zu arbeiten«, sagt Miss Voss. »Schau, dass du dir etwas zu essen holst«, sagt sie, trottet davon und lässt mich weiter durch die Glasscheibe auf all das spähen, was mir dort drinnen entgeht. Ich verstehe nicht, wie sie es schaffen, dass es da drin so ruhig ist. Hier draußen auf dem Gang rennen alle herum und schnattern, die Schuhe klappern auf dem harten Linoleum, und überall schlagen Türen.

»Seht ihr denn nicht, dass ich nachdenken will?«, will ich schreien. »Hier geht es um Menschenleben.«

»Miss«, gebe ich aber nur laut von mir. »Wann macht die Bücherei denn wieder auf?«

Sie dreht sich nicht einmal um, sondern geht einfach weiter. »Nach der Mittagspause«, antwortet sie, »um halb zwei.«

Mir bleibt nichts anderes übrig, als zurück in die Mensa zu gehen und mir wenigstens den leeren Magen zu füllen.

Ich sitze ein paar Tische von Sandy Hammil entfernt, und es dauert nicht lange, da wirft er mir wieder fiese Blicke zu. Und das, während ich mich mit Gummihähnchen und Krümelpommes herumschlage, und als ich mich schließlich auf den Neonkäsekuchen verlege, habe ich so die Nase voll, dass ich ihm eine SMS schicke.

»Ich weiß, dass du Kirsty Wallace von mir und Elsie Green erzählt hast«, schreibe ich.

»Von eurer Affäre?«, schreibt er zurück. »Ich habe ihr nichts gesagt. Keinem.«

»Sie hat das aber gesagt«, antworte ich. »Du bist erwischt.«

»Und du bist ein Idiot«, lese ich. »Und sie lügt.«

Dann steht er auf und geht aus dem Speisesaal. Dabei streckt er hinter seinem Rücken den Mittelfinger hoch. Ein paar Minuten lang wiege ich mich im Glauben, ich könnte jetzt, wo er weg ist, besser nachdenken, aber mein Kopf ist völlig matschig. Ein Großteil meiner Lebenssäfte wird gerade benötigt, das Verkehrsopfer zu verdauen, dass ich gerade zu mir genommen habe, und der Lärm in der Mensa raubt mir den letzten Rest von meinem Verstand. Eigentlich ist mir das noch nie aufgefallen, es war einfach im Hintergrund da, aber von meinen Erlebnissen bei Onkel Ray muss ich eine Art Kriegstrauma davongetragen haben, sodass mir die Kakofonie nun in vollem Umfang auf die Nerven einprügelt – die Messer und Gabel auf den Tellern, das Dröhnen der Unterhaltungen, das Lachen und Kreischen, das Küchenpersonal, das am Tresen mit Geschirr, Tabletts und Wagen herumklappert, all die Telefone, die beständig klingeln und vibrieren und piepsen und Musik plärren. Es ist so schlimm, dass ich sogar ernsthaft über Onkel Rays Plan mit der Strickleiter nachdenke und irgendeine machbare Variante daraus abzuleiten versuche. Ich könnte, nachdem Cyrus heruntergeklettert ist, ja selbst hinaufsteigen und mich statt der Kissen ins Bett legen. Vielleicht wäre das überzeugender. Oder ich nehme eine richtige Leiter statt der Strickleiter ...

In meinem angegriffenen Geisteszustand scheint der Unterschied tatsächlich eine Rolle zu spielen. Aus unerfindlichen Gründen bin ich davon überzeugt, dass die Strickleiter der einzige Schwachpunkt an Onkel Rays Plan ist. Wenn es nur eine richtige Leiter wäre ...

Kurz bevor mich der Sicherheitsdienst einer Nervenklinik fortschafft, kommt Cyrus in den Speisesaal und setzt sich hin. Ich stelle mein Tablett an der Rückgabe ab und setze mich neben ihn.

»Es ist alles im Eimer«, sage ich ihm, während er herauszufinden versucht, ob sein Hähnchen echt ist oder nicht. Er spießt ein Stück mit dem Messer auf und hält es vor mir in die Höhe.

»Was zum Teufel ist das?«, fragt er mich. »Gehört das zum Essen oder zur Verpackung, in der sie es geliefert haben?«

»Ich glaube, das ist das Hähnchen«, sage ich, und er sieht entsetzt aus. Dann stopft er es in den Mund.

»Was meinst du damit?«, fragt er. »Was soll das heißen, ›es ist alles im Eimer‹? Bei mir ist seit Wochen alles im Eimer.«

»Aber nicht so!«, antworte ich und schildere ihm die ganze Sache mit Kirsty Wallace. Seltsamerweise sieht er sofort sehr viel zufriedener aus.

»Das wird sie wirklich tun?«, fragt er. »Im Ernst? Hört sich großartig an.«

»Tut es nicht«, widerspreche ich. »Was soll daran großartig sein? Es ist nicht das, was wir wollen, Cyrus. Wenn Yatesy dran glauben muss, dann helfe ich dir auch nicht, zum Schulball zu kommen. Denk mal drüber nach.«

Er zuckt die Achseln. »Das würdest du sowieso nie hinbekommen«, meint er. »Nimm's nicht persönlich, aber keiner kann das. Es ist unmöglich.«

»Natürlich ist es möglich!«, widerspreche ich. »Ich hatte es schon fast geschafft, Cyrus. Ich mache ständig solche Sachen.«

Er schüttelt den Kopf. »Nicht mit meinen Eltern«, sagt er. »Keine Chance.«

Er kämpft eine Weile mit dem nächsten Hähnchen-Bissen, gibt es dann auf und versucht sein Glück bei den Pommes frites. Ich sitze benommen da, sehe ihm dabei zu und suche in meinem verwüsteten Gehirn nach der Spur einer Idee. Schließlich fange ich an zu flehen.

»Bitte lass Harry heute Nachmittag zu Bailey gehen«, sage ich. »Dann habe ich alle Zeit der Welt, um dafür zu sorgen, dass du zum Schulball kannst. Du darfst nicht einfach aufgeben, Cyrus. Denk doch an Amy.«

Er schüttelt den Kopf. »Kirsty hat einen konkreten Plan«, sagt er. »Bei ihr habe ich wenigstens die Garantie, dass der Bohemien den Kopf auf einen Pfahl gesteckt bekommt. Da kann ich einfach nicht Nein sagen.«

»Aber Yatesy können wir doch später noch erwischen. Schon vergessen? So war es doch ausgemacht.«

»Ich setze jetzt auf Kirsty«, sagt er rundheraus. »Sie hat einen Plan und du nicht.«

»Aber ich habe einen«, sage ich. »Hör zu, du kriegst jetzt einen Abriss eines rohen Entwurfs dafür, wie ich dir den Schulball ermögliche. Der ist natürlich noch nicht ausgearbeitet sondern soll nur zeigen, dass ich es draufhabe.«

Er blickt mich an, ohne etwas zu sagen, aber ich bin mir nicht sicher, ob das so ist, weil er nichts zu entgegnen weiß oder weil sich die Pommes in seinem Mund genau wie bei mir zu Spachtelmasse verwandelt haben.

»Also, du machst Folgendes«, sage ich und lege ihm Onkel Rays kompletten idiotischen Plan auseinander, nach dem er sich krank stellen soll. Natürlich mit einer richtigen Leiter anstelle der Strickleiter.

Für eine Minute sieht er ziemlich beeindruckt aus, arbeitet auch weiter an der Spachtelmasse, und als er genügend Raum zum Sprechen geschaffen hat, sagt er: »Ich wohne im zehnten Stock. Hillside-Hochhaus.«

Ich starre ihn nur an. Ich ertappe mich bei dem idiotischen Gedankengang, die Feuerwehr ins Spiel zu bringen oder so. Onkel Ray kennt bestimmt jemanden bei der freiwilligen Feuerwehr.

»War ja nur ein Beispiel«, sage ich ein bisschen zu laut. »So werden wir das natürlich nicht durchziehen. Es soll dir nur zeigen, dass mir etwas einfallen wird.«

»Das ist die mieseste Idee, die ich je gehört habe«, sagt er. »Ich glaube, du bist am Abschmieren, Jackdaw. Wenn das die Kragenweite deiner Überlegungen ist, dann ist es nur gut, dass Kirsty aufgetaucht ist.«

»Aber das war gar nicht meine Idee«, sage ich. »Das

war mein Onkel Ray. Ich wohne gerade bei meinem Cousin Harry und mein Onkel ist völlig übergeschnappt. Aber ist dir mal der Krach aufgefallen, den die ganzen Gabeln hier veranstalten, Cyrus? Du hast das vielleicht noch nicht bemerkt, aber wenn du erst darauf achtest ... Und dann schließen sie über Mittag die Schulbücherei. Hast du das gewusst? Noch zwei Tage, Cyrus. Vielleicht drei. Du musst ja nur die Version meines Cousins bestätigen, sonst nichts. Mum und Dad haben bis dahin wieder alles im Lot, und ich kann wieder nach Hause, und dann fällt mir auch ein echter Kracher ein. Das verspreche ich.«

Er sieht mich irgendwie mitleidig an. »Langsam machst du mir wirklich Angst«, sagt er. »Ich muss los, Jackdaw.«

»Alle hassen dich, Cyrus«, rufe ich ihm nach. Er nimmt sein Tablett mit an einen anderen Tisch und lässt mich alleine sitzen. Und ich weiß, dass damit alles zu Ende ist, keine Frage.

Ich traue mich nicht, Mathe zu schwänzen und den ganzen Nachmittag in der Bücherei zu sitzen. Mir ist klar, dass es das war mit meiner Glückssträhne und dass ich bestimmt erwischt und der Schule verwiesen werde, wenn ich es versuche. Also laufe ich wie ein Zombie zum Matheunterricht und beobachte die ganze Zeit die Tauben auf dem Schulhof. Hoffentlich erzählt

Cyrus niemandem von der Idee mit der Leiter. Ich will nicht, dass jemand davon erfährt, und überlege, wie ich ihn dazu bringen kann, das für sich zu behalten. Ich ertappe mich bei dem Versuch, daraus etwas Machbares zu spinnen, während Mrs Cunningham die quadratischen Gleichungen auflöst oder so ähnlich.

Ich fürchte, Cyrus hat recht. Ich bin am Abschmieren.

Als es zum Schulschluss klingelt, gehe ich wie ein Zombie in Richtung Schultor und wünschte, es wäre vierundzwanzig Stunden später. Dann hätte Kirsty Wallace ihr Ding durchgezogen, Chris Yates würde der Schule verwiesen, Harry blüht ein Leben in Trübsal, und ich kann nicht anders, als darüber nachzudenken, wie ich das allen ersparen kann. Ich denke an Geräten, zum Abseilen und Bungee-Seile, Teleskoplifte und Krangondeln und hundert andere bescheuerte Ideen, wie man Cyrus sicher von einem Fenster im zehnten Stock des Hillside-Hochhauses auf den Boden herunterbringt.

Und dann wird alles noch schlimmer.

Ich bin schon nahe am Tor, am Fuß der kleinen Steigung, die dort hinaufführt, als Sandy Hammil neben mir auftaucht und sagt: »Ich habe gehört, dass du den Tag in der Bücherei zugebracht hast. Es heißt, du hast nach Liebesgedichten gesucht, die du Elsie Green vortragen kannst.«

Ich weiß, dass er nur Spaß macht, dass er mich zum Lachen bringen will, damit wir wieder Freunde sein können, aber ich bin einfach nicht in der Stimmung dazu. Er erwischt mich einfach auf dem falschen Fuß. Und ich haue ihm eine aufs Maul.

Er schaut mich verdutzt an. Er bleibt stehen und starrt mich eine Minute an, so als könnte er nicht glauben, was passiert ist. Und dann haut *er mir* eine aufs Maul. Kräftig. Und dann bin *ich* ziemlich verdutzt, bleibe stehen und starre *ihn* an und kann noch weniger glauben, was gerade passiert ist. Und dann strömt alles zusammen. Plötzlich stehen wir in der Mitte eines rasch wachsenden Donuts, und ich höre nur das Getrappel der Schüler, die von überall herbeilaufen und das, was die, die schon da sind, rufen: »Schlägerei! Schlägerei! Schlägerei!«

Dann geschieht erst einmal eine Weile nichts. Ich stehe da, sehe Sandy an, und er steht da und sieht mich an, und ich höre, wie die Leute Sachen rufen wie: »Hau ihm eine rein, Jackdaw!« und »Tret ihm in die Eier, Sandy!«. Aber wir stehen nur da und blicken uns an.

»Das war doch nur Spaß, du Arsch«, sagt Sandy. »Eigentlich wollte ich dir nur sagen, dass ich froh bin, dass du endlich anfängst zu lernen.«

»Ich lerne aber nicht«, antworte ich. »Das tun nur Ärsche. Solche wie du.«

»Äff mich nicht nach«, sagt er. »Lass dir selber was einfallen.« Und dann geht er ein bisschen auf mich los. Er schubst mich gegen die, die hinter mir stehen, und dann zerrt er mich ganz komisch herum. Mir ist nicht ganz klar, was er damit bezweckt, aber jetzt schubse ich ihn auch gegen die, die hinter ihm stehen, und dann zerren wir einige Minuten aneinander herum.

»Seid ihr am Kämpfen oder am Bumsen?«, ruft jemand, und ein anderer rät mir, Sandy den Daumen ins Auge zu rammen. Aber nur eines, was sie rufen, kommt wirklich bei mir an. Es beginnt bei den Normalos hinten in der Menge und wandert allmählich nach vorn. Nur ein Wort: »Bailey!«

Und dann zwei Worte: »Bailey kommt!«

Ich begreife es nur nach und nach, aber als es so weit ist, höre ich sofort auf, Sandy herumzuschubsen.

»Reiß dich zusammen«, sage ich. »Wir müssen aufhören. Ich habe schon die letzte Verwarnung.«

»Gut«, sagt Sandy, und dann haut er richtig zu. Voll ins Gesicht. An Bailey denke ich fürs Erste überhaupt nicht mehr. Vor meinen Augen ist nur roter Dunst und ich schlage zurück. Auch ich haue jetzt richtig zu. Der Menge gefällt das und alle schreien noch lauter. Sandy packt mich und zerrt mich wieder herum, und da merke ich, wie sich die Menge hinter mir teilt. Es ist ein ziemlich seltsames Gefühl, aber ich weiß gleich von Anfang an, was das bedeutet. Ich weiß, dass jemand auf die Mitte des Kreises zukommt, den keiner in der Menge aufhalten will.

»Wir müssen aufhören«, sage ich Sandy noch einmal, aber er hält mich noch fester und zerrt mich noch wilder herum. »Lass mich los«, sage ich und versuche mit aller Gewalt, mich loszureißen und es wie Yatesy zu machen. Aber es ist zu spät. Bevor ich weiß, was geschieht, greift eine männliche Hand nach mir, packt mich am Arm, zieht heftig an mir und befreit mich schließlich aus Sandys Griff. Bailey hat mich erwischt. Er zieht mich rückwärts, und ich kann nicht sehen, wo es hingeht. Mein Kopf fällt in den Nacken, und ich sehe den Himmel, aber er zerrt mich weiter durch die Menge, und ich remple dabei einen Haufen Normalos an, schlage gegen ihre Arme, Rücken und Beine, während ich noch immer versuche, mich loszureißen, und irgendwie glaube, es hätte einen Sinn, davonzulaufen.

Als wir aus der Menge heraus sind, sehe ich immer noch in die falsche Richtung. Ich versuche mich umzudrehen, aber er zieht mich zu schnell weiter, und ich schaffe es gerade so, ab und zu einen Fuß auf den Boden zu bekommen, während ich weiter in den Himmel starre. Schließlich merke ich, wie man mich durch eine Tür zwängt und auf einen Stuhl drückt, und ich lasse den Kopf nach vorn fallen und versuche wieder zu Atem zu kommen. Ich bin völlig fertig. Mein Gesicht pocht vor Schmerz und mir läuft Blut aus der Nase.

Ich drücke die Nase mit den Fingern zu und sehe auf, hinaus aus dem Fenster. Zuerst begreife ich gar nicht, was dort ist, aber dann habe ich die erschreckendste Erfahrung meines Lebens. Alles vor dem Fenster scheint plötzlich furchtbar schnell auf mich zuzurasen, und aus Angst, etwas könnte mich treffen, mich umzubringen versuchen, reiße ich die Hände vors

Gesicht. Aber das geschieht nicht. Es passiert überhaupt nichts. Langsam senke ich die Hände wieder, und mir wird klar, dass ich gar nicht in einem Klassenzimmer bin, wie ich gedacht hatte. Ich bin gar nicht in einem Raum, sondern in einem Auto. Ich bin in einem Wagen, der vor der Schule mit halsbrecherischer Geschwindigkeit die Straße entlangjagt, und ich begreife mit einem Mal, dass es gar nicht Bailey war, der mich weggezerrt hat. Es war mein Onkel Ray. Der dicke fette durchgeknallte Bastard. Und der Wagen ist natürlich seiner. Sein Opernheldentaxi. Er sitzt neben mir, lässt die Gänge krachen und nagelt das Gaspedal aufs Bodenblech; dabei wiehert er wie eine Hyäne, der man gerade den besten Witz der Weltgeschichte erzählt hat.

27

»Mannomann, Junge!«, ruft Onkel Ray. »Du bist mir einer, Jacky. Du ... Bist ... Der ... Hammer!«

Ich fühle ich mich gar nicht wie der Hammer. Ich bin nahe daran, in Tränen auszubrechen. Mein Gesicht schmerzt fürchterlich und meine Nase hört nicht auf zu bluten.

»Was für ein Schlag!«, sagt Onkel Ray. »Ein Volltreffer! Dem Saftsack hast du's wirklich gegeben. Warst echt unter Volldampf, Jack.«

»Eigentlich ist er gar kein Saftsack«, sage ich. »Er ist mein bester Kumpel. Normalerweise.«

Onkel Ray klatscht in die Hände. »Fantastisch!«, ruft er. »Das ist ja noch besser. Nichts vertieft eine Freundschaft besser als ein paar anständige Kinnhaken. Ganz der Vater!«

Er nimmt eine Hand vom Lenkrad und hebt mein Kinn in die Höhe, ohne mich anzusehen. »Kopf in den

Nacken«, sagt er. »Genau so. Und kneif dir die Nase zu. So ist's richtig. So bleibst du jetzt, bis das Bluten aufhört. Wird nicht lange dauern.«

Ich höre, wie er im Handschuhfach kramt, während ich zum Dachhimmel hinaufstarre. Dann quietschen Bremsen, jemand hupt, er wirft mir ein Päckchen Taschentücher auf den Schoß und sagt, ich soll eines auf meine Nase drücken. Dann brüllte er eine Weile aus dem Fenster, und als er fertig ist, frage ich ihn, ob er weiß, ob Bailey Sandy erwischt hat oder nicht.

»Ich glaube nicht«, meint er. »Ich denke, er ist verduftet. Was will er eigentlich, dieser Direktor? Was denkt er sich dabei? Einer Prügelei auf dem Schulhof muss man doch ihren Lauf lassen. Kein Wunder, dass im Klassenzimmer heute so viel gestört wird. Viel zu viel aufgestaute Aggression. Wenn das meine Schule wäre ...«

Er quasselt weiter, während ich mit einer Hand ein Taschentuch herausfische und mit der anderen mein Handy. Ich schaffe es, es mir vors Gesicht zu halten, und schicke Sandy eine SMS.

»Hat dich Bailey erwischt?«, schreibe ich.

Wenn ja, dann hilft es nicht viel, dass mich Onkel Ray dort rausgeholt hat, bevor Bailey kam. Wenn er Sandy erwischt hat, dann bin ich in derselben Lage wie Chris Yates, und meine lange, glanzvolle akademische Laufbahn ist wahrscheinlich vorzeitig zu Ende.

»Seit zehn Jahren hole ich meinen Jungen von der Schule ab«, fährt Onkel Ray fort. »Und seit zehn Jahren tut er mir nie den Gefallen, sich zu prügeln, während

ich ankomme. Ganz im Gegensatz zu dir, Jack! Zwei
Tage! Es bricht mir das Herz, dass ich dich dort rausho-
len musste. Worum ging's eigentlich bei eurem Kampf –
ein Mädchen?«

»Wahrscheinlich«, antworte ich. »Ich weiß es nicht so
genau.«

Er scheint begeistert. »Ein Kampf nur aus Spaß am
Kämpfen!«, sagt er. »Genauso muss es sein. Wer braucht
schon einen Grund, Jack? Habe ich nicht recht?«

Ich möchte ihm sagen, dass er wahrscheinlich nicht
recht hat, aber das ist mir den Aufwand nicht wert, und
ich grunze nur unbestimmt. Bei einem hatte er allerdings recht – mit Kampfverletzungen und ihrer Behand-
lung kennt er sich wirklich aus. Nach wenigen Minuten
hört meine Nase auf zu bluten und ich lasse meinen Kopf
langsam nach vorne sinken. Das Taschentuch halte ich
weiter darunter und warte darauf, dass es wieder losgeht, aber das tut es nicht. Ich klappe die Sonnenblende
mit dem Spiegel herunter. Mein Gesicht sieht nicht so
schlimm aus wie erwartet – um Klassen besser als das
von Onkel Ray. Ich habe kein blaues Auge und das Kinn
ist nicht angeschwollen. Vielleicht kommt das alles erst
später, aber im Augenblick sieht es ganz okay aus. Ich
wische mir mit dem Taschentuch das eingetrocknete
Blut von den Nasenlöchern und klappe die Sonnenblende wieder nach oben, während Onkel Ray in seiner
Tirade über seinen zimperlichen Sohn fortfährt.

»Wo *steckt* Harry überhaupt?«, frage ich, und Onkel
Ray sagt, dass er zu Fuß nach Hause geht.

»Das macht er immer, wenn wir Zoff hatten«, erklärt er. »Er trägt solche Sachen ewig mit sich herum. Kann einfach keinen Spaß vertragen.«

In diesem Augenblick erinnere ich mich wieder daran, dass mein großartiger Plan in Trümmern liegt. Beim Kampf war das alles für eine kleine Weile wie weggeblasen, aber der Gedanke an Harry und das Elend, in dem ich ihn zurücklasse, bringt alles schlagartig zurück. Jetzt muss ich mich nicht nur mit all dem Unglück befassen, sondern auch noch mit meinem schmerzenden Gesicht. Außerdem bin ich mir ziemlich sicher, dass Sandys nicht eintreffende Antwort nur bedeuten kann, dass er jetzt in diesem Moment bei Bailey im Büro sitzt und meinen Schulausschluss vorantreibt. Ich starre nach vorn auf die Straße und bin schon wieder in der Laune, in Tränen auszubrechen.

»Ich werde dir sagen, was wir jetzt tun«, sagt Onkel Ray. »Wir gehen jetzt zusammen ins Pub. Dort genehmigen wir uns ein paar Bierchen und haben's lustig. So etwas muss einfach gefeiert werden. Du bist jetzt ein Mann. Kein Wirt im ganzen Land kann dir heute Nachmittag den Eintritt in sein Lokal verweigern. Wir gehen am besten zu Billy's.«

Zum Glück ist er dann für eine Weile still. Ich weiß nicht, ob ich das noch lange ertragen hätte. Unglücklicherweise dauert die Stille nicht lange. Fast sofort lässt er irgendwelche Opernmusik laufen und trällert mit. Immer wieder nimmt er dabei beide Hände vom Steuer, um dem, was er da zu singen glaubt, gebührenden Ausdruck zu verleihen. Ich denke verzweifelt nach, wie ich das mit dem Pub verhindern kann, aber wir sind schon jetzt in einem anderen Stadtteil, weit entfernt von zu Hause. Als er an einer Ampel anhält, überlege ich, ob ich einfach die Tür aufreißen und weglaufen soll. Nachher könnte ich ihm ja erzählen, ich hätte beim Kampf ein Schädel-Hirn-Trauma erlitten und vorübergehend den Verstand verloren. Vielleicht ist er auch so in seine Oper vertieft, dass ihm gar nicht auffällt, wenn ich nicht mehr da bin.

Ich sehe mich auf der Straße um und frage mich, wo ich überhaupt hinrennen würde, mich am besten verstecken könnte. Und dann sehe ich Cyrus dort draußen. Er läuft mit seinem Dad den Gehweg entlang, sieht mich im Taxi sitzen und zeigt mir den Finger. Ich versuche, ihn freundlich anzusehen, und winke, denn ich möchte ihn lieber auf meiner Seite haben, damit er niemandem von der Idee mit der Leiter erzählt. Er sieht mich immer noch an und scheint zu überlegen, ob er meine Freundschaftsgeste erwidern soll oder nicht. Er entscheidet sich dafür, mir noch einmal den Finger zu zeigen.

Und dann bricht plötzlich die Hölle aus. Onkel Ray hupt wie ein verrückter und ich fliege vor Schreck fast aus dem Autositz. Zuerst glaube ich, es hat etwas damit zu tun, dass mir Cyrus den Finger zeigt, aber das stimmt nicht. Er hupt wegen Cyrus' Dad und winkt ihm zu wie ein Verrückter, während Cyrus' Dad etwas gezwungen lächelt und versucht, seiner Wege zu gehen. Da hat er aber nicht mit Onkel Ray gerechnet. Der kurbelt sein Fenster herunter und reckt seine obere Körperhälfte nach draußen.

»Hallo, Mann!«, ruft er. »Wie läuft's denn so?«

Die Ampel springt auf Grün und die Autos hinter uns fangen an zu hupen. Ich zerre Onkel Ray wieder ins Auto und er grinst wie ein Honigkuchenpferd.

»Das ist der Typ, von dem ich dir erzählt habe«, brüllt er lauter als die Stereoanlage, die immer noch Opern schmettert. »Der verrückte Bastard, von dem ich dir neulich erzählt habe.«

»Der mit dem Hut aus Alufolie?«, frage ich.

Onkel Ray schüttelt den Kopf. »Nicht der«, sagt er. »Der andere. Der, von dem ich dir neulich erzählt habe.«

Er fährt an und kurbelt das Fenster wieder hoch. Er hat mir die letzten Tage von so vielen verrückten Passagieren in seinem Taxi erzählt, dass ich keine Ahnung habe, wen er jetzt meint.

»Der, der alte Schuhe sammelt und Blumentöpfe daraus macht?«, frage ich, und er schüttelt wieder den Kopf. »Oder der, der bei Gewitter zum Angeln gegangen ist?«

»Der auch nicht«, sagt er unwirsch. »Der andere. Von dem ich dir neulich erzählt habe. Weißt du noch? Der total Übergeschnappte?«

Und dann erzählt er mir, welchen er meint, und dann … ist die ganze Welt mit einem Mal anders.

28

»**Anhalten!**«, **rufe ich.** »**Halt** den Wagen an, Onkel Ray!«

Er sieht mich an, als hätte ich den Verstand verloren, und fragt mich, was los ist.

»Fahr sofort rechts ran«, sage ich. »Sonst sind wir zu weit weg. Halt einfach an, ganz egal wo.«

Es hat auch Vorteile, wenn man „der Hammer" ist. Onkel Ray sieht mich ganz komisch an, bremst aber und hält an. Dann drehte er sich zu mir um, als würde er eine Erklärung erwarten. Er ist offenbar gar nicht sauer oder so, nur neugierig, aber ich habe schon die Tür aufgestoßen und fummle am Gurtschloss herum, um mich abzuschnallen.

»Komm mit«, sage ich ihm. »Ich erklär's dir unterwegs.«

Ich laufe sofort los, und es dauert einige Sekunden, bis ich höre, dass auch Onkel Ray hinter mir die Wagentür zuschlägt. Ich gehe etwas langsamer, bis er mich eingeholt hat, aber dann kommt er schnaufend heran, und ich gebe wieder Gas.

»Du erinnerst dich an meinen Plan?«, sage ich. »Dass ich dafür sorgen will, dass mein Freund zum Schulball darf?«

Onkel Ray nickt, aber er ist schon so außer Atem, dass er nicht antworten kann.

»Das ist der, den wir gerade gesehen haben«, erkläre ich. »Und der Verrückte aus deinem Taxi ist sein Dad.«

Im Laufen schildere ich ihm den ganzen Plan und er ist völlig aus dem Häuschen. Als er alles begriffen hat, gehe ich wieder auf Höchstgeschwindigkeit, und er fällt wieder zurück.

»Was für ein Leben, Jackdaw«, ruft er, stampft über den Gehweg und keucht so laut, dass ich es noch von weiter vorn deutlich hören kann. »Was für ein Leben. Was für ein Tag. *Was* für ein Tag!«

Als ich dort ankomme, wo Cyrus und sein Dad zuvor gewesen sind, kann ich sie nirgends mehr sehen. Ich spähe in beiden Richtungen die Straße entlang und sehe dann nacheinander in die Schaufenster, ob sie in einem der Geschäfte sind. Aber sie sind verschwunden. Ich sehe, wie Onkel Ray heranschnauft. Sein Gesicht ist dunkelrot und sein Haar nass geschwitzt. Dann entdecke ich sie, auf der anderen Straßenseite. Ich zeige Onkel Ray, wo sie sind, und schlängele mich durch den Verkehr über die Straße, ohne die beiden aus den Augen zu lassen.

»Cyrus!«, rufe ich. »Cyrus! Warte einen Moment! Bleib stehen!«

Sie gehen zu einem geparkten Wagen, Cyrus legt die Hand an den Türgriff und will einsteigen. Ich winke ihm noch einmal ganz besonders freundlich zu, falls er glaubt, dies hätte irgendetwas damit zu tun, dass er mir den Finger gezeigt hat, und ich wünschte, ich könnte die Zeit zurückdrehen und ihm in der Schulmensa nicht diesen erfundenen Spruch an den Kopf werfen, dass ihn alle hassen. Er bleibt stehen, sieht mich an und ich winke noch einmal freundlich. Er winkt nicht zurück, zeigt mir aber auch nicht den Finger, und ich deute das als gutes Zeichen. Dann komme ich bei ihm an. Sein Dad steht auf derselben Seite des Wagens und richtet sich gerade wieder auf, nachdem er etwas auf die Rückbank geworfen hat. Ich klappe nach vorn und stütze mich ein paar Sekunden lang auf die Knie, bis ich wieder zu Atem komme.

»Was ist?«, schnauzt Cyrus ärgerlich. Sein Ton wäre wahrscheinlich schärfer ausgefallen, wenn sein Vater nicht danebengestanden hätte. »Wir haben's eilig. Was willst du, Jack?«

Ich richte mich wieder auf und lege Cyrus eine Hand auf die Schulter, um nicht umzufallen. Sein Dad blickt mich neugierig an und Cyrus versucht, meine Hand wegzuwischen.

»Nenn mich Jackdaw«, keuche ich. »Du weißt doch, du sollst mich Jackdaw nennen.«

»Was willst du?«, fragt er noch einmal und versucht

auch noch mal, meine Hand loszuwerden, aber ich lasse nicht locker.

»Ich habe die Sache geknackt«, sage ich ihm. »Alles wird gut werden. Du wirst zum Schulball gehen, Cyrus. Ich kriege es doch noch hin.«

Er runzelt die Stirn, blickt dann von mir zu seinem Dad, als würde der etwas darüber wissen.

»Leider nein«, sagt sein Dad. »Cyrus hat zwei Monate Hausarrest. Er wird nicht zum Schulball kommen können.«

Ich grinse Cyrus breit an und sehe über die Straße. Onkel Ray macht sich gerade daran, zu uns herüberzukommen, und hält mit erhobener Hand den Verkehr an. Er sieht irrer aus als alles, was ich je gesehen habe mit seinem großen, feuerroten Gesicht, dem blauen Auge, dem geschwollenen Kinn mit der Platzwunde und dem vor Schweiß triefenden Haar. Aber er strahlt, als hätte er im Leben noch nicht so viel Spaß gehabt, schmettert unversehens ein paar Opernphrasen und streckt dabei die Arme nach vorne wie ein Verrückter.

»Das ist mein Onkel Ray«, sage ich zu Cyrus' Dad. »Er möchte mit Ihnen über die Sache mit Cyrus sprechen.«

Cyrus' Dad sieht mit einem Mal aus, als wäre das Dach eingestürzt, und es ist klar, dass sein Leben in diesem Moment eine unangenehme Wendung genommen hat. Ich ziehe Cyrus zur Seite, denn jetzt ist Onkel Ray an der Reihe.

»Siehst du Onkel Rays blaues Auge?«, raune ich Cyrus zu, während die Erwachsenen beim Wagen zusammentreffen.

»Kaum zu übersehen«, flüstert Cyrus. Onkel Ray scheint seinen Blick magisch anzuziehen; Cyrus kann einfach nicht wegsehen.

Ich genieße den Augenblick eine Weile, bis ich die Bombe platzen lasse.

»Das war dein Dad«, sage ich. »Das Schmuckstück hat er ihm höchstpersönlich verpasst.«

Damit ist der Bann gebrochen. Jetzt hat Cyrus nur noch Augen für mich und er scheint regelrecht wütend.

»Unmöglich«, sagt er. »Mein Dad ist doch Pazifist.«

Ich schüttele den Kopf. »Der Pazifist ist deine Mum«, erkläre ich ihm. »Dein Dad ist ein Raufbold. Und deshalb wirst du zum Schulball gehen.«

Cyrus sieht jetzt eher verwirrt als wütend aus. Er sieht seinen Dad und Onkel Ray mit einem Ausdruck an, wie ich ihn, glaube ich, manchmal in Französisch habe, wenn mich Mrs Cuthill aufruft. Sein Dad und Onkel Ray plaudern miteinander, Onkel Ray großspurig und aufgeräumt, Cyrus' Dad wie eingesunken und vernichtet. Cyrus kann gar nicht begreifen, was sich abspielt.

»Dein Dad ist neulich in Onkel Rays Taxi gefahren«, erzähle ich ihm. »Und dann haben sie sich gestritten, weil Onkel Ray Opern gesungen hat, und dein Dad hat vorgeschlagen, auszusteigen und das auf der Straße zu klären. Dein Dad hat ihm das blaue Auge verpasst und auch die Platzwunde am Kinn. Und jetzt erklärt Onkel Ray gerade deinem Dad, wenn er nicht dafür sorgt, dass du zum Schulball kannst, dann kommt er vorbei und erzählt deiner Mum von der Schlägerei. Was würde sie wohl dazu sagen?«

Cyrus' Augen fangen an zu leuchten. Er nickt, zuerst langsam und dann immer schneller. »Sie würde die Wände hochgehen«, sagt er. »Das würde sie ihm nie verzeihen.«

»Und Onkel Ray brauchen wir nicht einmal dazu«, erkläre ich. »Du kannst es deiner Mum auch selbst erzählen, falls das nötig ist. Onkel Ray gibt dem Ganzen ja nur ein bisschen zusätzliche Bedeutsamkeit.«

Er packt mich an der Hand und schüttelt sie, und dann fängt er an, ganz seltsam herumzuhüpfen. »Ich darf zum Schulball«, kichert er. »Unglaublich. Mit Amy. Ich kann es gar nicht fassen. Du bist wirklich einmalig, Jackdaw.« Er will meine Hand gar nicht mehr loslassen.

»Dann sind wir wieder im Geschäft?«, frage ich ihn. »Wirst du Harrys Version bestätigen? Kann er zu Bailey gehen?«

»Klar«, sagt Cyrus. »Ich kann mit ihm zusammen hingehen. Ich tue, was immer du willst.«

Ich gehe etwas näher und senke die Stimme. »Erzähle bloß niemandem von dieser Idee mit der Leiter«, sage ich. »Behalte das für dich. Ich habe einen Ruf zu verteidigen.«

»Verstanden«, sagt er, und ich rate ihm, Onkel Ray lieber nichts von der Sache mit Bailey zu verraten.

»Er ist Harrys Dad«, erkläre ich, »und ihn müssen wir dazu kriegen, dass Harry an die Universität darf.«

Kein Sterbenswörtchen wird über seine Lippen kommen, versichert er, und dann zieht er sein Handy heraus und löscht demonstrativ die Aufnahme von mir in der Schule, als wir das erste Mal miteinander gesprochen hatten.

»Das ist jetzt nicht mehr nötig«, sagt er, und ich bedanke mich. Und dann beobachten wir noch eine Weile die beiden Gelackmeierten, bis sie sich seltsam ungestüm umarmen, vor allem auf Betreiben von Onkel Ray, wie es aussieht. Cyrus' Dad windet sich unbehaglich und versucht, wieder freizukommen, und als Onkel Ray ihn endlich loslässt, drückt er ihm noch einen dicken Schmatz auf die Wange und gibt ihm einen Klaps auf den Hintern.

»Alles geklärt, Junge«, ruft er Cyrus zu. Cyrus reckt den Daumen hoch und läuft zu seinem Dad und Onkel Ray.

Ich sehe, wie Onkel Ray ihm das Haar zerzaust, was Cyrus entsetzt und beglückt zugleich über sich ergehen lässt. Und mir bleibt jetzt nichts anderes übrig, als in den sauren Apfel zu beißen und nachzusehen, ob Sandy auf meine SMS geantwortet hat.

Das hat er.

Es dauert ewig, bis ich meinen Mut zusammengenommen habe und seine Nachricht öffne. Mehrere Erdzeitalter scheinen zu verstreichen, während ich auf das kleine Symbol starre und sogar zu atmen vergesse.

Dann klicke ich es doch an. Er hat mir nur ein Wort geschickt. Es dauert Sekunden, bis mir klar wird, dass es das einzige Wort ist, das zählt.

»Nein.«

Wie eine Welle läuft die Erleichterung durch meinen Körper und der Sauerstoff strömt wieder in den Adern. Und dann höre ich, dass Onkel Ray mit mir redet. Ich habe keine Ahnung, warum er plötzlich neben mir steht, ohne dass ich das bemerkt habe.

»Ich weiß gar nicht, wann ich zuletzt solchen Spaß gehabt habe«, sagt er. »Und welch eine Ehre, ein Teil von einem deiner Pläne zu sein, Jack. Du bist schon etwas ganz Besonderes. Einfach einmalig.«

Er legt mir den Arm um die Schulter, und wir sehen zu, wie Cyrus und sein Dad davonfahren. Cyrus winkt uns noch einmal überschwänglich zu, aber sein Dad sieht untröstlich aus.

»Armer Kerl«, sage ich und zeige Cyrus den Finger, nur zum Spaß.

»Und was ist jetzt mit dieser Feier?«, fragt Onkel Ray. »Nächster Halt bei Billy's Pub?«

Und das Komische ist, ich sage nicht einmal Nein.

29

Und so sind alle meine Dominosteine gefallen, einer nach dem anderen, bis es wieder um die Operation Nackter Drew ging. Cyrus hat wie versprochen Harry unterstützt, als der zu Bailey gegangen ist. Bailey hat ihm alles abgekauft, und Yatesy ist ungeschoren davongekommen, sodass ihm nichts anderes übrig geblieben ist, als sein Versprechen einzuhalten – nicht dass es so ausgesehen hätte, als würde er einen Rückzieher machen. Das Ganze schien ihm sogar irgendwie Spaß zu machen und wir haben alles für das Wochenende geplant. Yatesy hat seinen Teil mit Drew ausgemacht und ich die Einzelheiten mit Elsie vereinbart – online, damit ich von ihrem Wahnsinn verschont bleibe. Und dann konnte ich nur noch abwarten.

Während der nächsten Tage bin ich in der Schule nur herumgewandert und habe mich vom Hochgefühl tragen lassen. Cyrus konnte sich gar nicht mehr beruhigen, Harry gab mir das iPad zurück und sagte, ich könnte damit tun, was ich will, und irgendwann kam sogar Drew zu mir und bedankte sich für die Idee.

»Welche Idee?«, fragte ich ihn.

»Die Idee, ein Bild malen zu lassen«, antwortete er. »Für meine Freundin.«

Zuerst bekam ich fast einen Schlaganfall und fragte mich, wie er wissen konnte, dass das meine Idee gewesen war. Ich befürchtete schon, dass alles irgendwie schiefgegangen war. Es stellte sich dann aber heraus, dass er Zweifel bekommen hatte, Modell zu sitzen, und da hatte ihm Yatesy erzählt, dass die Idee von mir stammte.

»Keiner lässt sich einen Plan durch die Lappen gehen, wenn du dahintersteckst, Jackdaw«, sagte Yatesy. »Als ich ihm sagte, dass du dahintersteckst, waren alle seine Zweifel verflogen.«

So ist das Leben.

»Am Samstag ist es so weit«, sagte Drew zu mir. »Drück mir die Daumen, Jackdaw.«

»Das brauchst du gar nicht«, antwortete ich. »Sieh nur zu, dass du gut aussiehst. Putz dich heraus, als ob es kein Morgen gibt, und schau, dass dein Haar in Topform ist.«

Zu alldem habe ich auch noch hingekriegt, dass sich Sandy und ich wieder vertragen. Wir saßen zunächst etwas widerwillig zusammen und haben unsere Versionen der Prügelei abgeglichen, falls doch noch etwas zu Bailey durchsickern sollte, und es dauerte gar nicht lange, da war es schon wieder lustig, und wir lachten uns schief. Ich glaube, Onkel Ray hat recht. Ich glaube, dass wir seit der Keilerei sogar noch besser miteinander auskommen. Ein bisschen wie Mum und Dad nach dem Wahnsinn für besondere Gelegenheiten. Ohne das Küssen.

Apropos: Es ist vorbei! Nach einer weiteren Nacht des Irrsinns bei Onkel Ray kommt die SMS, während ich gerade in Erdkunde sitze: »Du kannst jetzt heimkommen, Jack. Mum.«

Der Wahnsinn für besondere Gelegenheiten hat wieder einmal seinen Lauf genommen! An diesem Nachmittag komme ich nach der Schule sofort nach Hause und bin doch einigermaßen nervös, als ich die Haustür aufschließe. Irgendwie steckt mir der durchgeknallte Traum immer noch in den Gliedern, und ich erwarte fast, dass das Haus verlassen ist, völlig leer und alles kaputt. Aber es sieht alles ganz normal aus. Die Holzleiste über der Wohnzimmertür hat einen Riss, den sie vorher nicht hatte, aber das ist es eigentlich schon. Alle Wände sind intakt, und das Dach ist immer noch dort, wo es hingehört. Nur Mum ist zu Hause. Sie kommt aus dem Wohnzimmer, als ich meine Jacke aufhänge, und dann steht sie eine Weile lang nur da und sieht mich an. Sie wirkt irgendwie unglücklich und ist ganz still.

»Hast du abgenommen?«, fragt sie mich schließlich. »Du siehst irgendwie dünner aus.«

»Keine Ahnung«, antworte ich, und sie sieht mich noch mal eine ganze Weile an.

»Onkel Ray hat vorher deinen Koffer vorbeigebracht«, sagt sie. »Wir werden ungefähr in einer Stunde zu Abend essen.«

Eigentlich möchte ich ihr gern ein paar Sachen erzählen und sie das eine oder andere fragen, aber sie kommt mir irgendwie seltsam vor, und ich gehe lieber nach oben und packe meinen Koffer aus. Ich muss lächeln, als ich in mein Kinderzimmer komme. Ich hatte tatsächlich damit gerechnet, ich würde es nie wieder sehen, und ich lege mich auf mein Kinderbett und lausche, wie Onkel Ray hier keine Türen schlägt und keine Fernseher oder Radios so laut wie möglich aufdreht. Hier ist es sehr still. Und ich genieße es auch, dass Harry hier nicht die ganze Zeit an seinem Schachspiel sitzt.

Beim Auspacken überlege ich eine Zeit lang, was ich mit dem Beutel voller Golfbälle anfangen soll. Ich könnte hinuntergehen und Mum fragen, warum sie sie mir eingepackt hat, aber ich lasse es bleiben, lege sie in den leeren Koffer und ziehe die Reißverschlüsse wieder zu. Dann lege ich mich wieder aufs Bett und horche auf die leisen Küchengeräusche und auf das Nicht-Brüllen oder Opern-Singen.

Beim Abendessen ist Dad immer noch nicht da. Es sind nur Mum und ich. Auf dem Tisch liegen keine winzigen Zigaretten, und da ist kein Teller, ja nicht einmal ein Platzdeckchen, um an Dads Platz einen draufzustellen. Es ist aber schön, etwas zu essen, das ich erkennen kann. Bei den Gerichten in der Schule und zu

Hause bei Onkel Ray hatte ich schon vergessen, dass man manchmal tatsächlich weiß, was man zu essen bekommt.

»Wo ist Dad?«, frage ich nach einer Weile, und Mum fängt an, etwas über ihn zu murmeln, aber mehr so für sich. Zuerst sieht es so aus, als würde sie nicht antworten, aber dann zieht sie einen Zettel aus der Tasche und legt ihn neben meinem Teller auf den Tisch. Er ist in der Mitte gefaltet, und auf dem Teil, den ich sehe, ist ihr Name geschrieben, und sie wedelt mit der Hand darüber zum Zeichen, dass dies meine Frage beantworten wird.

Eigentlich will ich ihn gar nicht lesen. Der durchgeknallte Traum kommt mir wieder in den Sinn und ich widme mich für eine Weile nur dem Essen. Irgendwann kann ich den Zettel aber nicht mehr ignorieren und ich nehme ihn mir vor.

»Unglaublich«, sagt Mum, als ich ihn auseinanderfalte und glatt streiche.

»Ray ist schuld«, steht da. »Nur seinetwegen bin ich nicht da. Ich werde einfach nicht mit ihm fertig, Mary. Er hat mich abgeschleppt, weil er feiern will, dass Harry heute zeitweisen Schulausschluss bekommen hat. Wegen einer Schlägerei. Ich versuche, rechtzeitig da zu sein, aber du weißt ja, wenn er einmal in Fahrt ist ...« Dann hat er unterschrieben, und auch Onkel Ray hat unterschrieben zum Beweis, dass es wirklich seine Schuld ist. Mir geht es gleich viel besser. Die Erleichterung schwappt wie eine Riesenwelle über mich hinweg. So wie Mum sich benommen hat, dachte ich schon, sie hätten es diesmal nicht wieder hingekriegt und Dad wäre fort. Aber Mum ist nur sauer, weil er unser Wiedervereinigungsessen verpasst, und endlich löst sich dieser verdammte Traum endgültig in Luft auf.

»Hast du gewusst, dass Harry in der Schule in eine Schlägerei verwickelt war?«, fragt Mum. »Und dass er suspendiert worden ist?«

»Ein bisschen habe ich gewusst«, sage ich und belasse es dabei.

Ihr wollt bestimmt auch nicht allzu viel darüber wissen. Ist ja auch mein eigener feuchter Kehricht. Aber bestimmt wollt ihr etwas hören über die Operation Nackter Drew. Also, dann erzähle ich das mal.

30

Alles fängt wunderbar an.

Eine Stunde bevor Drew kommen soll, bin ich bei Yatesy, und wir besprechen unseren Plan.

»Ich dachte, wir stellen Drew etwa hier hin«, sagt Yatesy und zieht einen Holzstuhl in die Zimmermitte, mit dem Blick zum Fenster. »So fällt jede Menge Tageslicht auf ihn. Dann bekomme ich die Hauttöne besser hin. Ich stehe seitlich, sodass ich keinen Schatten werfe. Dann sollten sich mit den Schattierungen im Tageslicht schöne Kontraste ergeben.«

Mir fällt auf, dass sich Yatesy nicht so recht auf den wahren Grund unseres Vorhabens konzentriert, aber ich lasse ihn erst einmal machen.

»Hilf mir mal mit der Staffelei«, sagt er, und wir zerren das schwere Gestell gemeinsam dicht an die Wand. Dann soll ich mich an Drews Stelle auf den Stuhl setzen.

»Dreh dich ein bisschen mehr ins Licht«, sagt er. »Das Bein ein bisschen zurück.«

Er kommt zu mir und rückt den Stuhl zurecht und dann müssen wir die Staffelei noch ein paar Zentimeter von der Wand abrücken. Schließlich ist er zufrieden.

Dann richten wir das Versteck für Elsie her. Yatesy hat in seinem Zimmer zwei Holzgestelle zum Trocknen von Wäsche. Jedes sieht aus wie drei verbundene Leitern, und wir stellen sie so auf, dass zwischen ihnen Raum frei bleibt. Dann hängen wir jede Menge T-Shirts, Hosen, Socken und dazu einige große Seidendecken an die Sprossen, bis man nicht mehr hineinsehen kann. Dann breiten wir noch ein großes Laken wie ein Dach darüber, dass man auch nicht mehr von oben hineinblicken kann.

»Und, was findest du?«, fragt er. »Sieht es unauffällig aus?«

»Eher nicht«, sage ich, zupfe ein bisschen an den Klamotten und dem Laken herum, bis es so aussieht, als wären die Sachen tatsächlich zum Trocknen aufgehängt. »Und jetzt?«

»Ich finde es gut«, antwortet Yatesy, zieht die beiden Wände auseinander, schlüpft hinein und verschließt den Eingang wieder. »Kannst du mich sehen?«, fragt er, und ich begutachte die Sache von allen Seiten.

»Ich finde es okay«, sage ich. »Von dir ist nichts zu sehen.«

»Jetzt setze dich auf den Stuhl«, sagt er. »Ich richte es so ein, dass ich dich sehen kann.«

Ich gehorche und sehe, wie sich die Socken an einer Sprosse ein bisschen bewegen. Wenn ich genau hinschaue, kann ich Yatesys Augen sehen, seine halbe Nase und einen Teil seiner Wange.

»Wie ist es?«, fragt er.

»Ich kann dich sehen«, berichte ich, und wieder bewegen sich die Socken.

»Und jetzt?«, fragt er. »So besser?«

»So ist es gut«, sage ich. »Ich kann nichts mehr sehen. Aber siehst du mich?«

»Bestens«, sagt er und bittet mich, ihm die Holzkiste, die neben dem Sessel steht, hereinzureichen.

»Darauf sitzt man bequemer«, sagt er. »Bring mir auch noch ein Kissen.« Als er es hat, fragt er mich, ob wir für Elsie auch noch etwas zu essen hineinstellen sollten, falls sie Hunger bekommt.

»*So* lange wird sie ja nicht da drin sein«, sage ich ihm. »Wir geben ihr nur so viel Zeit, dass sie einen ordentlichen Blick auf Drew werfen kann. Dann könntest du ihm eine Pause vorschlagen, und wenn er weg ist, schmeißen wir sie raus.«

Er klettert aus dem Wäschetrockner-Zelt heraus und rappelt sich hoch. »Ich denke nur schon einmal für den Fall voraus, dass die Sache richtig ins Laufen kommt«, sagt er. »Wenn ich mal richtig in Schwung bin, kann das Stunden dauern. Die Zeit vergesse ich völlig, wenn ich im Flow bin.«

Bohemiens.

»Sie kann da nicht stundenlang drinbleiben«, sage

ich. »Und Drew kann auch nicht stundenlang Modell sitzen – er braucht auch mal eine Pause.«

»Nur um sich zu dehnen, ab und zu«, erwidert Yatesy. »Und immer nur für ein, zwei Minuten.«

»Dann musst du während einer solchen Pause Elsie hinausschaffen«, sage ich ihm. »Gleich bei der ersten. Lass Drew etwas unten aus der Küche holen, oder sag ihm, er soll aufs Klo gehen. Irgendwas. Je länger Elsie da drin ist, desto eher geht es schief.«

Er sieht nicht glücklich aus, willigt aber ein. Er murmelt noch etwas über seinen Flow und einen zu langen Wechsel von der linken in die rechte Gehirnhälfte, aber ich rede so lange auf ihn ein, bis er wirklich versteht, was wir hier tun, und irgendwann scheine ich auch zu ihm durchzudringen.

Eine halbe Stunde später kommt Elsie, wie geplant. Bei ihrem Outfit hat sie sich für den Anlass mächtig ins Zeug gelegt, obwohl sie gar nicht zu sehen sein wird. Sie trägt einen grünen Filzhut mit einem angesteckten roten Edelstein an der Seite und dazu etwas mit enorm weiten Ärmeln und einer lilafarbenen Weste darüber. Zusammen mit den riesigen Stiefeln macht das Ganze einen Eindruck, der mich reizt, ihr mit einem Filzstift einen kleinen schwarzen Schnurrbart auf die Oberlippe zu malen.

»Sieh mir nicht in die Augen, Jack«, sagt sie zu mir. »Das würde dich nur noch mehr verletzen.«

Ich weiß nicht einmal, ob ich ihr überhaupt in die Augen gesehen hatte, aber ich konzentriere mich jetzt noch mehr auf ihre Oberlippe und stelle mir dort den kleinen Schnurrbart vor.

»Besser, du schaust mich überhaupt nicht an«, rät sie. »Sei ein bisschen gnädig zu dir selbst.«

Dann wendet sie sich an Yatesy.

»Jack ist leidenschaftlich in mich verliebt«, erklärt sie.

»Das habe ich gehört«, antwortet Yatesy, und ich glaube, er zwinkert mir dabei zu.

»Woher hast du das gehört?«, frage ich ihn gereizt. »Von Sandy Hammil?«

»Das weiß doch jeder«, sagt er.

»Du siehst mich schon wieder an, Jack«, sagt Elsie. »Quäle dich doch nicht so.«

Ich versuche, dem Wahnsinn ein Ende zu machen, und zeige ihr das Zelt, das wir für sie eingerichtet haben. Ich deute auf den kleinen Sitz, und sie kriecht hinein, um es auszuprobieren. Offenbar gefällt es ihr.

»Kannst du auch gut sehen?«, fragt Yatesy, und sie antwortet, dass sie ausgezeichnete Sicht hat. »Soll ich noch Wasser für dich hineinstellen?«, fragt er. »Nicht damit du noch dehydrierst?«

Sie streckt den Kopf heraus und rückt ihren Hut zurecht. Ich ertappe mich dabei, dass ich sie schon wieder ansehe, und senke meinen Blick rasch auf den Teppich, um mein Leben nicht unnötig zu erschweren.

»Nicht nötig«, antwortet sie. »Drews Anblick wird mir alles an Nahrung spenden, was ich brauche.«

»Verstanden«, sagt Yatesy.

Der Umgang mit Geistesgestörten kann sehr an einem zehren, und deshalb tue ich mein Bestes, die Sache voranzubringen. Ich bringe Elsie in Position und schließe das Zelt. Damit ist mein Teil der Arbeit erledigt, und ich bin bereit, mich aus dem Staub zu machen.

»Und denk an die Pausen«, sage ich Yatesy. »Vergiss deine linke Gehirnhälfte, bis Elsie gegangen ist.«

Er nickt und ich nehme meine Jacke. Dummerweise klopft es genau in diesem Moment an die Tür, und es stellt sich heraus, dass Drew schon etwas früher gekommen ist.

Ich versuche, gleich zu verschwinden, aber er scheint sehr erfreut, dass ich hier bin.

»Ich bin gerade am Gehen«, erkläre ich. »Kümmere dich gar nicht um mich.«

Aber davon will er nichts wissen. »Bleib noch ein bisschen, Jackdaw«, meint er. »Ich brauche deinen Rat. Wir müssen doch sehen, dass alles genau hinhaut.«

Er scheint ziemlich nervös zu sein, und ich willige ein, noch ein paar Minuten zu bleiben. »Aber nur so lange, dass ich dich nicht nackt zu sehen brauche«, sage ich im Scherz, und er kichert betreten.

»Ich habe mich herausgeputzt«, sagt er. »Genau wie du mir geraten hast. Findest du, dass ich gut aussehe?«

Ich mustere ihn kurz, und es ist klar, dass er gepflegter aussieht, als ich ihn je gesehen habe.

»Ziemlich scharf«, sage ich ihm.

Er geht zu einem Bild, das Yatesy nicht weit von dem Zelt, in dem Elsie sitzt, an der Wand aufgehängt hat.

Ich werde selbst ziemlich nervös und bilde mir ein, dass ich Elsie dort atmen höre und auch das Knarren der Kiste, wenn sie sich bewegt. Ich fürchte schon, dass auch Drew es hört und die ganze Geschichte vor unseren Augen in Rauch aufgeht. Aber Drew bekommt überhaupt nichts mit, starrt nur das Bild an und dreht sich wieder zu mir um.

»Findest du, ich sollte in etwa so aussehen?«, fragt er, und ich nicke.

»So wäre es ideal«, antworte ich, und er geht herum und sieht sich die anderen Bilder im Zimmer an.

»So, jetzt solltest du mal so langsam auf dem heißen Stuhl Platz nehmen«, sagt Yatesy schließlich. »Wir probieren mal ein paar Posen aus und sehen, was Jackdaw dazu meint, aber dann müssen wir ihn gehen lassen. Er ist ein viel beschäftigter Mann.«

Drew nickt nervös und kommt zum Stuhl herüber.

»Sollten wir nicht näher ans Fenster?«, fragt er mich. »Ist das hier der beste Platz?«

»Hier ist der beste Platz«, erkläre ich. »Hier ist genügend Tageslicht. Dann bringt Chris die Hauttöne besser zur Geltung und es finden sich natürliche Kontraste.«

Bei den Hauttönen muss er ein bisschen schlucken, geht aber um den Stuhl herum und setzt sich. Er schlägt die Beine übereinander und zappelt ein bisschen herum, als es plötzlich ein fürchterliches Getöse gibt, als würden irgendwo Feuerwerkskörper losgehen. Drew bekommt beinahe einen Herzinfarkt und springt sofort vom Stuhl auf. Selbst Yatesy sieht erschrocken aus. Ich scanne das Zimmer mit einer Bildrate von ungefähr einer Million pro Sekunde und versuche herauszufinden, was passiert ist. Wie es aussieht, sind die ganzen Leiterteile mit den vermeintlich nassen Klamotten auf den Boden gekracht, und die Kiste, auf der Elsie saß, ist umgekippt. Außerdem kommt Elsie blitzend vor Wut auf uns zugestürmt, während Drew zum zweiten Mal beinahe eine Herzattacke bekommt und sich wieder auf den Stuhl plumpsen lässt. Dort sitzt er, die Augen groß wie Untertassen aufgerissen, und starrt Elsie an, die ihm ins Gesicht schreit.

»Was hast du nur *getan?*«, kreischt sie. »Warum hast du dir ein solches Gewaltverbrechen angetan?«

Drew sieht aus, als würde er gleich anfangen zu weinen, und Elsie packt sein Haar an beiden Seiten gleich unter den Ohren und fragt ihn, was er mit seinen wehenden Locken angestellt hat.

»Du warst ein fleischgewordener Engel!«, ruft sie. »Aber nun bist du nur noch ein lächerlicher Schuljunge. Ist das schrecklich! Meine Liebe ist verflogen.«

Offensichtlich glaubt Drew, dass er das gerade alles nur träumt und wahrscheinlich jeden Moment wieder aufwachen wird. Er scheint auch in eine Art Super-Schock verfallen zu sein.

»Jackdaw hat gesagt, ich soll das tun«, platzt es aus ihm trotz aller Verwirrung heraus. »Er hat gesagt, das Bild würde dann besser aussehen.«

Elsie geht auf mich los, noch bevor ich das abstreiten kann.

»*Du!*«, schreit sie mit ohrenbetäubender Lautstärke.
»Deine Eifersucht kennt wohl keine Grenzen. Du hast
alles verdorben. Wieder einmal. Sprich du *nie wieder*
mit mir und irgendwelche dummen gemeinsamen Projekte kannst du auch vergessen.«

Und dann schreit sie eine Weile sehr laut, und als sie
fertig ist, stürmt sie in Tränen aufgelöst aus dem Zimmer und knallt die Tür hinter sich zu.

Wir drei stehen da und starren uns ein paar Minuten
lang an. Keiner sagt etwas. Drew ist völlig entgeistert
und Yatesy scheint auf seltsame Weise beeindruckt.
Dann sage ich beiden, dass ich Elsie nachgehen und sie
beruhigen sollte, mache es aber doch nicht. An der
Schwelle ziehe ich die Haustür nur leise hinter mir zu,
gehe nach Hause und lasse Yatesy die Geschichte mit
Drew ausbügeln.

Und das Schlimmste ist, dass alles so schön angefangen hatte.

31 ～ะ

Da bin ich nun, der Montagvormittag ist zur Hälfte geschafft, und ich sitze mit Sandy Hammil auf den Stufen vor dem Altbau und erzähle ihm alles, was am Wochenende bei Yatesy zu Hause passiert ist. Sandy biegt sich vor Lachen und verschluckt sich an seiner Wasserflasche, sodass ich mich ernsthaft frage, ob jemand, der dein Leid auf solche Weise genießt, überhaupt ein echter Freund sein kann, und da kommt Yatesys Schwester vorbei, bleibt direkt vor uns stehen und sieht mich an. Sie wartet, bis Sandy zu Ende gelacht hat und wieder Luft bekommt, und fragt dann: »Bist du Jackdaw?«

Ich bin mir nicht sicher, ob ich Ja oder Nein sagen soll. Ich habe das Gefühl, dass nichts Gutes dabei herauskommt, wenn ich wirklich ich selbst bin. Aber noch bevor ich mich entscheide, antwortet Sandy: »Er ist es«, und ich sehe voraus, dass sich unsere Freundschaft demnächst weiter vertiefen wird. Aber dann folgt eine Überraschung, auf die ich nicht gefasst bin.

»Danke, dass du Drew dazu gebracht hast, für das Bild Modell zu sitzen«, sagt sie. »Es ist schön.«

Es stellt sich heraus, dass Yatesy Drew einfach gesagt hat, er hätte keine Ahnung, dass sich Elsie in diesem Zelt-Dings versteckt hatte.

»Sie muss sich schon vorher hereingeschlichen haben«, log er. »Sie ist schon seit Monaten hinter dir her. Sie muss erfahren haben, dass wir dieses Bild machen wollen und es irgendwie geschafft haben, hereinzukommen. Ziemlich gruselig.«

Und Drew hat offenbar nicht einmal mit der Wimper gezuckt und ihm die Geschichte abgekauft. Und dann haben die beiden beim Malen zusammen einen netten Nachmittag verbracht.

»Mit dem Bild hast du Drew wirklich geholfen, endlich mal ein bisschen aus sich herauszugehen«, sagt mir Yatesys Schwester. »Er war, was seinen Körper angeht, ziemlich schüchtern und ist jetzt viel selbstbewusster, wo er weiß, wie sehr mir das Bild von ihm gefällt. Gestern Abend waren wir sogar zusammen nackt baden.«

Sandy prustet sich einen ganzen Mundvoll Wasser über die Schuhe und blickt mich an, um meine Reaktion zu sehen. Ich bin das zwanglose Verhalten der Bohemiens inzwischen aber gewohnt und verziehe nur minimal die Miene.

»Das kurze Haar steht ihm auch viel besser«, sagt

Yatesys Schwester. »Er hat schon fast wie ein Mädchen ausgesehen. Danke, Jackdaw.«

»Gern geschehen«, antworte ich, und dann ist sie wieder fort.

Sandy trocknet sich mit dem Jackenärmel die Schuhe ab; er kichert immer noch, trinkt einen Schluck aus der Flasche und behält das Wasser auch bei sich – wahrscheinlich zum ersten Mal am ganzen Morgen.

»Soll ich dir mal sagen, was du bist?«, sagt er, und ich sehe ihn misstrauisch an.

»Was bin ich?«, frage ich.

»Du bist ein Philanthrop«, erklärt er. »Bin ich gerade erst drauf gekommen.«

»Was zum Teufel ist ein Philanthrop?«, frage ich. »Dasselbe wie ein Pazifist?«

Er sieht mich an, als wäre ich ein Idiot.

»Jetzt gib hier nicht den Deppen«, sagt er. »Ein Philanthrop ist einer, der anderen Leuten Gutes tut, ohne etwas dafür haben zu wollen.«

Ich schüttele den Kopf.

»Dann bin ich keiner«, sage ich ihm. »Ich bin ein Mann der Ideen.«

Er lässt aber nicht locker. »Schau dir die Fakten an«, erwidert er. »Du hast Cyrus und Amy wieder zusammengebracht, den Streit zwischen deinem Cousin Harry und seinem Dad beigelegt, du hast Yatesy davor bewahrt, von der Schule zu fliegen und aus Drew Thornton einen überzeugten Nudisten gemacht. Du hast es sogar geschafft, Drew von Elsie Greens unerwünschter Sehnsucht zu befreien, und was hast du selbst von alldem gehabt?«

Er wartet ab und wartet wohl auf eine Antwort, aber ich sage nichts.

»Nichts«, sagt er. »Du hast gar nichts davon gehabt. Und deshalb besteht überhaupt kein Zweifel, dass du ein Philanthrop bist, Jackdaw.«

Ich beachte ihn gar nicht und bedenke lieber meine derzeitige Lage zwischen Bürojob und Schnapsfabrik, wobei die Fabrik wegen meiner dürftigen Aussichten im Abschlussprüfungsgeschäft augenblicklich meilenweit in Führung liegt.

»Wird Zeit, den Kopf in die Bücher zu stecken«, sagt Sandy, als hätte er meine Gedanken gelesen. Ich nicke trübsinnig und sehe auf den Schulhof hinaus und beobachte eine Loser-Möwe, die an einem alten, am Asphalt festgeklebten Stückchen Kaugummi herumpickt. Ich frage mich, warum sich die Möwe gerade diesen Kaugummi ausgesucht hat, und dann frage ich mich, warum sie überhaupt versucht, Kaugummi zu fressen. Was hat sie denn davon? Die Möwe scheint zum selben Schluss zu kommen, hüpft weiter zu einer Chipstüte und späht hinein. Ich sehe, wie ihr Kopf hin und her zuckt, ich betrachte dieses ausgefranste Ding an ihrem Flügel, und dann – zuerst bemerke ich es gar nicht – fangen meine Finger an zu kribbeln.

Es fängt ganz langsam an, aber das Kribbeln wird immer stärker. Dann summt es in meinem Kopf, und plötzlich begreife ich, was passiert. Posteingang.

Ich bleibe geduldig sitzen, schalte auf volle Aufmerksamkeit und dann trifft es mich wie ein Schlag. Beinahe so heftig, wie das Elsie-Zelt auf Yatesys Zimmerboden heruntergekracht ist. Es haut mich fast um. Ein echter galaktischer Geistesblitz. Das ganz große Ding. Das mein Leben *wirklich* verändern wird. Der Geistesblitz, auf den ich immer gewartet habe, und jetzt weiß ich, dass die App nur das Aufwärmprogramm war. Ein Probelauf.

Ich blicke Sandy an, und er blickt mich an, und nach einer Sekunde begreift er langsam, was passiert. Er weiß, dass ich wieder in Fahrt bin, und schüttelt langsam den Kopf.

»Nein«, sagt er. »Nein, Jackdaw. Nicht schon wieder. Du musst dich endlich am Riemen reißen. Den Kopf in die Bücher stecken.«

Ich kann ihn nur anlächeln. Ein gewaltiges Lächeln. Ein riesiges Honigkuchenpferd-Grinsen. Aber ich sage nichts. Ich muss das erst aufkeimen lassen. Ich muss es aus allen Winkeln betrachten und mir ganz sicher sein, dass es tatsächlich das Ding ist, das die Wende bringt.

Dann läutet es. Die große Pause ist vorbei, wir stehen auf und gehen über den Schulhof. Sandy sieht besorgt aus, ich dagegen hüpfe fast, und uns beiden steht eine weitere nervtötende Doppelstunde Naturkunde bei Glatzkopf-Baine bevor.

Danksagung

Meiner Agentin Joanna Swainson danke ich dafür, dass sie für Jackdaw bei Hot Key ein Zuhause gefunden hat. Naomi Colthurst bin ich dankbar für ihren großen Einsatz und ihre Begeisterung für dieses Buch. Dank gilt auch: Marion Glover, Kirsty Brown und Kathryn Glover.

Mein besonderer Dank geht an Andrew Glover.

Stuart David ist ein schottischer Musiker, Songschrei-
ber und Buchautor. Er ist Mitbegründer der Band *Belle
& Sebastian* (1996–2000) und Frontmann von *Looper*
(1998–heute). Er hat schon mehrere Romane veröffent-
licht. *Ich bin einfach zu genial* ist sein erstes Buch für
jugendliche Leser.

Jory John/Mac Barnett

MILES & NILES

Im Streichespielen sind Miles & Niles die Größten.
Schon jeder für sich war ein Meister seines Fachs – aber jetzt, wo sie sich
zusammengeschlossen haben, sind sie ein unschlagbares Trickser-Duo!
Oder zumindest dachten sie das ...

Hirnzellen im Hinterhalt	Schlimmer geht immer	Jetzt wird's wild	Einer geht noch
Band 1, 224 Seiten, ISBN 978-3-570-16367-2	Band 2, 224 Seiten, ISBN 978-3-570-16442-6	Band 3, 224 Seiten, ISBN 978-3-570-16467-9	Band 4, ca. 224 Seiten, ISBN 978-3-570-17554-5

10402_4

www.cbj-verlag.de

Joe Craig
J.C. –
Agent im Fadenkreuz

ca. 320 Seiten, ISBN 978-3-570-17393-0

Wer zum Teufel sind diese mysteriösen Black Men, die Jimmy durch die City von London jagen? Was verbergen seine Eltern vor ihm? Kann es sein, dass die Polizei mit den Verfolgern unter einer Decke steckt? Aber vor allem: Wem kann er überhaupt noch trauen?

Jimmy Coates kann es nicht fassen. Er ist zwölf Jahre alt und von heute auf morgen ein auf sich allein gestellter Superagent mit einem Geheimnis, das er nicht kennt. Noch nicht. Nur eines ist Jimmy nach einer mörderischen Verfolgungsjagd durch London, seinem halsbrecherischen Hubschrauberflug und dem Sprung aus mehreren hundert Metern Höhe in die Themse klar: Es geht hier um Leben und Tod – sein Leben ...

www.cbj-verlag.de

20248

Gary Northfield

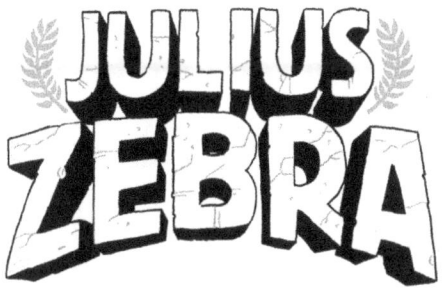

Julius Zebra erobert die Welt!

»Super witzig gezeichnet und erzählt
und nebenbei lernt man auch noch was!«
WDR KiRaKa

Raufen mit den Römern	Boxen mit den Briten	Ärger mit den Ägyptern	Gerangel mit den Griechen
Band 1, 288 Seiten, ISBN 978-3-570-16392-4	Band 2, 288 Seiten, ISBN 978-3-570-16393-1	Band 3,320 Seiten, ISBN 978-3-570-16490-7	Band 4, 320 Seiten, ISBN 978-3-570-17621-4

www.cbj-verlag.de

10411

Andreas Gruber
Code Genesis –
Sie werden dich finden

336 Seiten, ISBN 978-3-570-16535-5

Eine gnadenlose Jagd rund um den Globus

Terry West (14) ist auf den Weltmeeren aufgewachsen, an Bord des Forschungs-U-Boots Kopernikus. Die Crew: Frettchen Charlie, Terrys Onkel Simon, ihr nerdiger Cousin Ethan sowie Simons treuer Assistent, Ex-Sträfling Johann. Ein Zwischenstopp in Miami, bei dem Terry das Haus ihrer Kindheit aufsucht, in dem sie seit dem mysteriösen Tod ihrer Mutter nicht mehr war, endet böse: Plötzlich wird Terry polizeilich gesucht und ihr Onkel des Mordes bezichtigt. Auf der Flucht über New York und die Niagara-Fälle bis ins Bermuda-Dreieck wird ihnen klar, dass sie es mit einem mächtigen Gegner zu tun haben. Jemandem, der sie überall aufspürt – wo immer sie sind ...

www.cbj-verlag.de

20295